KB162851

오라버니인 섹트, 여동생인 유리아나.
닮았지만 다른 자들. 서로를 용납할 수 없는 두 사람.

섹트

유리아나

그러나 눈동자에 비치는 광경은
저마다──똑같이 국가의 앞날이다.

해골기사님은
지금 이세계 모험 중

Skeleton Knight,

going out to the parallel universe

IV

Skeleton Knight,
going out to the parallel universe

IV

⚜ CONTENTS ⚜

Ennki Hakari illust.*KeG*

서장

  북대륙 북동부, 구 레브란 제국의 동부에 위치하는 신성 레브란 제국.

  광대한 영토 거의 중앙에 자리 잡은 제도(帝都) 하바렌은 인구 8만 명 이상이 거주하여, 대륙 북쪽에서도 손꼽을 만큼 두드러진 대도시다. 드넓은 평야에 만들어진 그 도시는 둥글게 펼쳐졌고, 한복판에서 바큇살처럼 뻗어 나간 대로가 질서정연한 거리를 이루었다.

  그 제도 중심에 우뚝 솟은 건축물이 황제의 거성이기도 한 시그웬사 성이다.

  일찍이 동서 분열 전의 레브란 제국 시대에 동쪽으로 영지를 넓힐 때 지은 성채를 새로이 보수하기도 해서 우아함과는 거리가 멀었고, 투박한 건축 양식도 한몫 거들어 다른 건물을 압도하는 분위기를 풍겼다.

  그 성채의 거실, 이 나라를 다스리는 황제가 보통은 집무실로 쓰는 어느 방.

  눈이 부시면서도 화려함이 느껴지지 않는 샹들리에를 천

장에 매달았고, 샹들리에의 빛이 비치는 집무실은 황제의 방으로 부르기에 어울리는 휘황찬란한 곳이었다.

　방 안쪽에는 잘 닦인 폭넓은 집무 책상을 놓았는데, 앞에는 일국의 주인만 앉도록 허락된 의자를 마련했다. 그 의자는 방의 분위기보다 검소했지만, 양식이나 정성스럽고 세세한 돋을새김을 보건대 결코 싸구려가 아니라는 사실을 알 수 있었다.

　그러한 의자에 이목구비가 뚜렷하고, 약간 곱슬한 검붉고 긴 머리를 뒤에서 난잡하게 묶은 인물이 몸을 깊숙이 파묻고 앉아 있다. 단단한 몸에 장식이 별로 없는 군복을 걸쳤으며, 아직 청년처럼 보이는 남자였다.

　그의 이름은 도미티아누스 레브란 발레티아펠베.

　서 레브란 대제국과 북대륙의 패권을 다투는 동쪽의 대국, 신성 레브란 제국의 젊은 황제다.

　젊은 황제는 한쪽 눈을 가늘게 뜬 잿빛 눈동자로 지금 정면에서 보고서를 소리 내어 읽는 남자를 뚫어지라 처다보았다.

　"보고에 따르면 라이브니차령(領) 서쪽 성채에 수용한 마수들 가운데 『임플로이 링』을 장착하지 않은 놈들이 갑자기 폭주한 모양입니다. 그 탓에 많은 마수가 도시로 쏟아지면서 피해가 상당히 커졌다고 합니다. 또한 마수들이 폭주하기 전에 훔바 님이 사로잡은 최대급 마수 히드라가 성문을 부수고 영주의 성을 습격했는데, 영주는 그때 사망했습니다. 그 이후, 아무도 훔바 님을 보지 못한 까닭에 모반을 일으켰을지도 모른다는 소문이 떠돕니다."

남자는 보고서에 적힌 중대한 내용과는 달리 싱글벙글하는 표정을 지은 채 고개를 들더니, 집무 책상에서 눈썹을 찌푸리는 황제의 얼굴을 살폈다.

불룩한 배를 출렁이고 코 밑에 있으나 마나 한 콧수염을 기른 남자는 황제보다 화려한 옷으로 몸을 감쌌다. 언뜻 부유한 상인처럼 보이는 그 남자는 수상쩍은 미소를 지었다.

남자의 이름은 베르모아스 드 라이젤, 신성 레브란 제국의 정무를 총괄하는 대법관이다.

베르모아스를 의심스럽게 바라보는 도미티아누스 황제는 방금 들은 보고 내용을 머릿속에서 되뇌며 천천히 입을 열었다.

"훔바가 모반을 꾀할 것 같나……. 여자와 술만 있으면 만족하는 변경 부족 출신의 남자가? 내 심기를 거슬러서 무슨 이득을 얻는다는 거냐."

"제게 물으셔도 소용없습니다."

황제의 말에 딱히 표정을 바꾸지 않은 베르모아스는 귀염성 없는 얼굴로 고개를 갸웃거렸다.

그 모습에 황제는 핏대를 세웠지만, 신경 쓰지 않은 베르모아스는 손에 든 보고서를 다시 내려다보며 읽었다.

"그리고 거리에서 날뛰던 히드라를 별안간 나타난 정체불명의 마인이 처치했습니다. 목격담에 의하면 화염을 두른 반인반수의 괴물인 듯한데, 오랜 전승에서 전하는 염옥의 마인이라는 소문이 도시 전체에 퍼지는 중입니다. 아무튼 죄를 지은 자를 지옥의 뜨거운 불길로 태우는 존재라면서, 영민들이 동요하고 있습니다."

"그 히드라를 마인이 없앴다는 건가!? 빌어먹을, 모처럼 특별히 주문한 『임플로이 링』을 만들게 했더니……. 그만한 대형 마수는 훔바가 아니면 포획조차 힘들단 말이다……."

짜증 난다는 듯이 의자의 팔걸이를 내려친 도미티아누스 황제는 담담하게 보고하는 대법관 베르모아스를 노려보았다.

"그렇게 보신들 저로서는 어쩔 수 없습니다. 더구나 히드라와 수수께끼의 마인이 끼친 피해 때문에 힐크교의 교회가 괴멸했습니다. 교회 관계자로부터는 당장 재건을 위한 비용 등을 요구하는 목소리가 화살처럼 빗발칩니다. ……아무래도 지옥의 파수꾼이 교회를 불태워버려서, 영민들 사이에 불안감이 퍼지는 모양입니다."

베르모아스는 보고서에서 고개를 들어 황제의 표정을 엿보았다.

그러나 조금 전까지 핏대를 세우던 황제는 베르모아스의 보고에 오히려 즐겁다는 듯이 입가를 실룩이며 뭔가 생각에 잠긴 얼굴이었다.

"큭큭큭, 오랫동안 제국에 기생하는 교회를 지옥의 파수꾼이 불태웠다……. 정말 얄궂은 일이군. 그래서 영내에 풀려난 마수들은 어찌 되었나?"

"히드라가 쓰러진 후 남아 있던 영주군의 현장 책임자가 병사들을 끌어모아 그럭저럭 거리의 마수들을 다 소탕했다고 합니다. 현재 사태는 진정시켰지만, 이 일로 영민들이 불만을 터뜨리는 건 시간문제겠지요."

베르모아스는 황제의 반응을 의아해하면서도 이후의 사태 동향에 대한 견해를 나누기 위해 자세히 아뢰었다. 그러자 황제는 단정한 얼굴에 더욱 엷은 미소를 띠었다.

"……적당한 기회다. 영내에서 힐크교를 믿어도 아무런 구원을 받지 못한다, 그렇기는커녕 교회는 죄를 지어 뜨거운 불길에 불탔다──그렇게 영민들을 부추겨라. 이번 피해의 울분을 교회 관계자에게 떠넘기고, 영지 내외의 교회 신앙을 실추시켜야겠어."

"괜찮겠습니까? 교회에서는 사태를 수습하려는 듯이 압력을 넣습니다만?"

베르모아스의 대답에 코웃음을 친 도미티아누스 황제는 의자의 등받이에 몸을 기댔다.

"이참에 우리 제국에 달라붙은 곰팡이 같은 교회를 떼어 내겠다. 뒤로는 기부니 자비니 떠벌리고, 겉으로는 자유니

사랑이니 어리석은 말만 늘어놓는 녀석들은 내 제국의 약진에는 족쇄에 불과하다. 마침 다행히도 라이브니차는 변경이다. 이곳의 교회 놈들은 이걸 좋은 돈줄이라고 여길 테지만, 알아차렸을 때는 이미 늦을 거다."

"알겠습니다. 그럼 라이브니차령에는 그리 대처하겠습니다."

대법관은 보고서 옆에 지시사항을 적으면서 공손하게 머리를 숙였다.

"훔바의 행방은 계속해서 찾아라. 최악의 경우 죽었더라도 마법원(魔法院)에서 『임플로이 링』은 완성했다. 녀석이 없으면 대형 마수를 붙잡지 못하는 게 큰 타격이지만, 오거 정도는 군대를 동원하면 어떻게든 산 채로 잡을 수 있겠지."

다시 의자 깊숙이 몸을 파묻은 황제는 앞으로의 일을 생각하는지, 미소를 머금고 창밖의 머나먼 라이브니차령 방향을 바라보았다.

북대륙 북서부, 구 레브란 제국의 서부에 위치하는 레브란 대제국.

그 중심지로서 번영한 거대 도시 뷔텔바레는 커다란 방벽이 도시를 둘러쌌고, 안쪽에는 세련되고 우아한 석조 양식의 대형 건조물이 늘어섰다. 잘 정비된 대로와 공원을 지나다니는 사람이나 그곳에서 한가롭게 환담을 하는 사람 등 차림새가 깔끔한 사람이 많은 것을 보면 얼마나 번창했는지 미루어 짐작할 수 있다.

그런 제도 중심에는 황제의 거성이기도 한 웅장하고 아름다운 디욘보르그 대궁전이 자리 잡았는데, 부지의 크기는 작은 도시 하나를 통째로 넣을 만큼 광대함을 자랑했다.

그 대궁전의 어느 곳에 레브란 대제국을 움직이는 자들이 한자리에 모이는 장소가 있었다.

호화로운 실내 장식으로 꾸민 회의장——말 그대로 견줄 자가 없는 정점의 자리에 앉은 이는 이 제국의 황제 가우르바 레브란 세르지오페브스다.

하얗게 센 머리와 턱수염은 길었고, 부드러운 곱슬머리는 머리끝까지 정성스레 빗질했다. 미간에 모인 주름은 짙었지만, 그 밑에 번뜩이는 눈은 다른 이를 위압하듯이 맹금처럼 날카롭게 주위를 흘겨보았다. 또한 머리에는 황제의 상징으로서 금테두리에 아낌없이 보석을 박은 서클릿 모양의 왕관을 썼다.

화려한 의상과 망토를 걸친 그 모습은 제국의 위엄을 비추는 듯했지만, 황제의 표정은 몹시 불쾌해 보였다.

"——그 때문에 허를 찔린 꼴이 된 티시엔은 지금 동 레브란의 손에 떨어졌습니다. 적은 마수를 거느린 혼성부대를 조직했는데, 그 타격력은 일개 분대 병력이 중대 규모급입니다. 따라서 티시엔 주변에 남은 남황군만으로는 공격할 수 없습니다——이상입니다."

사르뷔스 재상이 보고서를 읽어 내리자, 황제와 재상을 마주 보듯이 설치한 의석에 앉은 원로원 의원들은 저마다 동요하기 시작했다. 그들이 흘린 비명 같은 신음은 잔물결처럼 회의장에 퍼져 나갔다.

"이게 어찌 된 일이오! 웨트리아스를 구원하기 위해 남황군이 움직여서 허술해진 티시엔을 치다니……! 당장 남황군의 키링 장군을 남부로 불러들여야 합니다!!"

"아니 그보다 마수를 거느리고 진군한다는 게 대체 무슨 말입니까!? 마수와의 혼성부대는 들어본 적도 없습니다!! 그런 더러운 짐승을 데리고 다니는 동쪽 놈들은 다들 부정함에 물든 꺼림칙한 존재나 마찬가지요!!"

"문제는 그게 아니오!! 시아나 산맥 기슭의 깊은 숲이 가로막는 티시엔을 어느 방면에서 함락시켰는지 밝혀내야 합니다!! 숲의 남부에 펼쳐진 페비엔트 습지는 행상이나 대상이라면 모를까, 군이 단기간에 대규모로 이동할 길이 없는건 물론, 그걸 가려줄 만한 장해물도 없지 않소!?"

"아마 티시엔은 매우 느슨해진 상태였을 겁니다. 그 정도의 대규모 군이 아니었어도 함락시키는 데에 충분하지 않았나 싶습니다. 더구나 적은 마수를 부리는 공격형 부대를 짜서, 그야말로 눈 깜짝할 사이에 밀어붙였겠지요…….”

황제 가우르바는 원로원 의원들의 대화를 언짢은 표정으로 흘려들으면서 불쾌하다는 듯이 코웃음을 쳤다.

그러자 옆에 서 있던 사르뷔스 재상이 난감하다는 표정을 지었다.

“이번에는 동 레브란에게 감쪽같이 당했군요. 티시엔의 남부 남황군은 남쪽 델프렌트 왕국을 마주보는 국경 경비도 담당해서 그다지 움직일 수 없는 데다, 티시엔 자체는 삼면이 숲으로 둘러싸인 요충지입니다. 북서부로만 공략하기에는 병력이 부족하니 곧바로 탈환하는 건 무리겠지요.”

그 말에 턱을 괸 황제 가우르바는 눈썹을 찡그리며 작게 한숨을 쉬었다.

“웨트리아스에 마수를 미끼로 보낸 후 부르고만을 바라보는 남부 영역이 빈틈을 드러냈을 때 침공한 건가……. 하지만 놈들은 어디에서 나타났나? 페비엔트 습지를 거치는 길은 의원들의 말대로 현실적이지 않다. 게다가 로덴과 접한 동쪽 국경 부근에는 ‘풍요의 마결석’을 뿌려서 마수를 꾀어 들인 분단 공작도 실시했다……. 설마 꾀어 들인 마수조차 이용했다는 말인가.”

“그럴지도 모릅니다. 아직 확실하지 않지만, 동 레브란의 병력이 시아나 산맥 기슭의 숲에서 들이닥쳤다고 합니다. 이게 사실이라면 그 깊은 숲을 가로지르도록 해주는 뭔가를 지녔다는 뜻입니다. 이래서는 우라트 산맥과 시아나 산맥 사이에 있는 숲에서 국경을 분단하는 남부의 대도시 하르트벌크 역시 경계하지 않을 수 없습니다."

사르뷔스 재상의 말에 미간을 더욱 찌푸린 황제는 깊은 신음을 토했다. 곧이어 황제는 의회의 원로원 의원들이 의론을 나누고 다투는 회의장으로 시선을 옮겼다.

"계속 제멋대로 설치는 동쪽 녀석들한테 남부의 부르고만을 빼앗겨도 곤란하다."

혼잣말을 내뱉은 황제는 옆에 놓인 눈부시게 현란한 문양의 긴 왕홀을 손에 쥐더니 끝부분으로 바닥을 두 번 두드렸다.

그때까지 소란을 피우던 의원들은 회의장에 울려 퍼진 맑은소리를 듣고 자연스럽게 입을 닫았다. 그러자 조금 전과는 달리 의원들의 몸을 감싼 옷이 스치는 소리가 유난히 귀에 거슬릴 정도의 적막이 찾아왔다.

황제 가우르바는 의원들을 뚫어지라 쳐다본 후 자리에서 일어났다.

"더는 동쪽 놈들을 이대로 가만 놔둘 수는 없다. 남황군의 키링 장군을 티시엔 탈환 임무를 위해 하르트벌크까지 되돌린다. 그와 더불어 장군이 도착하기 전에 하르트벌크에서 병력을 준비해라. 또한 웨트리아스의 마수 토벌은 북황군의 민제이아 장군에게 맡기고, 북부 국경 도시 페브루엔트에는 스윈 왕국의 용병단을 투입하여 맞은편 기슭의 카리

슈에 압력을 가하라. 나머지는 서부의 아스파니아가 쓸데없는 마음을 품지 못하게 이 움직임에 맞춰 엄격히 감시하라는 지시를 서황군에 전하라! 이상이다!"

회의장을 노려본 황제가 왕홀로 다시 바닥을 두드리자, 일제히 한쪽 무릎을 꿇은 채 고개를 숙인 의원들은 이 결정을 각개 각소에 전달하고자 잇달아 회의장에서 나갔다.

황제는 눈앞에 늘어선 다섯 명의 집정관이 의사록을 거두고 허둥지둥 회의장을 떠나는 뒷모습을 바라보며 재상에게 시선을 돌렸다.

"키링 장군에게는 녀석들의 마수 부대를 확보하도록 일러둬라. 놈들이 손에 넣은 기술의 전모를 알아내는 한편 우리가 쓸 수 있는지도 검증해야 한다."

그 말에 한쪽 눈썹을 올린 사르뷔스 재상은 황제의 얼굴을 살피듯이 한 가지 우려를 꺼냈다.

"괜찮겠습니까? 부정한 마수를 부리는 방법은 힐크교의 관계자들이 꺼릴 텐데요? 무엇보다 제가 그들의 잔소리를 직접 듣습니다만……."

살짝 쓴웃음을 지으면서 푸념하는 사르뷔스는 달갑지 않은 역할을 억지로 떠맡은 관리처럼 과장스럽게 어깨를 으쓱였다.

사르뷔스를 흘끗 쳐다본 가우르바는 가볍게 콧방귀를 끼고 나서 자리에 털썩 걸터앉았다.

"흥. 일일이 깨끗하고 더러운 걸 따지며 나라를 지킬 수 있다면 고생은 안 한다! 성가신 사교(司敎)들은 어떻게든 뇌물을 뜯어내는 게 목적일 테지. 네놈이 적당히 응대해라."

"그럼 분부대로 하겠습니다."

황제의 말에 또 쓴웃음을 흘린 사르뷔스는 공손히 머리를 숙이고 허리를 굽혔다.

그러나 누구도 사르뷔스의 얼굴에 떠오른 몹시 분하다는 듯이 일그러진 표정은 보지 못했다.

제1장 지저에서 꿈틀대는 자

  캐나다 대삼림이라고 불리며 거목이 울창한 깊은 숲——
그런 숲속에 사는 엘프족의 마을 중 하나인 라라토이아.

  마나가 짙고 수많은 마수가 날뛰는 오지의 숲에서 독특한
형태를 띤 물결 모양의 방벽이 바깥 세계를 차단하듯이 마
을을 둘러쌌다.

  무수한 뿌리를 뻗은 나무 기둥이 방벽을 이루었는데, 이
웃하는 나무 기둥과 보조를 맞추는 것처럼 곡선을 그리며
윗부분을 뒤로 젖혔다. 빈틈없이 규칙 바르게 늘어선 나무
기둥들은 자연물이면서도 명백히 인공물이라는 사실을 알
려주었다.

  높이 30m 이상의 살아 있는 벽 안쪽에는 외부의 위험한
풍경과는 전혀 다르게 한가로운 시골 풍경이 펼쳐졌다.

  작물을 키우기 위한 밭이나 가축을 풀어두는 목초지 등이
드넓게 이어졌고, 목조집이 듬성듬성 여기저기 눈에 띄었다.

  버섯 같은 집들은 조금 별나게 생겼다. 바깥 둘레는 약간
높은 나무 바닥이었고, 처마도 그 위까지 뻗어 나갔다. 집의

처마를 떠받치는 주위 기둥에는 독특한 문양을 새겨서 독자적인 민족문화가 엿보였다.

집과 밭 사이에 깔아놓은 아름다운 돌길 옆에는 가로등이 줄지어 늘어섰다.

그처럼 목가적이면서 잘 정비된 마을 중앙 부근에는 주변에 심은 나무들과는 이질적일 정도로 거대한 한 그루의 거목이 우뚝 솟아 있었다.

커다랗게 우거진 가지와 나뭇잎 아래, *자이언트 세쾨이어 따위는 비교도 되지 않을 만큼 굵은 줄기에는 거목과 한데 섞인 듯한 인공적인 저택이 자리를 잡았다.

거목 줄기에 만들어진 몇 개의 창문에는 예쁜 유리창을 끼워서, 가지와 나뭇잎 틈새로 쏟아지는 햇빛을 반사해 반짝거렸다.

나무에서 새들이 지저귀는 모습은 환상적이며 묘하게 차분한 분위기를 자아냈다.

이곳 엘프 마을을 맡은 장로의 집이기도 한 거목 저택의 앞뜰에는 나무봉을 손에 든 두 인물이 서로 대치하고 있었다. 그리고 그 옆에는 다른 한 명이 마른침을 삼키면서 이들을 지켜보았다.

눈앞에서 나무봉을 쥔 채 비스듬한 자세를 취한 이는 스

---

*자이언트 세쾨이어 : 세계에서 가장 큰 나무이며 높이 80m, 수령 3,200년을 자랑한다

무 살 안팎으로 보이는 여성이다.

수정처럼 매끄러운 옅은 자주색 피부에 눈같이 하얗고 긴 머리를 세 가닥으로 땋아 뒤로 늘어뜨린 풍만한 육체는 요염함을 동반하여 마성의 아름다움을 뿜어냈다. 인간들에게서 볼 수 없는 황금색 눈동자는 똑바로 정면을 향했지만, 조용히 그 자리에 우두커니 선 모습은 언뜻 빈틈투성이로도 느껴졌다.

그러나 여성은 뾰족한 귀를 상대방의 동작에 맞추듯이 살짝 움직였고, 먼저 공격할 기회를 노리면서 자연스럽게 견제했다.

정성 들여 문양을 새긴 엘프족의 독특한 민족의상 원피스를 걸친 그 여성의 이름은 그레니스 알루나 라라투이아.

이 마을 장로의 부인이기도 한 인물로, 대륙에서는 보기 드문 다크엘프족의 한 명이다.

그런 그녀를 상대하는 자는 2m 남짓한 갑옷 기사다.

이세계로 떨어지기 전에 플레이했던 아크라는 게임 캐릭터 그대로의 모습이었다.

바람에 나부끼는 검은 외투 아래에서는 세세한 부분까지 문양을 장식하고 백색과 청색을 바탕으로 채색한 백은의 전신 갑주가 엿보였다. 마치 신화 속의 기사나 몸에 걸칠 듯한 호화로운 장비다.

갑옷에 달린 칠흑 같은 망토는 어두운 밤하늘을 떠올리게 했는데, 안쪽은 별하늘을 잘라낸 것처럼 광택이 났다.

그러나 늘 지니고 다닌 검과 방패를 옆에 둔 대신 지금은 손에 나무봉 하나만 쥐었다.

현재는 그레니스와 3m 정도 거리를 벌리고 서로 누가 먼저 움직일지 슬쩍 속을 떠보는 단계였다.

솔직히 최대급 레벨의 캐릭터 신체능력이 있더라도 수백 년 동안 수련을 거듭해온 엘프족과 순수한 검기(劍技) 대결에서는 이길 만한 요소가 적다.

계속 노려보기만 해도 소용없다고 판단한 아크는 그레니스를 향해 단숨에 파고들며 위에서 아래로 나무봉을 내리쳤다. 신체능력이 이상하게 뛰어난 몸 덕분에 속도는 매우 빨랐지만, 그레니스는 이미 읽고 있었다는 듯이 그 공격을 옆으로 흘렸다.

아크는 헛손질한 나무봉을 반격하는 것처럼 쳐올려서 다시 그레니스에게 덤벼들었다. 그러나 느릿느릿 움직인다고밖에 보이지 않는 그레니스를 스치지도 못한 데다 오히려 손등만 얻어맞았다.

손등은 온몸을 덮은 신화급 장비인 『벨레누스의 성스러운 갑옷』으로 보호받아 하나도 아프지 않았다. 다만 얻어맞는 순간 울린 금속음에 무심코 비명이 새어나왔다.

"동작이 단순해요, 아크 군. 움직인 다음 베는 게 아니라, 베면서 움직여요."

"알겠소, 그레니스 부인."

그레니스가 교편을 잡듯이 나무봉 끝으로 지적하자, 고개를 끄덕인 아크는 자신의 나무봉을 휘두르며 머릿속에 이미지를 그렸다.

그러나 여태껏 검술을 배워보지 못한 아크로서는 하루아침에 따라할 수 없었다. 아크가 기합과 함께 옆에서 휘두른 그레니스의 연속 공격을 간단히 피하자, 다시 그녀의 나무봉이 뻗어오듯이 거리를 좁히며 토시를 때렸다.

그때 그레니스가 눈썹을 찌푸리고 한숨을 내뱉더니 새로운 지시를 내렸다.

"그럼, 이번에는 내 나무봉을 피해 볼래요?"

"알겠소, 그레니스 부——!?"

아크의 대답이 채 끝나기도 전에 그레니스가 허를 찌르는 꼴로 단숨에 파고들어 나무봉을 휘둘렀다. 그 기습을 높은 동체시력과 반사신경을 이용하여 어떻게든 피한 아크는 허둥지둥 자세를 바로잡고 나무봉을 그레니스에게 겨누려 했다. 그러나 그레니스는 흐르는 듯한 동작으로 아크의 공격을 피하면서 더욱 거세게 밀어붙였다.

아크는 뒤로 물러나며 그럭저럭 회피했지만, 어느새 뒤쪽을 가로막듯 서 있는 나무까지 밀려났다. 그레니스는 아크가 나무에 부딪혀 발걸음을 멈춘 빈틈을 놓치지 않고 토시, 몸통, 머리를 시원스럽게 내리쳤다.

금관악기 같은 소리를 내고 흠씬 두들겨 맞은 아크는 잠시 어안이 벙벙해진 눈치였다. 곧이어 그 앞에 서서 매력적인 미소를 짓는 그레니스의 모습이 시야에 들어왔다.

"내가 이겼죠?"

그레니스가 아크에게 웃어 보이며 자신의 승리를 선언했다.

아크는 좀 더 잘 싸울 수 있으리라 생각했지만, 결과는 보는 바와 같았다. 이래서는 너무 한심한 결과라고 낙담한 아크는 집게손가락을 세워서 재도전을 요청했다.

"으음…… 그레니스 부인, 한 번 더 겨루고 싶소."

"그럴래요?"

다행히 그레니스가 나무봉을 어깨에 걸치면서 아크의 제안을 흔쾌히 허락해주었지만, 그 후 몇 번 똑같은 광경을 되풀이하더니 머리를 맞고 끝났다.

손에 든 나무봉을 휘두른 아크는 자신의 동작을 더 나아지게 할 수 없는지 골똘히 생각하며 신음을 흘렸다.

아크와 그레니스가 손에 나무봉을 쥐고 대련을 하는 이유는 앞으로 향할 목적지가 위험지역이기 때문이다. 따라서 검을 잘 다루는 데다 일찍이 전사로서도 실력이 뛰어났던 그레니스가 아침 식사 전에 운동을 겸해 아크의 실력을 시험히게 된 것이다.

"아크 군은 시력이나 반사신경은 무척 빠른데, 늘 상대의 동작을 보고 반응하니까 움직임을 알기 쉬워요. 또 흐름을 읽고 싸우지 않아서, 허를 찌르는 공격에 너무 민감해요. 겉모습은 기사일지 몰라도, 검기는 별로 대단하지 않나 보죠?"

딱히 숨을 헐떡이지도 않은 그레니스는 아크의 실력을 평가했다.

세련되고 흐르는 듯한 동작으로 상대를 농락하는 그레니스의 입장에서 보자면, 아크의 공격은 검기라고도 부를 수 없는 신체능력에 의지한 특공이다.

가위바위보의 예를 들어 비유한다면, 뒤늦게 자신의 손을 내고 우격다짐으로 이기려는 꼴이다. 그러나 상대방이 그에 대응할 만한 기량을 갖추었다면 쉽게 끌려가게 된다.

아크는 항상 몸에 지니는 검이 돼지 목에 진주 목걸이처럼 되지 않도록 더욱 수련에 힘써야겠다고 새로이 다짐했다.

그런 반성과 결심을 하는 와중에 아크를 두둔해주는 이가 있었다.

"보통 사람을 훨씬 뛰어넘는 아크의 움직임에 맞춰 그만큼 몰아세우다니. 그게 가능한 건 엄마 말고는 좀처럼 없잖아요?"

다분히 기가 막힌다는 말을 내뱉고 아크에게 다가온 이는 그레니스와 마찬가지로 다크엘프족의 특징을 가진 한 명의 여성이었다.

독특한 문양을 새긴 법의 비슷한 의복이 옅은 자주색 피부를 감쌌지만, 그 속에는 감출 수 없는 여성 특유의 육감적인 몸이 엿보였다.

포니테일 같이 뒤에서 하나로 묶은 눈처럼 하얗고 긴 머리는 바람에 나부꼈고, 황금색 눈동자는 똑바로 아크를 향했다.

그레니스를 엄마라고 부른 그 여성의 이름은 아리안 그레니스 메이플.

엘프족의 대부분이 사는 이곳 캐나다 대삼림의 중심도시인 삼도(森都) 메이플에 소속된 전사 중 한 명이며, 조금 전까지 대련하던 그레니스의 딸이기도 했다.

우연히 아리안을 만난 아크는 인간들에게 붙잡힌 엘프족을 탈환하기 위해 그녀의 용병으로 고용되어 도와준 이래 깊은 친교를 맺었다. 그리고 지금은 이렇게 여간해서는 인간은 발을 들여놓지 못하는 엘프 마을에 머물 수 있을 정도의 사이로 인정받았다.

"그러네……. 아크 군의 움직임을 따라잡을 만한 인간족은 거의 없을 테지만, 네 할아버지나 언니 같은 이들이 주변에 의외로 있단다."

집게손가락을 턱에 댄 그레니스는 아리안의 지적을 받아들이면서도 미소를 잃지 않고 반박했다. 아무래도 아리안의 가족은 무투파 가문인 모양이다.

"아크, 잠깐 빌려줘요."

오른손을 내민 아리안은 아크가 손에 쥔 나무봉을 넘겨달라는 듯이 재촉했다. 아크는 고개를 끄덕이며 아리안에게 나무봉을 건네주었다.

"엄마, 오랜만에 대련을 부탁할게요."

"모처럼 너랑 대련하는구나."

모녀 둘이 조용히 웃으면서 조금 거리를 벌리고 마주 섰다.

부모자식이라고 해도 상대하는 모녀의 외모는 둘 다 젊어서 어떻게 봐도 자매로만 보였다. 400년 남짓한 수명을 가졌다는 그녀들은 겉모습으로는 나이를 전혀 짐작할 수 없었다.

그나저나 실력이 뛰어난 미녀 둘이 검을 들고 싸우려는 장면은 몹시 두근거렸다.

"싯!"

아리안이 기합과 함께 단숨에 미끄러지듯이 거리를 좁히면서 나무봉을 휘둘렀다.

살짝 물러난 그레니스는 아리안이 휘두른 나무봉의 궤도를 밑에서 따라가듯이 자신의 나무봉을 바싹 붙였다. 공격 궤도를 딴 데로 돌려서 피한 그레니스가 즉시 반격에 나섰다. 나무봉의 궤도를 비튼 공간 아래로 파고든 그레니스는 스스로 다가가는 것처럼 나무봉을 휘둘렀다.

아리안은 자신에게 쏟아지는 연속 공격을 조금 전의 그레니스와 비슷한 동작으로 피했다. 그리고 거리를 벌리기 위해 발차기를 날려서 견제했다.

"어머, 고약한 발길질은 언니한테 영향을 받았니."

그레니스는 아리안의 발차기를 훌쩍 물러나서 피하더니 재미있다는 듯이 웃었다.

아크가 맞설 때와는 달리 검무를 추는 듯한 모녀의 움직임은 그저 보기만 해도 사람을 사로잡는 매력이 있었다.

전신 갑주를 두른 아크의 몸으로는 흉내 내기 어렵겠지만, 그레니스의 가르침을 받으면 조금은 저런 세련된 싸움을 익힐 수 있지 않을까 고민이 되었다.

아크의 싸움은 힘을 활용한 압도적인 파괴가 전제 조건이다. 인간을 벗어난 마수라면 모를까, 인간을 상대로 적당하게 봐주고 싸우는 데는 어울리지 않는다.

한가로울 때 본격적으로 그레니스나 아리안에게 검의 기초 수련을 의뢰하는 게 좋으리라. 아크가 그런 생각에 잠기자, 어느새 모녀의 승부는 끝난 모양이었다.

아리안이 손에 쥔 나무봉은 공중에서 빙그르르 돌더니, 아크의 눈앞에 메마른 소리를 내며 떨어졌다.

양 무릎에 손을 짚은 아리안은 숨을 헐떡이며 땀을 흘렸다. 곧이어 바로 앞에서 조용히 미소를 짓는 그레니스를 올려다보았다.

아리안의 검기는 초보자의 눈으로 봐도 알 수 있을 만큼 뛰어나다. 그러나 그레니스의 동작과 표정을 보면 뛰는 놈 위에 나는 놈이 있다는 사실에 새삼스레 감탄하게 된다.

아니, 경악한다는 말이 적당할지도 모르겠다.

"으~음. 실전 경험을 쌓아서 실력은 늘었지만, 아직 멀었네."

"정말이지! 왜 한 대도 안 맞는 거야……."

아크는 딸을 내려다보고 미소를 짓는 어머니와 분하다는 듯이 어머니를 올려다보는 딸을 옆에서 바라보았다. 그러자 아크처럼 싸움을 얌전하게 관전하던 또 한 명이 손을 천천히 들었다.

그 모습을 재빨리 시야에 넣은 그레니스가 고개를 돌렸다.

"어머? 치요메 양도 나하고 대련해줄래요?"

"부디 제게도 한 수 가르쳐주십시오."

그레니스에게 치요메라고 불린 소녀는 자리에서 일어나 약간 딱딱하게 대답하며 가르침을 부탁했다.

가지런히 자른 짧은 검은 머리를 찰랑거린 소녀는 푸른 눈동자로 그레니스를 똑바로 바라보았다. 움직이기 쉬운 검은 옷을 아담한 몸에 걸친 소녀는 팔다리에 토시와 각반을 착용하고 허리에는 단검을 찼다.

또한 소녀의 검은 머리에는 인간족 사이에서는 볼 수 없는 삼각형을 띤 귀가 달려 있었고, 허리에는 검은색의 긴 꼬리가 감겨 있었다.

이 세계에는 산야의 민족으로 불리는 짐승의 특징을 지닌 이들이 인간족의 박해를 피하여 숨어 지낸다. 인간족은 자신들의 행위를 노예사냥이라고 일컬으며 산야의 민족을 붙잡아서 노동력으로 삼는다. 그리고 그 산야의 민족을 해방하는 무력집단이 바로 소녀가 소속한 '인심일족(刃心一族)'이다.

소녀의 일족은 약 600년 전쯤, 이 세계에 흘러들어온 아크와 같은 존재가 인간족의 박해를 받던 이들을 한데 모아 일으켰다. 이른바 닌자라고 알려진 자들의 집단이었다.

치요메는 그런 닌자 집단의 일족 중에서도 상위를 차지하는 여섯 닌자 가운데 한 명인 실력자이기도 하다.

"좋아요."

그레니스가 치요메를 재촉했다. 그러자 아리안과 교대한 치요메가 그레니스의 앞에 섰다. 무기를 들지 않고 토시를 찬 치요메는 두 주먹을 꽉 움켜쥔 자세를 취했다.

서로 말없이 바라보기를 수 초.

조금 전과는 달리 먼저 공격한 이는 그레니스였다.

그레니스는 아리안의 파고들기를 웃도는 속도로 나무봉을 휘둘렀지만, 그 공격을 바닥에 납작 엎드린 자세로 피한 치요메는 순식간에 발차기를 하면서 일어났다. 그레니스가 자신을 견제하는 발차기를 피하자, 치요메는 재빨리 자세를 바로잡고 바싹 뒤따랐다.

아담한 체구로 민첩하게 움직이며 상대를 농락하는 몸놀림은 역시 고양이를 떠올리게 하는 모습이었다.

그러나 치요메의 양손과 양다리에서 쏟아지는 연속 공격

을 무난하게 받아내고 반격을 추가하는 그레니스는 아까처럼 여유로운 미소를 지었다.

양자의 공방이 어지럽게 뒤바뀌는 와중에 그레니스가 휘두른 나무봉이 치요메의 무릎 뒤에 닿았다. 그레니스는 잠시 정신을 빼앗긴 치요메를 몰아붙이듯이 공격을 퍼부었고, 결국 자세를 무너뜨린 치요메의 목에 나무봉을 들이댔다.

"져, 졌습니다……."

감탄한 치요메가 한 박자 뜸을 들이고 패배를 선언하자, 그레니스는 손에 쥔 나무봉을 끌어당기고 손뼉을 쳤다.

"치요메 양, 상당히 괜찮았어요. 체술은 우리 딸보다 뛰어날지도 모르겠네요. 몸이 작은 만큼 공격이 가벼운 게 마음에 걸리지만, 아직 성장하는 중일 테니 조만간 신경 쓰지 않아도 되겠죠."

"가, 감사합니다."

늘 표정의 변화를 별로 보이지 않는 치요메는 그레니스의 평가에 입가를 실룩이더니, 그 모습을 감추듯이 허둥지둥 예를 표하며 머리를 숙였다.

치요메를 흐뭇한 눈으로 바라본 그레니스는 대련을 관전하던 아크에게 시선을 돌리고 손뼉을 쳤다.

"자, 그럼 아침 운동은 여기까지 하죠. 아침 식사를 마치고 여행 준비를 해요!"

"네~에." "으음, 알겠소."

"컁!"

그레니스의 말에 아크와 아리안이 대답하고 일어서자, 줄곧 저택 주변에서 놀던 폰타가 『아침 식사』라는 단어를 듣고 달려와 짖어댔다.

몸길이 60cm 정도의 폰타는 여우를 쏙 빼닮은 얼굴과 날다람쥐 비슷한 몸을 가졌다. 녀석은 흔히 말하는 솜털 여우라는 이름처럼 민들레의 솜털 같은 꼬리를 바쁘게 움직이며 기쁨을 한껏 드러냈다.

부드러운 털은 등 전체를 초록색으로 덮었고, 배와 꼬리의 절반을 하얗게 덮었다. 그 때문에 녹차를 섞은 빙수의 색 조합을 떠올리게 했다.

체내에 깃든 정령의 힘으로 마법을 쓰는 폰타는 이 세계에서도 보기 드문 존재다. 따라서 엘프족은 그런 짐승을 일컬어 정령수라고 부른다.

아리안과 치요메의 이야기에 따르면 경계심이 몹시 강한 동물인 듯싶지만, 『아침 식사』라는 단어에 낚인 지금의 폰타는 야생 동물이 지닌 본래의 경계심은 눈곱만큼도 보이지 않는다.

평소처럼 마법의 바람을 일으킨 폰타가 앞다리와 뒷다리 사이에 달린 피막으로 상승 기류에 올라탔다. 그리고 이미 단골 자리로 바뀐 아크의 투구에 내려앉으려는 찰나, 옆에서 뻗어온 아리안의 손이 폰타를 붙잡았다.

"자~아, 폰타는 뭐가 먹고 싶니?"

"큥!"

아리안이 폰타의 머리를 쓰다듬으면서 여느 때보다 달콤한 목소리로 물었다. 그러자 잠시 아크와 아리안을 번갈아 쳐다보던 폰타가 한 번 짖고 나서, 아리안의 풍만한 젖가슴에 얼굴을 파묻었다.

아무래도 단골 자리에 앉는 것보다 아침 식사의 유혹에 진 모양이다——.

마을의 장로가 지내는 거목 저택 2층의 넓은 식당은 옆에 주방을 갖추었다. 중앙에 놓인 커다란 목제 테이블에는 어느덧 아까 인물들이 자리를 잡았다.

아크의 양옆에는 아리안과 치요메가 앉았고, 발밑에서는 접시에 담긴 음식을 정신없이 먹는 폰타가 솜털 꼬리를 흔들었다.

그 모습에 미소를 지은 아리안은 폰타의 정수리 털을 빗질하듯이 쓰다듬었다.

방금까지 걸친 갑옷을 벗고 엘프족의 민족의상을 입은 아크는 아침 식사를 보며 입맛을 다셨다.

옆자리의 치요메는 그런 아크를 상당히 이상한 눈으로 바라보았다. 아크도 치요메의 시선을 알아차리고, 빵을 깨물면서 고개를 돌렸다.

"치요메 양, 왜 그러시오?"

그 물음에 치요메는 왠지 복잡한 표정을 지었다.

"아뇨, 이렇게 다시 봐도 언데드로만 여겨져서요. 그런데 평범하게 식사하는 광경이 약간, 아니 무척 기묘한 느낌입니다……."

치요메의 눈앞에 있는 아크는 전신 해골로 이루어진 골격 모형 같은 몸으로 빵을 한입 가득 먹는 중이었다.

두개골의 눈구멍 깊숙한 곳에 자리 잡은 어둠 속에서는 푸른 불빛이 흔들린다. 내장과 피부는 물론 근육도 없는데, 음식을 먹으면 맛을 느끼고 마신 음료는 어딘가로 사라진다. 이처럼 매우 기괴한 생물을 마주한 치요메의 감상은 지극히 당연하다고 할 수 있으리라.

아크는 이 세계로 떨어지기 전에 플레이하던 게임 캐릭터의 아바타 모습 그대로 왔다. 그러나 그때 사용한 아바타는 사람이 아니라, 특수 아바타로 바꾼 해골이었던 것이다.

"아크한테서는 언데드 특유의 죽음의 불결함이 보이지 않아요……. 그 사실은 치요메 양도 알죠?"

감탄하는 치요메를 옹호하고 나선 이는 조금 전까지 식사에 몰두한 폰타의 머리를 쓰다듬던 아리안이었다.

"저희 산야의 민족은 엘프족이 말하는 『죽음의 불결함』을 볼 수 없습니다. 하지만 확실히 언데드 특유의 기분 나쁜 시체 냄새나 기척은 느껴지지 않는군요……."

치요메는 작은 코를 살짝 실룩이며 고개를 갸웃거렸다.

"더구나 아침 운동으로 땀을 흘렸다고, 아침 목욕을 하는 언데드는 어디에도 없어요. 해골 몸인데 무슨 땀이 난다는 걸까요?"

어이없다는 말투로 중얼거린 아리안은 아크를 흘끗거리면서, 옆에 앉은 치요메에게 동의를 구하듯이 물었다.

그 말에 치요메도 가볍게 고개를 끄덕이고 아크를 올려다보았다.

아크는 아리안과 치요메의 시선을 피하며 자신의 몸에 눈길을 떨어뜨렸다.

분명 땀을 흘리지 않는 몸이지만, 역시 운동 후 목욕이나 샤워를 하고 싶어지는 이유는 오래된 습관 때문일까.

아크는 아리안에게 해골이라도 목욕을 하면 기분이 상쾌해져서 마음이 든든하다는 멋진 사실을 간절하고 정성스럽게 늘어놓았다. 그러자 안쪽에서 그레니스가 종이 한 장을 갖고 식당에 나타났다.

그레니스는 손에 든 종이를 아리안에게 내밀었다.

인간족의 도시에서는 본 적이 없던 종이가 엘프 마을에서는 평범하게 사용되는 모양이다. 약간 큼직하고 두꺼운 종이에는 독특한 그림의 지도가 그려져 있었다.

"이게 로드 크라운과 동굴의 대략적인 경로를 나타낸 지도란다. 일단 너도 동굴까지 가는 길은 알겠지만 말이야."

그레니스의 설명에 아리안은 고개를 끄덕이고 지도를 받더니, 지도에 그려진 세세한 부분을 훑어보기 시작했다.

치요메는 평소와 다름없이 표정은 변하지 않았지만, 지도를 신경 쓰는지 옆에서 들여다보며 고양이 귀를 쫑긋쫑긋 움직였다.

그레니스가 말한 로드 크라운은 드래곤 로드라고 불리는 최상위 용족이 거주하는 주변에 드물게 자라나는 거목이다. 오랜 세월 드래곤 로드가 지닌 방대한 마력의 영향을 받은 거목에 정령이 깃들어서 변질된 존재인 듯하다.

그 로드 크라운 근처에 있는 토지는 특수한 효능을 지녔다고 알려졌다. 라라토이아의 장로 딜런에게 들은 이야기에 따르면, 일행이 가려는 곳에는 온갖 저주를 풀어주는 샘이 있다고 한다.

인간족에게 붙잡힌 엘프족을 구한 대가로 받는 보수가 이 샘의 위치였는데, 아리안이 가진 지도에는 샘으로 이르는 길이 표시된 모양이다――.

일행은 여행 준비를 마친 이튿날에 목적지로 향할 예정이다.

샘의 효능이 진짜인지 어떤지, 진짜라고 해도 아크에게 걸린 해골 몸의 저주에 과연 얼마나 효과를 보일지 미지수다. 모든 것은 아직 가능성의 단계다. 그러나 계속 해골 몸으로 지내기도 많이 불편할 테니, 문제를 해결할 수 있다면 시험해볼 가치는 충분하다.

"이 동굴도 오랜만에 가보네요. 설마 동굴에 산맥을 넘는 샛길이 있을 줄은 몰랐어요……."

아리안은 지도를 뚫어지라 바라보면서 감탄했다.

아무래도 아리안은 목적지로 이어지는 동굴에 몇 번 발걸음을 옮겼던 모양이다.

"오오, 아리안 양은 샛길이 있다는 동굴에 찾아간 적이 있소?"

"뭐, 그렇죠. 이 마을의 전사 견습생 시절에 언니를 따라 이따금 가봤어요. 마도구의 동력이 되는 마결석을 잔뜩 캘 수 있거든요……."

아리안은 당시의 일을 떠올리며 말했지만, 문득 뭔가를 알아차렸다는 듯이 눈동자를 가늘게 떴다. 그리고 아크에게 시선을 옮기더니 왠지 의미심장한 말을 내뱉었다.

"당신이 계속 정기적으로 우리 집에서 목욕할 생각이면, 가는 김에 마결석도 가져와야 할지도 모르겠네요~."

흘끗 바라보는 아리안의 시선이 아크에게 가차 없이 꽂혔다.

보아하니 목욕할 때의 연료 대금을 넌지시 청구하는 눈치다. 현대 사회와 달리 뜨거운 물을 데우기 위해 장작이며 마석을 쓰는 이 세계에서 목욕은 몹시 사치스러운 행위다. 쾌적한 목욕을 즐기고 싶다면 아리안의 제안에 이의를 가질

턱도 없다.

게다가 운 좋게 저주를 푼다면 사람의 피부로 뜨거운 물에 몸을 담그는 일도 꿈은 아니다.

"알겠소! 그럼 동굴에서 목욕 대금으로 마결석도 캐도록 하지."

주먹을 불끈 쥔 아크가 의욕을 보이며 두말없이 대답하자, 눈을 반쯤 뜨고 지켜보던 아리안이 한숨을 크게 내쉬었다.

"정말 왜 그렇게 목욕을 좋아하는 거예요……."

아크는 이해할 수 없다는 어조로 중얼거린 아리안의 말을 일부러 못 들은 척했다.

원래 세계도 입욕 문화는 일본에서 매우 대중적이지만, 해외에 나가면 의외로 독특한 문화로 분류된다.

인간족의 도시나 여관을 살펴봐도 목욕탕은 없었고, 젖은 수건으로 몸을 닦는 게 일반적이었다. 그러나 라라토이아에서 접한 욕실 구조는 일본인인 아크에게 낯익은 광경과 딱히 다르지 않았다.

아마 캐나다 대삼림을 만든 초대 족장은 캐나다를 좋아하는 일본인이었거나, 일본을 좋아하는 캐나다인이었으리라.

당연하게 여기는 것이 없어지는 환경에 놓이면, 그제야 잃어버린 것의 소중함을 깨닫는다.

"지하실에 넣어둔 여행 도구를 적당히 골라서 가져가도 괜찮으니까 얼른 준비하러 가요."

그레니스가 손뼉을 치자, 아리안과 치요메는 자리에서 일어났다.

방금까지 아침 식사에 열중한 폰타도 입가를 핥고 털 고르기를 했지만, 아래층으로 향하는 아리안과 치요메를 보더니 작은 네 다리를 빨빨거리면서 쫓았다.

저택 지하실의 입구는 거목 중앙에 세워진 거대한 1층 기둥 뒤에 숨겨지듯이 있었다. 출입문을 열자 기둥을 끼고 내려가는 나선 계단이 아래로 이어졌다.

지하로 이어지는 계단이라도 램프 마도구를 같은 간격으로 배치한 내부는 이전에 잠입한 영주 저택의 지하처럼 음침한 분위기는 없었다.

가장 아래층의 약간 무거운 나무문을 밀고 나타난 비좁은 공간에는 여러 가지 물품이 선반에 늘어서 있었다.

이런 창고에 들어오면 보물찾기를 하듯이 이상하게 두근거리는데 무엇 때문일까.

"그나저나 여행 준비를 위해 뭘 챙기는 게 좋소?"

선반의 물품을 둘러보던 아크는 맨 앞에서 창고를 헤집고 다니는 아리안에게 물었다. 그러자 아리안은 손에 든 물건을 아크에게 보이며 고개를 돌렸다.

"일단 동굴에 들어갈 거면 램프가 필요하겠죠?"

아리안이 건넨 물건은 지구에서도 자주 보는 『랜턴』이라고 불리는 휴대용 램프였다. 다만 램프 중앙의 유리 케이스에는 투명도 높은 여러 개의 수정 기둥을 끼웠고, 그 밑에는 손잡이처럼 보이는 스위치를 달았다.

아크가 스위치를 돌리자, 유리 케이스 안의 수정 기둥이 반짝거리면서 전등 같은 빛을 뿜었다.

판타지적인 감성을 자극하는 꽤 환상적인 마도구였다.

"오오, 이거 대단하군."

광원의 기능뿐만 아니라 램프 자체도 세세하고 정성스럽게 만들었다. 만약 인테리어 숍에서 판다면 수십만 엔은 할 법한 물건이다.

"『크리스털 램프_{수정 발광등}』군요. 엘프족이 만든 램프는 밝고 튼튼해서 상당한 고급품입니다. 그 때문에 인간족은 일부 부유한 사람만 갖고 있죠.』

아크가 램프 마도구의 빛으로 그림자놀이를 하자, 옆에 다가온 치요메가 램프의 설명을 곁들여 주었다.

인간족의 도시에서 자주 본 어두운 기름 램프를 떠올리면, 전기로 빛나는 랜턴에도 뒤지지 않는 엘프족의 램프가 고급품이라는 사실은 납득이 간다. 이 램프의 섬세한 만듦새를 봐도 일반인이 쉽사리 손을 댈 만한 물건은 아니리라.

아크는 자신의 금화를 엘프족이 만든 마도구를 구매하는 데 써도 괜찮을지 모르겠다고 이후의 예정을 고민했다. 그러자 뒤에서 갑자기 누군가가 말을 걸었다.

"저기, 놀지만 말고 좀 거들어줄래요?"

뒤돌아본 아크에게 볼을 살짝 부풀린 아리안이 손에 든 램프 두 개와 꽉 들어찬 작은 가죽주머니를 힘껏 밀어붙이듯이 건넸다.

"오오, 미안하오."

아크가 아리안에게 사과하면서 램프와 작은 가죽주머니를 건네받았다. 끈에 묶인 작은 가죽주머니를 들여다보자, 반짝반짝 빛나는 자주색 모래가 가득했다.

"이건 어디에 쓰는 거요?"

"마도구의 연료인 『마나 피오^{마석연료}』네요. 마석과 마결석을 잘게 부순 가루인데, 주로 엘프족의 마도구에 많이 쓰입니다."

아크는 손바닥에 올린 신기한 자주색 모래를 보면서 누구에게랄 것도 없이 물었다. 옆에서 함께 들여다보던 치요메는 그 질문에 다시 설명을 덧붙였다.

"매우 강력한 마력을 만들어내지만, 그 힘을 안정적으로 사용하려면 높은 기술이 필요합니다. 그래서 엘프족의 마도구밖에 쓸 수 없습니다. 인간족의 마도구에 이걸 이용하면 잘해야 마도구의 파손이고, 까딱 잘못하다가는 마력이 폭주해 폭발을 일으킬 위험성이 있습니다."

아크는 치요메의 보충 설명을 들으면서 제트 연료를 상상했다. 그런데 어째서인지 눈앞의 아리안이 커다란 가슴을 젖히며 자랑스럽다는 표정을 지었다.

아무래도 높은 기술력을 가졌다는 점에서 엘프족이 칭찬

을 받았다는 사실에 기분이 좋아진 모양이다.

"아리안 양, 왜 그러시오?"

"아무것도 아니에요."

아리안의 태도에 아크가 짐짓 모르는 척하고 말을 걸자, 허둥지둥 평소의 표정으로 돌아온 그녀는 안쪽 선반을 향해 발걸음을 옮겼다.

아크는 여행에 필요한 물건을 골라내는 아리안의 뒷모습을 바라보았다. 그러면서 선반의 갖가지 물품을 들고 치요메에게 묻던 중 낯익은 물건을 찾았다.

마대를 가득 채운 황금색 화폐.

선반 한구석에 놓인 마대의 화폐는 지하실 창고를 비추는 불빛을 받아 둔탁하게 반짝였다. 화폐 하나를 집어 든 아크는 거기에 그려진 문장을 보고 로덴 왕국의 금화라는 것을 알았다.

"아아, 그거. 아크 당신이 영주 저택에서 훔쳐온 금화의 일부예요. 아버지가 아크한테 필요할 일이 생겼을 때를 위해 어느 정도 남겨두는 게 좋겠다고 했어요."

여행 준비를 하던 손을 멈춘 아리안이 아크의 뒤에서 금화를 들여다보고 그런 사정을 말해주었다.

"오, 그럼 이제 목욕 연료비는 해결되는 게 아닌가."

아크가 좋은 방법을 떠올렸다는 듯이 말하고 돌아보자, 아리안이 어이없다는 얼굴로 어깨를 으쓱였다.

"왜 그렇게 목욕에 정열을 불태우는 거예요……. 당신 실력이라면 목욕할 때 사용할 연료용 마석은 마수 사냥으로 구할 수 있잖아요? 달리 돈을 쓸 데가 없어요?"

아리안의 말에 아크는 잠시 턱에 손을 대고 생각에 잠겼다.

목욕에 필요한 마석은 검과 마법의 훈련으로 마수를 사냥하면 충분할 테고, 앞으로 가게 될 동굴에서도 마결석이 손에 들어온다는 이야기를 들었다.

굳이 돈으로 마석을 살 이유도 없다. 그럼 역시 생활을 편리하게 해주는 엘프제 마도구를 사는 데에 돈을 쓰는 게 나을까.

다행히 엘프족과의 연줄도 생긴 까닭에 어딘가 거점을 마련하면 이 돈으로 고맙게 생활용품──아니, 목욕 시설을 도입하는 게 가장 급하다.

굳게 결심한 아크가 앞으로의 희망을 아리안에게 들려주자, 그녀는 땅이 꺼지라고 한숨을 내뱉었다. 아크의 입장에서는 무척 진지한 희망이었지만 말이다…….

일본인과 마찬가지로 입욕 문화를 가진 엘프족이니까, 그 문제에는 좀 더 이해심을 보여주기를 바랐다.

그런 시시한 대화를 나누면서도 내일 샘으로 떠날 여행 준비는 착실하게 이루어졌다.

이튿날 아침, 여전히 안개가 자욱이 낀 숲속을 아리안이 앞장섰다. 그리고 그 뒤를 아크와 치요메가 짐을 메고 따랐다. 폰타는 평소처럼 아크의 투구에 달라붙었다.

거목의 가지와 나뭇잎 사이로 넘쳐흐르는 햇살이 숲 바닥에 무늬를 그렸고, 나무들 틈으로 비치는 햇빛에 의해 만들어진 길이 숲속으로 유혹하듯이 이어졌다.

일행은 안개가 엷게 낀 환상적인 녹음 속에 있었지만, 눈에 비치는 풍경은 어디나 똑같아서 방향 감각을 잡기는 꽤 어려웠다.

그러나 아리안은 천연의 숲속 미로를 익숙한 등산길을 걷는 것처럼 헤매지 않고 나아갔다.

마법의 제어를 가로막는 대삼림의 안개가 걷히고 나서는, 때때로 전이마법을 사용하여 숲을 이동했다. 점심 전에는 마침내 이전에 건넌 라이델강과 리부르트강으로 나뉘는 지점에 이르렀다.

그 강을 단거리 전이마법 【디멘션 무브】를 써서 넘었다.

이 장소에 돌아오려면 커다란 강이 두 갈래로 나뉘는 특징적인 경치를 단단히 기억해두어야 한다. 일행은 잠시 경치를 바라보면서 휴식을 취했다.

아크는 아리안에게 주변 경치를 기억해야 하는 장거리 전이마법 【게이트】를 여기에서도 쓸 수 있다고 말했다. 그러나 라라토이아로 곧장 되돌아가면 좋겠다는 아리안의 지적에 아크는 살짝 풀이 죽어 고개를 숙였다.

일행은 한탄하는 아크를 개의치 않고 라이델강 맞은편 기슭의 숲으로 들어갔다.

그곳은 여태까지의 캐나다 대삼림처럼 거목이 우뚝 솟은 태고적 분위기에서 완전히 뒤바뀌어 나무들이 울창하게 우거진 깊은 숲의 양상을 띠었다.

주변의 잡초를 베거나 이따금 마주치는 마수를 없애고, 훤히 트인 장소에서는 전이마법으로 거리를 줄이며 이동했다.

북서 방향은 왠지 표고도 서서히 높아지는 느낌이었다. 비탈진 숲속을 더듬어 찾아야 간신히 보이는 발판 같은 길을 나아가자, 이윽고 숲 사이로 엿보이는 하늘이 해 질 녘의 불그스름한 색으로 물들면서 나무들의 그림자도 짙어졌다.

"역시 아크의 전이마법을 쓰는 게 빠르네요. 오늘은 저기서 하룻밤 묵죠."

아리안은 죽 뻗은 밑가지를 검으로 베었다. 그리고 탁 트인 시야 앞에 펼쳐진 경치를 검끝으로 가리키면서 아크를 돌아보았다.

아리안이 가리킨 곳에는 주위 나무들보다 크게 자란 세 그루의 거목이 보였다. 서로 기대듯이 자란 거목 한복판의 높이 약 10m 부분에 부자연스럽게 뻗은 나뭇가지들이 몇 겹이나 얽히면서 공중에 새 둥지 같은 모양을 이루었다.

아크는 자연의 경치 속에 어울리지 않는 형상을 올려다보았다.

거목 세 그루 사이에 받침대처럼 놓여서 삼각 전망대 같
았다.

"오오, 저게…… 뭐요?"

"큥!"

아크가 고개를 갸웃거리며 옆에 있던 아리안에게 묻자,
기쁜 듯이 짖은 폰타는 바람을 두르고 거목 전망대를 향해
똑바로 날아갔다.

평평한 전망대에 오른 폰타의 모습은 아래에서는 보이지
않았다.

"저건 엘프족이 숲속에 만든 휴게소예요. 엘프족은 이런
휴게소를 숲 곳곳에 만들어서, 전사들이 마수를 사냥할 때
거점으로 이용하기도 해요."

확실히 저 장소라면 지상을 돌아다니는 마수와 짐승을 경
계하지 않고 휴식을 취할 수 있다.

다만 아크 자신은 전이마법으로 간단히 올라가겠지만, 다
른 이들은 위에까지 오르는 게 약간 힘들 듯싶다. 짐을 지녔
으면 더욱 그러리라.

이번에는 숲을 탐색하는 일정이므로 각자 필요한 도구를
모으고 간이 배낭에 채워서 짊어졌다.

아크의 전이마법을 고려하여 평소보다 짐의 양은 적긴 해
도 결코 가볍지는 않다. 평범한 인간족이라면 짐을 올리기
위해 도르레가 필요할지도 모른다.

"엘프족은 정말 대단하군요. 숲속에 이런 장소를 마련해 둔 겁니까."

감탄사를 내뱉은 치요메가 자연 속에 만들어진 공중 전망대를 올려다보았다.

그 말에 기분이 좋아졌는지 커다란 가슴을 젖히고 미소를 띤 아리안은 금세 어두운 표정을 지으며 눈꼬리를 내렸다.

"강을 건넌 이 부근은 얼마 전만 해도 작은 마을이 몇 개나 있어서 마을 전사들이 주로 이용했어요. 인간족의 엘프 사냥이 늘어난 이후에는 그 마을들은 강 너머로 옮겨지고 없어졌지만요."

해 질 녘의 그림자가 계속 짙어지는 숲속에서 아리안의 얼굴에도 그림자가 드리웠다. 옆에서 치요메가 조금 울적한 표정으로 아리안을 바라보았다.

아리안은 우울한 기분을 떨쳐버리듯이 한 번 고개를 가로젓더니 치요메에게 웃어 보였다. 그리고 세 그루의 거목까지 걸어가서 굵은 줄기에 감긴 튼튼한 담쟁이덩굴을 붙잡았다.

"이제 곧 해가 질 거예요. 그 전에 위로 올라가서 야영 준비를 하죠."

아리안은 짐을 짊어진 채 담쟁이덩굴과 줄기의 움푹 팬 부분을 이용하여 말 그대로 뛰어 올라갔다.

"그렇군요."

아리안을 따라 치요메도 한달음에 줄기를 박차고 아리안

의 뒤를 쫓았다.

이들의 움직임을 나무타기라고 불러도 좋을지 의심스러운 장면이다.

잠시 세 그루의 거목을 올려다보며 물러난 아크는 전망대 상부가 보이는 위치에서 【디멘션 무브】를 사용하여 전망대 휴게소로 전이했다.

아무리 신체능력이 뛰어나더라도 역시 무거운 전신 갑주 차림으로 나무를 타는 일은 피하고 싶었다.

전망대 위에서는 벌써 짐을 내린 아리안과 치요메가 저마다 야영 준비를 시작했다.

폰타는 전망대 가장자리를 빙빙 돌아다니면서 숲을 내려다보았다. 자신의 영역 주변을 확인하는 걸까.

전망대는 일행 세 명과 한 마리가 올라타도 멀쩡했고, 발밑에는 부드러운 잔디처럼 짧은 풀이 우거져서 밟는 느낌도 꽤 좋았다. 아래에서 보면 서로 얽힌 나뭇가지로 이루어진 토대였지만, 별로 울퉁불퉁한 감각은 들지 않았다.

중앙 부근의 받침대는 살아 있는 나무로 이루어진 까닭인지, 불을 피우는 장소로서 돌을 덮어 놓았다.

아리안과 치요메는 오는 도중에 모은 작은 나뭇가지들을 쌓아 올렸다. 아크가 그 모습을 바라보면서 자신의 짐을 내리고 말을 걸었다.

"아리안 양, 이곳 경치는 상당히 특이하오. 기억해두면 마을로 돌아가도 내일 또 돌아올 수 있을 듯싶소만…….”

능숙하게 야영 준비를 하는 상황에서 몹시 꺼내기 어려운 말이었다. 그러나 아크에게 시선을 돌린 아리안은 딱히 동요하는 눈치도 없이 오히려 그럴 줄 알았다는 표정을 지었다.

“확실히 그렇지만 숲의 휴게소는 어디나 비슷한 경치일 걸요? 그래서 다른 휴게소를 이용하면 아크가 구분할 수 있을지 의심스럽잖아요.”

“으~음…….”

“게다가 모처럼 야영 도구도 가져왔으니까요. 며칠은 야영해야 할 테니, 조금이라도 익숙해지는 게 좋아요. 아크는 야영 경험이 없죠?”

“……으음.”

캠프 경험이라면 있다.

그러나 캠프를 할 때 갖춘 휴대용 버너와 튼튼한 텐트, 보온성이 높은 침낭은 이 자리에 없다.

그런 의미에서 야영은 이게 첫 체험이다.

샘으로 향하는 동안 야영에 익숙해지라는 것은 이후의 일을 생각하더라도 분명히 중요한 경험이다.

또한 아리안의 말처럼 앞으로 비슷한 휴게소를 거칠 경우, 아마 아크는 헷갈려서 첫 번째 휴게소인 이곳에 전이할 가능성이 크다.

어쩌면 애매한 기억을 가진 채 전이하여 어딘지도 모를

휴게소로 날려지는 사태도 벌어질 수 있다. 그럼 현재 위치를 파악하지 못하고 계속 숲속을 방황하게 된다.

듣기로는 방향치인 사람은 어떤 장소의 경치를 정확히 머릿속에 남겨두지 않는다고 한다. 그러나 숲속에서도 헤매지 않고 나아가는 아리안이 장거리 전이마법을 쓴다면, 숲에 펼쳐진 휴게소 하나하나를 구별해서 전이할 수 있을지도 모른다.

그렇게 생각하면 【게이트】라는 마법은 개인의 자질을 몹시 따지는 셈이다.

아리안의 의견을 따른 아크가 뭔가 도울 일이라도 있는지 묻자, 오늘은 딱히 아무것도 하지 말고 자신들의 작업을 구경하라는 말을 들었다.

폰타는 흥분한 듯이 잔디에 배를 깔고 기어 다녔다. 어쩔 수 없이 아크는 구석에서 얌전히 무릎은 껴안은 자세로 그런 폰타를 품은 채 아리안과 치요메를 바라보았다.

아리안은 배낭에 접어 넣은 커다란 천을 꺼내더니, 밧줄을 두 그루의 거목에 동여매고 잡아당겼다. 그리고 거기에 덮어 씌우듯이 조금 전의 천을 펼쳐서 구석에 달린 끈으로 아래의 받침대에 고정하자, 왠지 낯익은 형태가 만들어졌다.

삼각지붕 모양의 텐트다.

지붕의 천은 녹색 얼룩으로 물들였고, 비를 튕기기 위한 처리인지 기름을 발라서 탁한 광택을 뿜었다.

한편 치요메는 아리안이 건넨 짐에서 작은 냄비와 마른 식품 같은 식재 등을 끄집어내어 손에 들고 감탄사를 내뱉었다.

"이런 것까지 있군요……. 저희는 야영하면서 이만큼 철저한 준비는 하지 않습니다. 아무래도 짐이 늘어나면 걸음이 느려지거든요."

"엘프족 전사는 숲속을 순찰하거나 마수를 없애려고 장기간 돌아다니는 까닭에 이 정도 준비는 상당히 일반적이에요. 이번에는 아크의 전이마법도 있어서, 아마 내일쯤은 동굴 앞 '용의 턱'에 도착할 테니 짐은 적지만 말이죠."

아리안은 짐에서 몇 장의 모피를 꺼내어 텐트 밑에 깔았다. 그리고 화톳불 자리에 마련된 장작용 나뭇가지에 정령마법을 사용하여 불을 붙였다.

그 후 치요메에게 받은 냄비를 화톳불 자리의 돌 위에 올려놓고 물통의 물을 붓더니, 마른 식품 등의 식재를 넣기 시작했다.

"'용의 턱'이란 게 뭐요?"

아크는 구석에서 폰타의 배털을 쓰다듬으며 아리안과 치요메의 솜씨를 지켜보았다. 그러다가 아리안의 입에서 흘러나온 낯선 단어를 듣고 대화에 끼어들었다.

"용의 턱은 화룡산맥과 풍룡산맥 사이에 있는 거대한 협곡이에요. 지금 가는 동굴은 그 협곡 벽면에 입구가 있어요."

"호오, 그럼 내일은 용의 턱을 거쳐서 동굴로 들어가게 되는 건가?"

아크가 다음 날 예정을 언급하자, 아리안은 조용히 고개를 가로저었다.

"이 상태로는 용의 턱은 빨라도 점심이 지나야 도착할 거에요. 동굴에는 마수도 서식하니까, 단숨에 긴 동굴을 빠져나가고 싶어요. 그러려면 동굴 앞에서 또 하룻밤 묵어야 할 것 같네요."

아침 일찍 동굴로 들어가서 한 번에 빠져나갈 속셈인 모양이다.

보아하니 이틀 연속으로 야영해야 하는 눈치다. 평야와 달리 일정한 거리마다 마을과 도시가 존재하지 않는 숲에서는 당연한 일이겠지만 말이다.

고형(固形) 조미료를 넣은 아리안은 냄비를 나무 숟가락으로 휘저었다. 그리고 이튿날 일정을 말하면서 냄비의 수프 맛을 확인한 다음 고개를 끄덕였다.

모닥불의 흔들리는 불길이 장작을 탁탁 터뜨리는 작은 소리가 한밤중의 숲속에 울렸다.

부글부글 끓는 냄비의 수프에서 김이 올라 주위에 구수한 향을 풍기자, 아크의 무릎에 안긴 폰타가 코를 벌름거리며 짖었다.

"큥!"

"슬슬 다 끓었겠네요."

아리안은 냄비의 수프를 각자의 가벼운 금속제 머그잔에 담았다. 치요메는 자신이 맡은 짐에서 딱딱하게 구운 나무 막대 형태의 빵을 꺼내어 저마다 하나씩 나누어 주었다.

야영하면서 따뜻한 식사를 하리라고는 생각지도 못한 아크는 투구를 벗고 머그잔과 빵을 받았다.

폰타도 수프가 궁금한지 필사적으로 컵을 들여다보았다.

옆에서 아리안이 폰타용으로 가져온 얄은 접시에 수프를 붓고 눈앞에 두었다. 그러자 폰타는 기쁜 듯이 꼬리를 흔들며 달려들었다.

"불침번은 교대로 치요메 양이 첫 번째, 아크는 두 번째, 내가 마지막이면 괜찮죠?"

폰타는 마법을 사용하여 접시의 수프를 식혔다. 그 모습을 눈을 가늘게 뜨고 바라보던 아리안이 야영의 불침번 순서를 정한 다음 아크와 치요메의 얼굴을 차례대로 응시하며 확인했다.

"저는 상관없습니다."

"나도 딱히 이의는 없소."

"그럼 잘 때 아크는 이걸 쓸래요?"

아크와 치요메의 대답에 고개를 끄덕인 아리안은 방금 텐트 밑에 깐 모피를 천천히 집어 들고 아크에게 물었다.

들은 바에 따르면 몸에 두르고 자는 모피는 이른바 이 세계의 침낭인 듯싶었다. 그러나 전신 갑주를 걸친 아크는 모피를 덮어봐야 아무런 효과도 없는 데다, 야영 중에 갑옷을 전부 벗기도 망설여졌다──그런 이유로 모피를 사양했다.

저녁 식사 후 아크는 텐트 지붕 아래에서 불침번을 교대할 때까지 자게 되었다. 옆자리에 여성 두 명이 누운 사실에 왠지 불편하던 느낌도 잠시였고──그날 밤은 금세 깊어졌다.

이튿날 아침, 격렬한 충격이 아크의 몸을 덮쳤다. 아크는 어렴풋이 밀려온 첫 고통에 얼굴을 찌푸린 채 그 자리에서 벌떡 일어났다.

"우앗!?"

아크가 잠이 덜 깬 머리를 흔들며 주변을 둘러보자, 옅은 안개에 둘러싸인 깊은 숲의 풍경이 펼쳐졌다. 뒤에는 올려다보아야 할 듯한 거목 세 그루가 우뚝 솟아 있었다.

"저기, 아크!? 괜찮아요!?"

"쿵!"

아크는 머리 위에서 갑자기 들려온 여성의 목소리에 펄쩍 뛸 듯이 놀랐다. 거목의 전망대에서 아리안과 치요메, 그리고 폰타가 아크를 걱정스럽게 내려다보았다.

그제야 아크는 비로소 자신에게 벌어진 일을 알아차렸다.

아무래도 전망대에서 굴러떨어진 모양이다.

불침번을 교대한 아크가 텐트 지붕이 있는 치요메 옆이 아니라, 전망대 구석에서 잤기 때문이리라.

"미안하오, 문제없소."

"정말 괜찮아요? 꽤 높은 데서 떨어졌잖아요?"

아리안이 거목 줄기를 발판 삼아 지상에 사뿐히 내려섰고, 아크에게 불안한 시선을 보냈다.

그 물음에 아크는 아무렇지도 않다는 듯이 느긋하게 고개를 끄덕였다.

"당신 몸, 대체 어떻게 된 거예요? 설마 불사신은 아니겠죠?"

아리안은 조금 안도한 목소리로 말하면서도 어이없다는 표정을 지었다.

아무리 아크라도 불사신은 아니리라. 실제로 바닥에 세게 부딪히면서 통증을 느꼈다.

그러나 약 10m의 높이에서 굴러떨어졌는데, 몸이 살짝 아픈 정도로 끝난 점은 역시 대단하다고 해야 할까. 아니, 오히려 이 세계에 와서 아크가 제대로 입은 대미지가 나무에서 떨어진 일이라니 한심한 건가.

일단 아크는 만일을 위해 자기 자신에게 회복마법을 걸면서 대답했다.

"앞으로는 좀 더 한복판에서 자도록 하지……."

"그래요. 우리도 아침부터 무슨 소리인가 싶었어요."

아크는 아리안의 잔소리를 들으며 전망대에 올라갔다. 아침 식사를 간단하게 마친 일행은 다시 용의 턱으로 출발했다.

도중에 나타난 마수를 무난하게 처리하고 마석을 회수하면서 나아가자, 점심 무렵에는 겨우 목적지에 이르렀다.

우거진 나무들이 어느 순간 사라지더니 어슴푸레한 숲도 모습을 감추었다. 앞을 가로막는 방해물은 아무것도 없었다.

곧이어 그곳에는 압도적인 풍경이 펼쳐졌다.

대지가 끊기고 울창한 녹음의 융단이 깔린 까마득한 절벽 아래에는 안개구름이 걸려 있었다. 아주 먼 맞은편 기슭에 동서로 우뚝 솟은 산맥 사이를 하늘과 대지의 경계선을 긋는 듯한 절벽이 뻗어 나갔다.

동쪽에 보이는 산맥이 풍룡산맥이고, 대협곡 맞은편 기슭 너머로 보이는 산맥이 화룡산맥인 듯하다.

넉넉히 높이 1,000m 이상은 될 법한 대협곡 바닥에는 숲이 펼쳐졌는데, 아래로 내려가기 위해서는 일반적인 방법으로는 무리일 것 같았다. 그야말로 갈라진 대지의 양상을 띠었다.

이따금 세차게 부는 바람이 솟아오르며 절벽에 바람의 벽을 만들었다. 몸이 가벼운 폰타가 이 상승 기류에 휘말리면, 훨씬 높은 공중으로 날아갈지도 모른다.

"이게 '용의 턱'인가……. 말과 글로는 표현할 수 없는 절경이군."

"……확실히 엄청나군요. 이곳을 오르내리는 건 저도 힘들겠네요."

이만한 높이에서 떨어졌다가는 아크라도 멀쩡하지는 않으리라.

도리어 평범하게 죽는다. 오늘 아침에 굴러떨어진 거목 전망대의 백 배를 거뜬히 넘는 높이이다.

조심스럽게 절벽을 내려다본 아크가 치요메와 그런 감상을 내뱉자, 뒤에서 아리안이 말을 걸며 앞길을 재촉했다.

"동굴은 여기서 절벽을 따라 동쪽으로 가야 나와요. 그리고 절벽에 너무 바싹 붙으면 어쩌다 위로 올라오는 와이번의 눈에 띄어요."

그 말만 남기고 걸음을 옮기는 아리안을 쫓듯이 아크와 치요메가 따라갔다.

일행이 【디멘션 무브】를 쓰며 숲을 한 시간 정도 걸었을 즈음, 대협곡의 암벽을 조금 벗어난 숲속에 오늘 아침까지 머무른 휴게소를 닮은 장소가 나타났다.

세 그루의 거목 사이에 만들어진 전망대 높이는 7, 8m쯤이어서 약간 낮았다. 용의 턱 근처에 자리 잡은 점을 고려하지 않으면, 처음에 본 휴게소와 그다지 변함이 없다.

이 휴게소는 대협곡의 동굴 앞에 지어진 모양이었다. 일행은 이곳에서 하룻밤을 묵은 후 내일 이른 아침부터 동굴로 들어가 단숨에 나아간다는 계획을 세웠다.

오늘 밤 두 번째 야영을 맞이하는 아크는 아침처럼 휴게소에서 떨어지지 않도록 어지간하면 한복판에서 잘 생각이었다.

이른 아침. 햇빛은 아직 동쪽의 풍룡산맥 그늘에 가렸다. 하늘이 밤과 아침의 경계를 나누고 맞서 싸울 무렵, 아침 식사를 서둘러 마친 일행은 대협곡에 있는 용의 턱까지 와 있었다.

눈앞에는 절벽에 찰싹 달라붙어야 사람 한 명이 겨우 지날 만한, 길이라고도 부르지 못할 좁은 폭의 암벽 발판이 아래로 이어졌다.

절벽 숲에 낀 아침 안개가 강물이 흐르듯이 밑으로 떨어지는 가운데, 어제 본 대협곡 바닥에 펼쳐진 숲은 온통 안개 바다로 뒤덮여 모습을 감추었다. 정말 구름으로 만들어진 듯한 그 안개 바다는 조류를 타고 움직이는 것처럼 하얀 형태가 시시각각 달라졌다.

가끔 대협곡 바닥에서 기어오르듯이 세차게 부는 바람의 흐름이 구름 속 물보라를 절벽 숲까지 옮겨오더니 순식간에 시야를 가로막았다.

절벽을 따라 내려가는 길은 어깨 폭이 넓은 아크의 갑옷 차림으로는 똑바로 이동할 수 없었다. 결국 아크는 절벽에 바싹 붙은 채 게걸음을 쳤다. 폰타는 바람에 날아가면 안 된다는 이유로 아리안의 가슴 계곡 사이에 안겼지만, 뒤에서 따라가는 아크에게는 보이지 않았다.

아크는 바람에 나부끼는 『밤하늘의 외투』로 말미암아 몸이 날리지 않도록 신중히 발걸음을 내디뎠다. 그러자 마침내 절벽 중간에 자리 잡은 동굴 입구에 도착했다.

높낮이 차이로 말하자면 절벽 위에서 약 50m 아래쯤일까. 커다란 입을 쩍 벌리고 땅속으로 유혹하는 깊은 어둠이 엿보였다.

아크가 발밑이 넓어진 동굴 앞에서 한숨을 내뱉으며 올려다보았다.

높이 5m 정도의 동굴 입구는 폭도 그보다 넓어서 상당한 크기였다. 이끼가 낀 계단 모양의 암반이 동굴 안으로 이어지는 듯했다.

"동굴에는 마수도 사니까 주의해서 갈게요."

아리안은 자신이 짊어진 배낭에서 랜턴형 크리스털 램프를 꺼내더니, 동굴의 어둠을 떨치기 위해 불을 밝혔다.

아크와 치요메도 아리안처럼 저마다 크리스털 램프의 불을 켰다. 곧이어 빛이 더욱 강해지며 동굴 내부가 환해졌다.

그러나 동굴 깊숙한 곳은 여전히 어둠에 감싸여 앞을 볼 수 없었다.

이래서는 【디멘션 무브】를 이용하여 거리를 줄이는 방법도 못 쓴다.

크리스털 램프를 한 손에 든 아리안이 앞장서서 동굴 안으로 발길을 옮겼다.

아리안의 뒤를 아크와 치요메가 쫓았다.

지저로부터 이따금 냉기 같은 바람이 뿜어져 나왔다. 동굴에서 메아리치는 꺼림칙한 울림 이외에는 일행 세 명의 발소리만 들리는 고요한 공간이 펼쳐졌다.

동굴에는 커다란 경사길 옆으로 벗어난 좁은 샛길도 여러 개 있었다. 그러나 아리안은 그쪽이 아니라 경사길이 뻗은 방향을 따라 동굴 깊숙이 나아갔다.

돌아보니 이미 동굴 입구에서 한참 떨어진 거리까지 들어온 상태였다.

"마수가 산다고 했지만, 그럴듯한 모습은 아직 보이지 않는군……."

아크는 주위의 어둠을 주시하며 크리스털 램프를 들었다.

그러자 아리안의 어깨에 올라탄 폰타가 뭔가를 경계하듯이 짖었고, 거기에 반응한 아리안이 허리의 검을 뽑았다.

"큥!"

"자이언트 배트!"

목소리를 높인 아리안이 쳐다본 동굴 천장에 달라붙은 대형 박쥐의 몸길이는 1m 남짓했고, 날개를 펼치면 폭이 2m나 되었다.

물고기의 아가미를 닮은 귀를 가진 대형 박쥐는 긴 엄니를 보이며 기괴한 울음소리를 내더니, 곧이어 수십 마리가 한꺼번에 동굴 천장에서 날아올라 일행을 덮쳤다.

불규칙한 궤도로 어지럽게 나는 박쥐들이 일제히 엄니를 드러내고 노린 대상은 맨 앞의 아리안과 맨 뒤의 치요메였다.

수십 마리의 군체는 중간에 있던 아크를 조금도 거들떠보지 않은 채 그 둘을 향해 몰려들었다.

"수만 많아서 짜증 나네!"

"큐큥!"

아리안은 공격 범위에 들어온 박쥐들을 정말 땅 짚고 헤엄치는 수준으로 처리했다. 아리안의 어깨에 올라탄 폰타는 보기 드물게 의욕적이어서, 그녀 주위에 바람을 일으키며 박쥐들의 비행을 방해했다.

아리안은 바람에 휘말려 잠시 움직임이 굳은 박쥐들을 검으로 베었다. 폰타가 애쓴다는 사실은 개체로서 박쥐의 위협이 별로 높지 않다는 뜻인지도 모른다.

『수둔(水遁), 수수리검(水手裏劍)!!』

맨 뒤의 치요메는 다가오는 박쥐들을 멋진 몸놀림으로 때려눕혔고, 공격 범위를 벗어난 박쥐들에게는 물로 만든 수리검을 던져서 떨어뜨렸다.

한편 완전히 무시당한 아크는 아리안과 치요메에게 필사적으로 덤벼드는 박쥐들을 뒤에서 대검을 휘둘러 몇 마리를 없앴다.

아크의 마법 실력으로는 불규칙하게 날아다니는 박쥐들

을 명중시킬 자신이 없었다. 결국 아크는 높은 동체시력을 활용한 무식한 방법으로 박쥐들을 죽여 나갔다.

그러나 아무리 대검이라도 공중의 박쥐들에게는 닿지 않았다.

아크는 주위를 날아다니는 박쥐들을 노려보면서, 이전에 도적 한 명을 끝장낸 전투 기술을 떠올렸다.

"【와이번 슬래시】!"

아크가 공중에서 어지럽게 움직이는 박쥐들을 겨냥하여 눈으로 볼 수 없는 참격을 날렸다. 그러자 궤도상의 박쥐들이 두 동강 나서 땅에 떨어졌다.

중거리 공격 수단으로서는 몹시 뛰어난 전투 기술이다. 다만 같은 편에게도 보이지 않는 공격이기 때문에 쓰임새가 어렵다. 따라서 실수로라도 동료를 돕고자 사용할 기술은 아니다.

아크가 일단 공중의 박쥐들에게 【와이번 슬래시】를 잇달아 쏘며 개체 수를 줄이자, 박쥐들은 금세 뿔뿔이 흩어졌다.

"후~ 저놈들도 마수요? 왠지 나를 안중에도 두지 않는 눈치인데……."

검집에 검을 넣은 아크는 내팽개쳤던 짐을 다시 짊어지고 주변을 둘러보았다. 근처의 지면에는 어느덧 십수 마리의 박쥐 사체가 산더미처럼 쌓여 있었다.

"저건 마수가 아니라 보통 동물이에요. 흡혈박쥐는 사냥감의 체액을 빨아서 살아가는데, 아크는 별로 맛있어 보이지 않았겠죠."

아리안은 검에 묻은 피를 닦으며 조금 전에 일행을 습격한 자이언트 배트의 생태를 말해주었다. 그러면서 아크를 약간 이상한 시선으로 바라보았다.

확실히 겉은 금속제 전신 갑주인 데다 알맹이는 수분이 전혀 없는 해골이다. 박쥐들의 포식 대상이 되지 못하는 이유를 납득할 만하다.

초음파로 빈껍데기라는 사실을 알아차렸을까.

아크가 뒤돌아보자, 땅에 떨어진 자이언트 배트를 집어 올린 치요메는 날개를 펼치면서 꼼꼼히 살펴보았다.

"치요메 양도 괜찮은 모양이군."

"네, 문제없습니다. 그런데 이건 먹을 수 있을까요? 이보다 작은 박쥐는 먹어보기는 했습니다만……."

치요메는 머리를 잘라낸 자이언트 배트를 아크에게 보여주더니, 고개를 갸웃거리며 물었다.

지구에서도 박쥐를 먹는 지역이 의외로 많았던 기분이 들지만, 치요메는 작은 박쥐를 먹기도 하는 걸까.

박해를 받아 일방적으로 노예사냥을 당하는 종족인 산야의 민족은 대규모 농업이나 목축을 할 수 없을 테니 뭐든지 먹자는 주의인지도 모른다.

돼지와 쥐를 닮은 얼굴, 긴 엄니, 물고기의 아가미 비슷한 귀를 지닌 자이언트 배트는 겉모습만으로 따지자면 맛있어 보이지 않았다.

아크가 아리안에게 시선을 옮기자, 그녀는 그 의미를 깨달았는지 고개를 가로젓고 대답했다.

"우리도 먹어본 적 없어요. 딱히 맛있을 것 같지도 않고……."

아리안의 의견도 아크와 마찬가지인 듯싶었다.

"그보다 오늘 중에 동굴을 빠져나가려면 서둘러야 해요."

아리안은 아크와 치요메를 재촉하는 것처럼 손에 든 크리스털 램프로 동굴 깊숙이 이어지는 길을 가리켰다.

"그렇군요, 죄송합니다."

치요메도 살짝 아쉽다는 얼굴로 고개를 끄덕였다. 그리고 자이언트 배트를 살며시 내려놓은 후 종종걸음으로 아리안을 쫓았다.

그 뒤에도 일행은 동굴 벽을 발발 기어 다니는 몸길이 1m 남짓한 괴물 노래기나 움푹 팬 땅에 숨어 사냥감을 기다리는 게임의 잡몹으로 낯익은 슬라임 등, 어둠 속에서 보면 등골이 오싹할 몬스터들을 물리치며 나아갔다.

빛이 닿지 않는 어두운 곳에서 불쑥 나타나는 몬스터들의 모습은 평소라면 비명을 지를 법한 광경이다. 아크가 냉정함을 지킬 수 있는 이유는 전적으로 해골 몸 덕분인지 모른다.

지금도 눈앞에는 정체 모를 마수가 동굴을 떠다녔다.

"아리안 양, 저건 마수요?"

풍선처럼 공중을 떠도는 둥근 몸체는 물렁물렁했는데, 눈 같은 기관을 여러 개 달았고 몇 가닥의 촉수를 늘어뜨렸다.

그야말로 하늘을 나는 해파리 괴물이다.

일행이 동굴을 가는 장소마다 떠돌아다니는 게 보였다. 아크가 꺼림칙한 생김새에 검을 뽑아서 베려고 하자, 앞에 있던 아리안이 손으로 제지했다.

"건드리지만 않으면 가만히 떠 있는 스포일이라는 마수예요. 공격했다가는 오히려 독을 뿌리니까 손대지 말아요."

얌전하게 떠 있을 뿐인 마수라지만, 이따금 스포일 주변의 날벌레를 촉수로 붙잡는 장면을 보건대 벌레가 먹이일 것이다.

여러 개의 눈알이 주위를 뒤룩뒤룩 둘러보고 촉수로 곤충을 포식하는 모습은 판타지스럽기는 해도 몹시 소름 끼쳤다.

일행이 공중의 스포일들을 피하면서 동굴 깊숙이 들어가자, 맨 뒤의 치요메로부터 경계하는 목소리가 들렸다.

"아리안 님, 아까부터 기분 나쁜 냄새가 납니다. 아마 언데드 계열 같습니다."

앞장서던 아리안이 그 말에 발걸음을 멈추고, 어둠을 살피듯이 손에 든 크리스털 램프를 높게 들었다.

빛이 닿지 않는 동굴 안쪽에서 불어오는 바람 소리에 섞여 뭔가를 질질 끄는 기척이 아크의 귀에 닿았다.

이윽고 인간 형태를 띤 존재들이 어둠 속에서 나타났다.

"좀비…… 인가?"

짙은 갈색 피부로 변한 손발을 움직이면서 느릿느릿 기어오는 인간 형태를 띤 그것들의 텅 빈 눈동자는 어느 누구도 비추지 않았다. 그리고 몸통이나 팔다리에서는 기묘한 지렁이 같은 촉수를 꺼림칙하게 꿈적거렸다.

곧이어 썩어 문드러진 몸을 천천히 일으키자, 끈적거리듯이 세로로 갈라진 몸통에서 대량의 촉수가 기어 나왔다. 마치 포식 대상을 발견한 말미잘을 떠올리게 하는 움직임이다.

"저건!? 좀비가 아니라, 구울 웜이에요!!"

아리안의 긴장한 목소리가 동굴에 울렸다. 그와 동시에 다른 구울 웜들도 일제히 일어나더니, 말 그대로 대지를 박차고 덤벼들었다.

"뛰어오른다고!?"

구울 웜들은 일행이 크리스털 램프로 확보한 시야를 크게 벗어나서 어둠 속에 숨어드나 싶었지만, 그 기세를 이용하여 아크에게 단숨에 날아왔다.

아크는 구울 웜들의 공격을 훌쩍 물러나며 피했다. 그리고 당장 손에 든 크리스털 램프를 발밑에 내던진 후 등에 멘검을 뽑았다.

어둠 속의 전투는 광원이 있는 곳에서만 싸움이 가능한

아크에게 필연적으로 활동 범위를 한정시킨다. 아리안과 치요메처럼 밤눈이 밝다면 광원에서 조금 멀어져도 괜찮을 텐데, 그렇지 못한 아크는 적에게 먹음직스러운 표적으로 보이는 모양이다.

아크는 여러 마리의 구울 웜이 자신을 노리고 습격하는 공격을 피했다. 곧바로 아크도 검을 휘둘러 베려고 했지만, 근처에 스포일이 떠다녀서 허둥지둥 검을 되돌렸다.

장대한 리치를 갖는 대검은 많은 적을 상대로 싸우기에는 유리해도 비좁은 공간이 아니라는 전제 조건이 필요하다. 주변에 건드려서는 곤란한 대상이 있다면, 그 즉시 불리한 무기가 된다.

아리안처럼 장검을 휘두르면서도 흐르는 듯한 궤적으로 스포일을 피해 구울 웜을 쪼개는 곡예는 아크에게 아직 무리다.

"【저지먼트^{심판의 검}】!"

일단 아크는 이전에 자이언트 바질리스크의 숨통을 일격에 끊은 성기사의 전투 기술을 구울 웜 한 마리에게 꽂아 넣었다.

아크가 빛이 모여든 검을 내려치자, 구울 웜의 발밑에 마법진이 펼쳐졌다. 그 순간 빛의 검이 동굴 천장을 향해 우뚝 솟았다.

그러나 미리 뛰어오른 구울 웜은 빛의 검에 살짝 스치기만 했을 뿐이다.

인간 형태의 크기로 깡충거리는 구울 웜은 커다란 메뚜기나 벼룩 같아서 도무지 표적을 맞힐 수 없었다. 자이언트 바질리스크처럼 표적이 크지 않은 데다, 동작도 재빠른 탓에 잠시 멈칫거리는 시점에서 【저지먼트】를 피해버렸다.

검으로 맞서기를 잽싸게 포기한 아크는 검을 검집에 넣었다. 그러더니 바닥에 내팽개친 크리스털 램프를 들고 아리안의 앞으로 나섰다.

"우선은 방해되는 놈들부터 정리하지! 【브링 휠윈드^{선풍초래}】!!"

"에, 아크!?"

놀란 목소리를 내뱉는 아리안을 내버려 둔 아크는 마도사 직업이 가진 풍속성의 범위 마법 스킬을 전방에 발동시켰다. 아크를 중심으로 하는 지점에서 회오리바람이 생겨났고, 치켜든 손 앞으로 강풍이 세차게 불었다.

공중을 떠돌던 스포일은 강풍에 의해 동굴 깊숙이 날아갔다. 그러나 높이 뛰어오른 구울 웜은 바람에 조금 날리기는 했어도 균형만 잃었을 뿐이어서 다시 아크에게 다가왔다.

그래서 아크는 이번에는 즉시 다른 마법 스킬을 발동했다.

"【록 팽^{암석예아}】!!"

발동과 동시에 딱딱한 암반 상태의 지면을 날카로운 엄니 형태의 바위들이 뚫고 나왔다. 지면을 뒤덮듯이 솟아난 바위들은 이리저리 돌아다니던 구울 웜들을 찌르며 늘어섰다.

엄니 형태의 바위에 몸을 꿰뚫린 구울 웜들은 눈에 띄게 움직임이 둔해졌고, 어떻게든 빠져나오기 위해 발버둥 치기 시작했다.

이 상태라면 숨통을 끊는 일은 간단하다. 그렇게 생각한 아크가 뒤에 있던 아리안과 치요메에게 말을 걸려고 했지만, 그보다 먼저 고함을 지른 이는 또 아리안이었다.

"잠깐만요, 아크! 이런 동굴에서 지(地)속성 마법을 발동하면——!!"

아리안은 약간 초조하게 외쳤지만, 그 뒷부분의 말은 갑자기 들려온 땅울림에 파묻혔다.

방금까지 발을 디디고 선 곳이 무너지면서 커다란 구멍이 뚫렸다. 아크는 구멍에 삼켜지듯이 붕괴하는 바닥과 함께 떨어졌다.

"우오오오오오오오오오오웃!?"

시야가 격렬하게 빙빙 돌았고, 굴러떨어지는 속도도 빨라졌다. 아크는 간신히 자세를 바로잡았지만, 지면에 뚫린 구멍을 제트코스터를 탄 듯이 미끄러지는 상황은 멈추지 못할 듯싶었다.

아크는 함정에 빠진 인디아나 존스의 기분을 느꼈다.

"지속성 마법은 지반에 영향을 주니까, 보통은 동굴이나 폐쇄된 곳에서는 안 쓴다고요!"

아크가 뒤에서 들려온 목소리에 몸을 비스듬히 기울여 돌아보았다. 그러자 아크를 쫓아오는 것처럼 똑같이 구멍에서 떨어져 미끄럼을 타는 아리안과 치요메의 모습이 보였다.

아무래도 둘 다 조금 전의 붕괴에 말려든 모양이다. 아리안의 앞가슴에 달라붙은 폰타도 무사한 듯하다.

설마 지속성의 마법이 이런 지형 효과를 일으킬 줄은 몰랐다. 아크는 자신의 잘못을 솔직하게 사과했다.

"미안하오! 일단 설 수 있는 장소를 찾아서 전이마법으로 돌아가겠소!"

단단히 움켜잡은 크리스털 램프는 방금 받은 충격에도 멀쩡하게 빛을 뿜으며 눈앞의 어둠을 몰아냈다.

아크는 이따금 구멍 속에 튀어나온 바위와 머리를 부딪쳐서 살짝 아프기는 했다. 그러나 바위만 부서진 탓에 아크의 몸은 멈추지 않고 계속 미끄러졌다.

이윽고 주위의 어둠이 갑자기 사라지면서 아크는 끝없이 펼쳐진 대공간으로 튀쳐나왔다.

굴러떨어질 만큼 가파른 비탈도 완만한 경사로 바뀌어 미끄러지는 속도가 줄어들었다. 아크는 다시 주변에 시선을 돌릴 여유를 찾았다.

지저 바닥에 나타난 대공간은 동굴인데도 불구하고, 어슴푸레한 파란색 빛에서 떠올라 환상적인 풍경을 눈동자에 비추었다.

"보세요, 땅속에 호수가 있습니다. 게다가 저건……!?"

아크는 뒤에 있던 치요메의 목소리에 그녀가 가리키는 방향으로 시선을 돌렸다. 그러자 지저 바닥의 대부분이 투명한 물로 덮인 광경이 보였다. 거대한 지저호 바닥은 조명을 넣은 것처럼 곳곳에서 푸르스름한 빛을 뿜는 까닭에 매우 이상한 풍경을 연출했다.

그리고 믿을 수 없게도 아크가 미끄러져 떨어진 바로 옆의 호숫가에는 거대한 선박이 정박해 있었다.

지저에 도달한 아크는 천천히 일어나 그 광경을 물끄러미 올려다보았다. 대공간의 천장까지 이르는 높이는 넉넉히 100m는 될까.

바위 표면이 푸르스름하게 빛났고, 여기저기 눈부시게 반짝이는 수정 덩어리들이 동굴 전체를 환상적으로 비추었다.

동굴 전역에는 거대한 지저호가 멀리 수평선 너머로 펼쳐졌고, 그 앞이 어디로 이어지는지는 보이지 않을 듯싶었다. 약간 안쪽 벽면의 중턱에 뚫린 꽤 커다란 땅굴에서는 대량의 물이 폭포처럼 호수에 쏟아졌다.

그리고 호수를 채운 투명한 물 위에는 환상적인 지저의 경치 속에서 유일한 인공물이 길게 뻗어 나갔다.

간소한 목제 부두에는 대형 선박 한 척이 정박해 있었다.

배의 형태는 세 개의 돛대를 가진 갤리온선을 몹시 닮았지만, 갤리온선의 흘수선보다 조금 높은 위치에는 손잡이가 긴 여러 개의 노를 갖추어서 갤리선 같기도 했다.

이런 대형 선박이 지저호에 떠 있다는 사실은 이 호수가 지상의 바다나 강으로 흘러드는 증거이리라.

"그나저나 천연 라이트 크리스털이 이렇게나……."

"쿵!"

주변을 바라보는 아리안은 빛을 뿜는 수정과 동굴 벽면에 시선을 고정하고 감탄사를 내뱉었다. 폰타도 아리안의 앞가슴에서 자꾸 주위를 둘러보았다.

"부두와 정박한 배를 보건대 이곳에 사람의 손길이 미친 것은 분명하군요."

옆에서 걷는 치요메는 사방을 주의 깊게 살피면서도 정면의 배에 눈길을 돌렸다.

"하지만 뭘 위해 이런 장소를 땅속에 만든 거요?"

근처에 인기척이 없음을 확인한 아크가 새삼 지저에 만들어진 부두의 용도에 고개를 갸웃거리자, 아리안이 발밑의 돌멩이 하나를 손에 들고 보여주었다.

"아마 이것 때문이겠죠……."

아리안은 크리스털 램프의 빛을 방금 주운 돌에 비추었다. 돌은 맑은 자주색 빛을 뿜더니 희미하게 반짝였다.

"마결석이군요."

그 장면에 치요메가 눈을 휘둥그레 뜬 후 자주색으로 빛나는 보석 같은 돌을 뚫어지라 보았다.

"이렇게 순도 높은 마결석이 마구 굴러다녀요. 천연 라이트 크리스털이 이만한 조도를 지닌 채 동굴을 비추는 것도 납득이 가네요."

라이트 크리스털이란 크리스털 램프에도 박힌 빛나는 수정이리라.

아크는 크리스털 램프를 들고, 안에서 빛나는 수정 기둥을 들여다보았다.

"이 크리스털 램프의 수정은 똑같은 천연물이 아닌 거요?"

"그건 인공적인 마도구로 재현한 라이트 크리스털이에요. 고가의 천연물 수정은 야영용 도구에 쓰이지 않아요."

아리안은 아크가 손에 든 크리스털 램프가 싸구려려는 듯이 말했지만, 치요메는 엘프족의 마도구조차 인간족에게는 고가의 물품이라는 설명을 덧붙였다.

그렇다면 이곳에 굴러다니는 라이트 크리스털과 마결석은 말 그대로 보물산이리라.

더구나 마결석은 엘프족이 만든 마도구의 연료로 사용하기도 한다. 아크는 마결석이 바닥에 아무렇게나 나뒹굴자 쓸 곳이 금세 머리에 떠올랐다.

"마결석이 이만큼 있으면 1년 내내 목욕물을 끓여도 충분하겠군!"

아크의 말에 아리안은 쓴웃음을 지었다. 그러나 턱에 손을 대고 주위를 바라보더니, 고개를 끄덕이며 입을 열었다.

"하지만 그렇긴 하네요. 이 정도 자원이라면 아버지랑 한 번 상담해서, 전사로 이루어진 조사대를 보내는 게 좋을지도 모르겠어요……."

"그럼 현 상황에서 여기를 이용하는 세력이 어떤 자들인지 판단할 필요가 있겠군요……."

치요메가 눈앞의 수상한 배에 시선을 던지면서 아리안의 말에 맞장구를 쳤다.

아크와 아리안도 치요메의 말에 자연히 눈길을 정박한 배로 옮겼다.

확실히 현재 이 장소를 이용하는 자가 존재한다는 사실은 틀림없다.

보아하니 배는 상당히 오래전에 버려진 모습이 아닌, 아직도 당장 출항 가능할 수준으로 깨끗한 상태를 유지했다.

그러나 배 주변에는 아무도 없었고, 동굴의 대공간에는 호수로 쏟아지는 폭포의 아득한 굉음이 울릴 뿐이었다. 그 외에 달리 누군가의 기척을 느낄 만한 떠들썩한 소리는 들리지 않았다.

일행은 필연적으로 배의 소유자를 알아보는 조사를 하게 되었다.

"일단 선내를 살펴볼까?"

아크가 유령선처럼 정박한 호수 수면의 배를 쳐다보던 시선을 아리안과 치요메에게 돌리자, 둘 다 같은 생각이었는지 바로 고개를 끄덕이며 동의했다.

약간 조잡하게 만든 부두를 삐걱거리면서 걸어간 일행은 뱃전을 올려다보았다.

배의 전체 길이는 선수에 튀어나온 기다란 기움 돛대를 포함하면 약 60m다. 커다란 돛을 접은 돛대의 높이는 흘수선으로부터 30m쯤 될까. 갑판을 오르내리기 위한 판자는 부두에 정성스레 걸쳐져 있었다.

멀리서 본 느낌으로는 평범한 목조 범선 같았지만, 가까이 다가가서 선체를 확인하자 몹시 꺼림칙한 분위기를 풍겼다. 선체를 구성하는 재료는 목재가 틀림없을 테지만, 선체 밑의 절반을 거대한 해골 비슷한 물체가 감쌌다.

부두에 정박한 배를 옆에서 아리안이 심각한 얼굴로 지켜보았다.

"그나저나 인기척이 전혀 없군……."

일행은 판자를 건너 배의 갑판에 올랐다. 갑판 중앙에는 아래의 선실로 이어지는 듯한 커다란 두쪽문이 바닥에 설치되어 있었다.

그 밖에도 한 단 높게 만들어진 단단한 선미루에는 불이 꺼진 금속제 선등(船燈)을 매달았고, 갑판에는 개수는 적지만 양쪽 뱃전에 여덟 문의 대포까지 장착했다.

아크는 이 세계의 배에도 대포를 장비하는구나 싶어서 조금 감탄했다. 그러자 함께 갑판에 올라온 아리안이 날카로운 목소리로 외쳤다.

"이건 마나 캐논^{마법 대포}!? 이게 왜 여기에!?"

아리안의 말에 고개를 갸웃거린 이는 마지막으로 갑판을 오른 치요메였다.

"아리안 님, 마나 캐논이란 게 뭔가요?"

"마도구의 일종인데 쇠구슬을 마법의 힘으로 쏘는 무기예요. 이걸 가진 건 캐나다 대삼림의 엘프족과 남대륙의 파브나하 대왕국 정도였을 텐데……. 인간족 국가에서 갖고 있다는 얘기는 여태껏 들은 적이 없어요."

아리안은 뱃전에 고정된 대포의 포신을 뚫어지라 바라보았다.

듣고 보니 로덴 왕국의 항구 도시였던 랜드발트에 정박한 선박에는 대포 같은 병기는 실리지 않았다. 아크는 이전에 선상에서 요란하게 날뛰었던 일을 돌이켜보았다.

"그럼 이 배는 아리안 양처럼 엘프족이나 남대륙의 파브나하 대왕국이 소유한 배라는 거요?"

아크의 질문에 선내를 둘러본 아리안은 고개를 갸웃거리며 팔짱을 꼈다.

"이건 엘프족의 배가 아니에요. 확증은 없지만 파브나하의 배도 아닐 거예요……. 전에 본 파브나하의 배하고는 형태가 조금 다른 느낌이네요."

생각에 잠긴 듯한 아리안은 뱃전에 놓인 대포의 포신을

잠시 어루만지고 대답했다.

"그럼 이 배는 대체——."

"쿵! 쿵!"

"선내에서 뭔가가 옵니다……!"

아크가 배의 소속에 대한 의문을 드러냈을 때 아리안의 앞가슴에 안긴 폰타가 갑자기 경계하는 울음소리로 짖었다.

그 반응에 따르듯이 치요메도 아크에게 주의를 당부하며 머리에 달린 고양이 귀를 쫑긋거렸다.

다음 순간, 선내로 들어가는 갑판 바닥의 두쪽문이 벌컥 열리자마자, 대량의 해골이 손에 곡괭이와 검을 들고 일행을 덮쳤다.

"우오옷!? 내가 잔뜩 나왔잖아!?"

뼈를 달그락거리면서 달려오는 소리와 손에 든 무기를 울리는 금속음만 들렸고, 아크와 알맹이가 똑같은 해골들은 말없이 선내에서 솟아나듯이 엄청나게 몰려왔다.

"이놈들은 단순한 언데드인 스켈레톤이에요! 아크 같은 게 이처럼 한꺼번에 밀어닥치면 나라가 멸망할 거라고요!!"

아리안은 그런 무례한 말을 입에 담으면서, 습격해 오는 해골들을 불을 두른 검으로 가볍게 처리했다. 스켈레톤 자체의 전투력은 별로 대단하지 않은 듯싶었다.

치요메도 화려한 몸놀림으로 공격을 피하는 한편 원심력을 이용한 돌려차기로 해골들을 없앴다.

아크도 과감하게 맞서 싸우고자 등에 멘 『칼라드볼그』를
쑥 뽑아 들더니, 푸르고 날카로운 빛을 담은 검신을 해골 망
자들을 향해 휘둘렀다.

대검 『칼라드볼그』는 아주 쉽게 해골들을 산산조각내고
메마른 소리를 울리며 허물어트렸지만, 선내에서는 무기를
든 해골들이 잇달아 나타났다.

"이 배는 아무래도 이미 언데드의 소굴이 된 모양입니다!
불을 붙여서 배를 통째로 태워버리는 게 빠르겠습니다!"

치요메는 무리를 이룬 해골들을 농락하면서 배를 불사르
자는 말을 꺼냈다. 마찬가지로 검을 휘두르며 응전하던 아
리안도 그 제안에 동의하듯이 목소리를 높였다.

"그러죠! 수가 많아서 성가셔요. 배 밖에서 화염 마법으
로 가라앉히──!!?"

아리안은 주위의 해골들을 제거하면서 대답했지만, 갑자
기 뭔가를 알아차렸는지 그녀의 말은 도중에 끊겼다.

그와 동시에 선내에서 흘러넘치듯이 기어 나오던 해골들
을 튕겨낸 거구 하나가 모습을 드러냈다.

『오오오오오오오오오옷!!!』

거구는 주변에 무리를 이룬 해골들과는 달리 얼룩으로 변
색한 피부의 육체를 가진 인간형 괴물이었다.

괴물의 몸높이는 아크보다 훨씬 높은 3m쯤 되었다.

건장한 체격의 상반신에는 기사 갑옷을 걸쳤지만, 반으로

갈라진 복부 윗부분에는 사람 머리 비슷한 물체 두 개가 달렸다.

그러나 얼굴이라고 불러야 할 부위에는 살을 물어뜯을 듯이 날카로운 엄니가 즐비한 꺼림칙하게 찢어진 입과 아무렇게나 박힌 네다섯 개의 눈알이 자리 잡았다.

신체 좌우에 두 개씩, 전부 네 개의 팔은 저마다 금속덩어리 같은 검과 방패로 무장했다. 그리고 하반신에는 거대한 검은 거미를 떠올리게 하는 몸통이 이어졌다.

동굴에 오싹한 포효를 내지른 거미와 인간의 합성체는 거미 다리를 능숙하게 움직이며, 해골들과 온 힘을 다해 싸우는 일행에게 다가왔다.

그 광경에 아크는 물론 아리안과 치요메도 눈을 휘둥그레 뜨고 경악한 표정으로 괴물을 쳐다보았다.

"뭐야…… 이 녀석!? 죽음의 불결함에 감싸였다는 건 언데드라는 거야!?"

아크는 아리안의 목소리와 태도를 통해 눈앞의 괴물은 그녀가 지금까지 본 적이 없는 언데드라는 사실을 알 수 있었다.

시선을 치요메에게 돌려도 마찬가지였다.

아크 역시 처음 보는 몬스터였는데, 게임을 할 때도 마주치지 않았다.

여러 개의 눈으로 아크를 노려본 괴물은 찢어진 입에서 알아듣기는 몹시 어려워도 분명히 말을 내뱉었다.

『침입자……는 죽인다!! 목격자도 죽, 인다!! 전부 죽인다!!!』

절규하는 목소리가 주변에 울려 퍼지더니, 괴물은 거미 몸통에 가지런히 달린 다리를 단숨에 굽혔다가 펴면서 뛰어올랐다. 그리고 손에 든 무기를 상공에서 세차게 내리치듯이 일행을 덮쳤다.

"이 언데드 방금 말했어!?"

"아무래도 저급 언데드인 스켈레톤과는 딴판인 듯싶습니다!"

조금 전의 공격을 훌쩍 물러나면서 피한 아리안과 치요메는 괴물의 형태를 띤 거미 인간이 말을 했다는 사실에 위협을 느꼈다.

등에 멘 방패를 거머쥔 아크는 일행에게 덤벼든 거미 인간의 두꺼운 검의 일격을 막았다.

방패를 거머쥔 손에 전해지는 묵직한 충격이 상대의 힘을 여실히 말해주었다.

더구나 아크가 반격하듯이 반대편 손에 든 『칼라드볼그』를 휘둘러 올리면서 거미 인간의 몸통을 베려고 했지만, 금속 방패에 막혀 격렬한 충격음이 동굴에 메아리쳤다.

"튕겨냈다고!?"

그동안 아크는 이 검으로 공격한 적을 대부분 한 번에 숨통을 끊은 만큼, 살짝 놀라면서도 반동을 이용하여 거미 인간과의 거리를 벌렸다.

『──불꽃을 두른 돌이여, 적을 모조리 없애라──.』

아크에게 공격을 받은 거미 인간의 자세가 약간 흐트러졌다. 그 순간을 노린 아리안은 정령마법으로 화염 덩어리를 만들어 습격했다. 그러나 거미 인간이 그마저 방패로 받아치자, 화염은 안개가 흩어지듯이 사라졌다.

"미스릴 방패!?"

아리안은 믿어지지 않는다는 표정으로 거미 인간을 노려보았다.

이 세계에서 마법 금속 미스릴은 귀중한 소재라는 인식이다. 그런데 말을 한다고는 해도 별로 지능이 높을 것 같지 않은 괴물이 미스릴 방패를 소지했다──그보다 거구의 괴물에게 딱 맞춘 듯한 기사 갑옷과 무거운 무기는 누군가가 주었다고밖에 말할 수 없었다.

이 세계는 게임에서도 낯익은 마수가 많다. 그러나 대체로 지능은 낮은 데다 가진 무기라고 해봐야 인간이 떨어뜨린 부실한 무기나 나무와 돌을 짜맞춘 간단한 무기뿐이다. 철을 이용한 높은 문명의 이기는 보이지 않는다.

괴물이 조금 전에 말을 한 사실도 그렇고, 조종하는 자가 있는 것은 확실하리라.

거미 인간은 잠깐 생각에 잠긴 아크의 빈틈을 찌르듯이 거미 다리를 재빨리 움직여서 아리안에게 다가갔다. 그리고 거구의 높이를 활용한 힘으로 밀어붙이며 무기를 내리쳤다.

거미의 기동력은 거구인데도 좀처럼 얕보기 힘들었다.

아리안이 그 일격을 아슬아슬하게 피하자, 갑판은 나무 조각을 날리듯이 주위의 스켈레톤들과 함께 부서지면서 커다란 구멍이 뚫렸다.

"【파이어】!!"

아크는 아리안을 줄곧 집요하게 추격하던 거미 인간을 향해 발동이 빠른 초기 마법을 힘껏 쏘아 견제했다.

화염방사 같이 뿜어 나온 화염은 갑판과 스켈레톤을 핥듯이 휩쓸며 거미 인간에게 닥쳤다. 그러나 다시 방패를 휘두른 거미 인간은 마법이 안개처럼 흩어지자, 훌쩍 물러나서 불길을 벗어났다.

기동력이 주변의 스켈레톤들과 비교할 바가 아니었다.

다만 거미 인간에게 딱히 상처를 입히지 못했더라도, 이만한 화력은 역시 배에 불을 붙인 모양이었다.

선상은 눈 깜짝할 사이에 불타올랐다. 푸르스름하고 고요한 동굴은 주황색과 붉은색의 불이 붙으면서 배를 태우는 화염 소리로 가득 찼다.

"이대로 선상에서 싸우는 건 위험합니다! 일단 지상으로 돌아가죠!"

치요메가 갑판의 스켈레톤들을 부수며 뱃전에서 부두로 내려가더니, 아크와 아리안에게 서둘러 피하도록 재촉했다.

아크는 그 말에 아리안이 어떻게 할지 묻는 듯한 시선을 보내자, 고개를 끄덕이고 즉시 강한 어조로 동의했다.

"내가 후위를 맡겠소! 아리안 양과 치요메 양은 먼저 가시오!!"

불길이 치솟는 선상을 바라본 정면의 거미 인간 괴물은 포효하듯이 분노를 드러내면서 꺼림칙한 목소리로 외쳤다.

『방해자, 는 죽, 인다아!!!』

두 개의 머리로 돌림노래를 하는 것처럼 고함을 지른 거미 인간은 무기를 단단히 움켜잡았다.

아크를 남기고 앞서 부두로 달아난 아리안과 치요메는 지상에서 거미 인간을 맞아 싸우기 위해, 자신들을 쫓아오는 많은 스켈레톤을 처치하며 후퇴했다.

그러나 아크는 여기에서 거미 인간의 숨통을 끊을 속셈이었다.

그 때문에 아리안과 치요메를 좁은 선상으로부터 멀리 떨어뜨려 놓은 것이다.

아크가 가진 전투 기술이나 마법은 대부분 화력이 너무 센 광범위계인 탓에 이런 때는 혼자 싸우는 게 편하다. 그리고 지금 사용할 전투 기술도 게임에서는 좋지만, 현실의 동료들과 함께 있는 상황에서는 쓰기 어렵다.

"【칼라드볼그】!!"

신화급 무기에 부여된 전투 기술——게임에서는 넘이나

마찬가지인데, 실제 효과는 여태까지의 경험상 상당한 능력을 감춘 듯싶다.

푸르고 날카로운 검신이 빛나면서 번갯불을 뿜자, 파란 번개를 두른 것처럼 섬광이 번쩍인 검신은 평소보다 두 배 이상 길어졌다.

게임에서 이 전투 기술은 공격력을 10% 높이는 효과가 있다. 또한 성(聖) 속성을 추가하고 공격 대상을 낮은 확률로 마비시키며, 검의 유효 판정거리를 늘려준다.

검의 유효 판정거리를 늘리는 효과는 게임에서 거의 있으나 마나이지만, 현실에서는 흉악한 성능이 된다.

아크가 검신이 늘어난 『칼라드볼그』를 가볍게 휘둘렀다. 그러자 주위의 스켈레톤들은 성 속성의 공격을 받더니 말 그대로 사라졌고, 사정 범위에 있던 배의 돛대는 밑동부터 양단되어 비스듬히 기울기 시작했다.

통칭 라이트세이버 모드.

돛대가 쓰러지면서 반대편 뱃전을 부수었고, 지저호의 수면을 격렬하게 때리며 물보라를 일으켰다.

『오오오오오오오오오오오오옷!!!』

거미 인간 괴물이 통곡하듯이 우렁차게 외치고 무기를 거머쥐었다.

"네놈에게 포스의 힘을 보여주지!!"

무기 스킬을 발동시킨 아크는 천기사의 상투적인 대사를

내뱉으면서 상대를 노려보았다.

거미 다리로 뛰어오른 괴물은 손에 든 검을 있는 힘껏 내리쳤다. 힘은 있지만 움직임이 단순해서, 그레니스의 공격을 떠올리면 어린아이 장난 같았다.

거미 인간은 팔이 네 개라도 검을 쥔 팔은 두 개뿐이다. 아크는 거미 인간이 내리친 검을 검신이 늘어난 번개의 검으로 맞받아쳤고, 잽싸게 방향을 바꾸어 거미 인간의 몸통을 베었다.

『갸아아아샤아아아아아아!!?』

한쪽 상반신의 절반이 사라진 괴물은 고통스러운 비명을 질렀다. 괴물을 뒤쫓듯이 거리를 좁힌 아크가 다시 나머지 반대편의 상반신과 거미 몸통을 힘차게 동강 냈다.

괴물이 든 방패 두 개를 관통한 번개의 검은 뒤쪽의 본체를 쓰러뜨렸고, 더욱 기세를 탄 검끝은 갑판을 깊숙이 가르며 배에 커다란 균열을 만들었다.

마법을 없애는 효과를 가진 미스릴도 신화급 무기 스킬의 위력을 약간 줄이는 게 고작인 듯하다.

『오오오오오오오……!』

난도질을 당한 거미 인간은 원망스럽다는 목소리를 쥐어짜내면서, 거품을 일으키듯이 육체의 형태를 허물었다.

아크가 생물을 산으로 녹이는 듯한 광경에 무심코 한 걸음 두 걸음 물러서자, 이번에는 요란한 폭발음이 나고 배의 측면이 날아가더니 커다란 화염이 솟아올랐다. 갑판 아래의 선내에서 전해진 충격이 발바닥에 닿았고, 조금 전의 폭발을 계기로 또 작은 폭발이 일어났다.

아무래도 선내에 쌓인 뭔가에 불이 붙은 모양이다. 이 배도 기껏해야 몇 분밖에 버티지 못하리라.

선상에서 【디멘션 무브】를 사용하여 부두로 전이한 아크는 등 뒤에서 잇달아 유폭을 되풀이하는 배의 기척을 느끼며 천천히 걸었다.

아크가 속으로 지금쯤 정말 영화의 한 장면 같겠다고 몹시 감동하자, 발밑의 부두가 비명을 지르듯이 삐걱거렸다.

뒤돌아본 아크는 간단하게 만들어진 부두가 대형 선박의 대폭발에 휘말려 눈사태를 일으키듯이 호면(湖面)에 가라앉는 모습을 목격했다. 폭발의 여파는 아크에게까지 닥쳐왔다.

"우오오오오오오오오오옷!?"

그 사실에 놀란 아크는 『칼라드볼그』를 번쩍 치켜든 채 부두 앞으로 이어진 육지를 향해 허겁지겁 달렸다. 검신이 길어진 상태로 검을 들고 전력 질주하면 움직일 때마다 부두를 썰어버릴 형편이어서 무척 꼴사나운 모습을 보였다.

부두의 모든 것이 호수에 가라앉았고, 아크는 가까스로 육지에 이르렀다. 숨을 헐떡인 아크는 자신의 우스운 꼴을 아리안과 치요메에게 들켰을까 싶은 생각에 주변을 두리번거렸다.

다행히 근처에 아리안과 치요메는 없으니, 조금 전의 추태를 보지 못했을지도 모른다.

침착하게 전이마법을 써서 육지로 이동했으면 좋았을 텐데, 괜히 무게를 잡고 당당하게 떠나려다 허를 찔려 당황한 게 아크의 패인이었다.

아크가 내심 정말 칠칠치 못하다고 탄식하자, 호숫가 부근에 자리 잡은 높은 바위의 그늘 맞은편에서 격렬한 칼싸움 소리가 울렸다.

"으음, 육지에도 잔당이 남았나."

혼잣말을 중얼거린 아크는 뒤쪽의 호면에 잠겨 아직도 불길을 뿜어내는 배의 잔해를 흘끗 바라보았다. 그리고 번개를 휘감은 푸르스름한 검신이 사라진 『칼라드볼그』를 고쳐 쥔 후 싸움이 벌어지는 장소로 뛰어갔다.

아리안과 치요메는 사방에서 곡괭이를 들고 덤벼드는 스켈레톤들을 없애며 거미 인간 괴물과 대치하는 중이었다.

무심코 아크는 호수에 가라앉은 배를 한 번 돌아보았고, 다시 아리안과 치요메가 맞서 싸우는 거미 인간을 쳐다보았다.

아까와 별로 다르지 않은 기괴한 모습으로 기사 갑옷을 걸쳤지만, 네 개의 팔에 쥐어진 물건은 커다란 곡괭이였다.

육지에도 또 한 마리 숨어 있었던 듯싶지만, 아리안과 치요메는 서로 힘을 합쳐 꽤 무난하게 잘 싸워나갔다. 처음의 거

미 인간과 달리 미스릴 방패가 없는 탓이 큰지, 아리안이 견제로 쏘는 화염의 정령마법을 꺼리며 물러나려는 눈치였다.

그때 사각에서 후방으로 파고든 치요메가 단검에 물을 두른 인술을 휘둘러 거미 다리를 하나씩 잘랐다.

절규하는 듯한 비명을 지른 거미 인간이 고개를 돌리는 순간, 이번에는 아리안이 일격을 가해 인간형 머리를 몸통에서 떨어뜨렸다. 그리고 화염에 휩싸인 검을 마지막 마무리처럼 또 하나의 몸에 꽂았다.

그러자 거미 인간은 힘을 잃은 듯이 몸을 축 늘어뜨렸고, 첫 번째 개체와 마찬가지로 거품을 일으키면서 녹아내렸다.

그와 동시에 여전히 주위에 남은 스켈레톤들의 움직임이 흐트러지기 시작했다.

줄곧 아리안과 치요메를 둘러싸고 공격하던 스켈레톤들은 갑자기 뿔뿔이 흩어지더니 결속력을 잃은 집단으로 바뀐 분위기다. 아마 저 거미 인간이 스켈레톤들의 사령탑이었으리라.

아크는 어중이떠중이로 변한 스켈레톤들을 해치우면서 아리안과 치요메에게 다가가 말을 걸었다.

"아리안 양, 무사한 모양이오. 그나저나 이 괴물은 두 마리나 있었나 보군⋯⋯."

"배에서 멀어지고 얼마 안 지났을 때 폭포 쪽에서 스켈레톤들을 거느리고 나타났어요."

아리안은 얼룩을 닦은 검을 검집에 넣으면서 이마의 땀을 훔쳤다.

"하반신의 다리도 꽤 단단했습니다. 평범한 날붙이로는 상처 입히기 상당히 힘들겠죠."

치요메는 녹아내리는 거미 인간에게 눈길을 던지며, 단도의 칼끝을 가볍게 손톱에 대고 이가 빠지지 않았는지 살폈다.

"누군지는 몰라도 이놈들을 복종시킨 자가 있을 테지."

아크는 주위에 흩어진 스켈레톤들의 잔해를 내려다보았다.

선내에서 솟아 나온 스켈레톤들과는 달리 무기를 지니지 않은 대신 지게 같은 바구니를 짊어졌다.

바구니의 내용물은 방금 벌어진 전투로 주변에 많이 쏟아졌지만, 다시 보니 아리안이 이 동굴에서 주운 마결석과 똑같았다.

"저 배와 언데드들은 이걸 모았겠군……."

"대체 뭐에 이용하기 위해 이런 곳까지 왔을까요?"

치요메도 의심스럽다는 목소리로 말하며 여기저기 널린 마결석의 산을 응시했다.

"엘프족은 다양한 용도로 쓰겠지만, 인간족은 아직 안정적으로 다룰 기술은 없을 거예요. 이전에 호반의 소동에서 사용된 『버스트 볼^{마정폭옥}』 정도의 수준이겠죠……."

아리안은 예쁜 손가락을 턱에 대면서, 미간을 찌푸리고 신음했다.

"이미 배는 호수 바닥에 가라앉아 물고기 밥이 된 데다, 이놈들을 거느리던 주모자도 보이지 않소. 지금 이 자리에서 그런 걸 고민해도 별수 없는 일이오. 아리안 양, 우선 이곳부터 빠져나가는 게 어떻소?"

아크는 언데드의 잔해를 두고 생각에 잠긴 아리안과 치요메에게 이후의 예정을 물었다. 그러자 아리안과 치요메도 마음을 바꾸었는지 고개를 끄덕이며 동의했다.

"그도 그렇네요. 자세한 조사는 장로들한테 맡기는 게 좋겠어요."

"일단 쉬는 게 어떨까요? 현재는 부근에 위협이 될 만한 기척은 느껴지지 않고, 아리안 님의 목덜미를 감은 폰타도 무척 지친 듯합니다."

아리안의 말에 치요메는 주위에 귀를 쫑긋거리면서 휴식을 제안했다. 그리고 휴식이 필요한 이유를 아리안의 목덜미에서 맥을 못 추는 폰타를 가리키며 말했다.

"큐~웅……."

조금 전의 전투에서 폰타는 아리안이 움직일 때마다 떨어지지 않도록 꼭 달라붙은 탓에 지치기도 했고, 짐승의 본능을 통하여 언데드인 거미 인간의 위협을 피부로 느껴서 정신적 피로가 쌓였으리라.

당황한 아리안이 목덜미에서 떼어낸 폰타를 앞가슴에 끌어안고 돌보았다.

호수 근처로 이동한 일행은 그곳에 앉아 앞으로의 계획에 관해 대화를 나누었다.

"먼저 【게이트】로 동굴 입구에 전이해서 다시 돌파하는 건 어떻겠소? 동굴 입구는 확실하게 기억하니까 이 상황을 벗어나기는 쉬울 거요."

아크는 아리안에게 시선을 돌렸다. 그러자 폰타에게 마른 콩을 주면서 상태가 괜찮은지 확인하던 아리안은 잠시 망설인 후 고개를 가로저었다.

"아뇨, 이곳에 조사대를 보내는 일도 고려해야 돼요. 어쨌든 위로 빠져나가는 길을 순조롭게 찾으면 오늘은 여기서 야영하죠. 언데드 이외에 마수의 모습도 안 보이니까, 동굴에서 비교적 안전한 장소 같아요……."

아리안은 아크와 치요메에게 번갈아 시선을 던지고, 그 의견을 받아들일지 눈짓으로 물었다.

"그렇군요. 동굴에 들어온 지 시간이 꽤 지났습니다. 바깥은 벌써 어두워질 시각이겠죠. 다행히 주변에 물도 빛도 충분한 데다, 위협이 될 만한 마수의 기척도 없습니다. 동굴에서 야영하기에는 딱 알맞은 곳이라고 생각합니다."

치요메는 아리안의 말에 찬성하는 뜻을 나타냈다.

"알았소. 그럼 쉬고 나서 위로 돌아갈 길을 찾도록 하지."

아크도 이의는 없다는 듯이 고개를 끄덕이더니, 투구를 벗고 한숨을 토해냈다.

🎐 제2장 샘과 저주 🎐

이튿날, 한복판을 조금 지난 태양이 하늘에서 눈 아래의 숲을 밝게 비추었다.

후방에는 동서로 길게 뻗은 풍룡산맥이 우뚝 솟았고, 온통 융단 같은 숲의 녹음이 그곳에서 발밑으로 죽 펼쳐졌다. 또한 그보다 전방의 북서쪽에는 화룡산맥, 북쪽에는 빙룡산맥이 벽처럼 빈틈없이 이어졌다.

아무래도 이곳의 지형은 사방이 산에 둘러싸인 분지인 듯했다.

어제는 그로부터 순조롭게 지저호에서 동굴 위로 이르는 길을 찾을 수 있었다. 일행은 지저호 부근에서 야영하고, 오늘 아침 일찍 나머지 길을 돌파한 것이다.

지저호 멀리 보이던 꽤 높은 폭포 상부. 그 안쪽으로 뻗은 통로를 발견한 일행은 그곳에서 더 깊숙이 들어갔다. 좁은 통로를 거쳐 원래 가려는 길과 연결된 샛길로 나왔지만, 절벽 같은 폭포를 오를 때 엘프족이 다루는 땅의 정령마법이나 아크가 쓰는 전이마법이 없었더라면 상당히 힘들었으리라.

지저호가 자리 잡은 장소에 많았던 라이트 크리스털의 빛이 동굴 전체를 비추기도 해서, 전이마법에 필요한 탁 트인 시야를 얻은 영향도 컸다.

아크는 지금 그 길고 어두운 동굴을 빠져나와 풍룡산맥 중턱보다 약간 아래의 산기슭에 뚫린 동굴 앞에서 일행과 어깨를 나란히 하고 주위의 풍경을 둘러보았다.

"어두워지기 전에 동굴을 지났네요."

아리안은 라라토이아에서 건네받은 지도를 펼치며 안도의 한숨을 내쉬었다.

"드디어 풍룡산맥을 벗어났군요. 숨겨진 마을에도 기쁜 소식을 전할 수 있겠습니다……."

"큐~웅."

치요메는 눈앞의 경치에 어쩐지 감격스럽다는 듯이 목소리를 높였다. 평소의 무뚝뚝한 표정을 약간 붉게 물들인 이유는 머리에 달린 고양이 귀에 폰타가 착 달라붙어 장난치기 때문만은 아니리라.

"아리안 양, 목적지인 샘은 어디쯤이오?"

아크가 지도를 내려다보던 아리안에게 묻자, 그녀는 천천히 고개를 들었다. 그리고 주변과 지도에 시선을 번갈아 던지며 앞쪽의 어느 한 곳을 가리켰다.

"저 산 정상 같아요."

아리안이 말한 산 정상은 바위산처럼 생겼는데, 눈 아래 펼쳐진 숲에서 툭 튀어나온 꼴이었다. 일행이 위치한 풍룡산맥에서 별로 멀지 않은 거리였고, 여기에서 봐도 그렇게 높은 산은 아니었다.

그러나 바위산 같은 산 정상에 뿌리를 내린 한 그루의 거대한 수목은 우산을 펼친 듯이 가지와 나뭇잎이 무성해서 그곳만 묘한 존재감을 뿜어냈다.

"산 정상에 있는 거대한 나무가 로드 크라운인가. 아무리 살펴도 근처에 드래곤의 모습은 보이지 않는군."

아크는 산 정상의 거목을 뚫어지라 바라보았다.

"이 자리에서는 아직 알 수 없어요. 만약 드래곤 로드와 마주치더라도 섣부른 행동은 하지 말고 내게 맡겨줄래요? 특히 아크!"

아리안은 집게손가락을 아크에게 들이대며 갑옷 가슴을 쿡 찔렀다.

아크도 일부러 생물최강종인 드래곤, 더구나 그 최상위종과 적대하고 싶지는 않으므로 아리안의 의견에 잠자코 고개를 끄덕였다.

풍룡산맥에는 정비된 산길이 없었기 때문에 일행은 비교적 완만한 경사지를 찾으면서 나무들이 우거진 산기슭을 내려갔다.

정확히 산맥을 따라 동쪽으로 나아가 고지대로 뻗은 장소까지 빠져나오자, 산 정상에 거목을 가진 산이 보였다.

동굴 앞에 있을 때보다 꽤 가까워진 산은 아까와는 달리 조금 올려다보아야 해서, 산 정상의 거목이 더 크게 느껴졌다.

나무들이 무성한 산기슭의 숲에는 평탄한 경사지 주변에 드문드문 녹음의 초원이 펼쳐졌는데, 앞에 보이는 나무들의 그늘 속에는 푸르스름한 커다란 바위가 가로놓여 있었다.

그리고 초원과 산의 경계선 근처에 세워진 구조물은 아크의 눈을 의심하게 했다.

이 거리에서는 확실한 크기를 알 수 없지만, 나무들의 높이를 고려하면 그 구조물은 약 10m쯤 될까.

우뚝 솟은 두 개의 기둥 위에 가로로 걸친 듯이 각각 상하로 놓인 막대기 형태의 들보――아크는 독특한 대문 같은 구조물이 아무것도 없는 평원에 홀연히 선 모습을 보고 무심코 숨을 삼켰다.

"저건 설마――!?"

"왜 그래요, 아크――!?"

입에서 약간 새된 소리를 지른 아크는 얼떨결에 전이마법인 【디멘션 무브】를 발동시킨 후 잿빛 돌로 만들어진 구조물 앞에 서 있었다.

전이하려는 찰나 들려온 아리안의 말도 전이마법을 발동할 때 도중에 끊겨서 끝까지 듣지 못했지만 지금 당장은 사소한 일이었다.

아크의 눈앞에 세워진 구조물은 '*토리이'였다.

두 개의 기둥 밑은 녹색 이끼로 덮인 데다 딱히 눈에 띄는 장식도 보이지 않는 돌기둥만 짜 맞춘 단순한 모양이기는 해도 분명히 토리이다.

아크는 이 세계에 오고 나서 이런 형태의 구조물을 도시에서 본 적은 없었다.

그러고 보니 이번에 함께 가기를 바란 치요메는 인심일족을 일으킨 초대 한조의 숨겨진 집이 풍룡산맥을 넘어 이 땅에 있다는 말을 했다.

초대 한조가 일본인이거나 일본에 관한 지식을 가진 자라면, 이 토리이는 그의 숨겨진 집을 가리키는 것이 틀림없다.

그 증거로 토리이 너머에는 인간의 손으로 만들어졌다고 여겨지는 돌계단이 산기슭을 오르듯이 이어졌다.

이 숲에 홀로 쑥 붉어진 것처럼 우뚝 솟은 산이 바로 치요메가 찾던 숨겨진 집이 위치한 장소이리라. 서둘러 돌아가 그 사실을 치요메에게 알려주려고 했을 때――아크는 갑자기 발밑의 바위가 흔들려서 자기도 모르게 무릎을 꿇고 말았다.

"!?"

《이 몸의 등을 걷어차다니, 배짱 한 번 두둑하구나, 애송

---

*토리이(鳥居) : 두 개의 기둥과 기둥 꼭대기를 연결하는 가로대가 놓여 있는 일본의 전통 문으로, 일반적으로 신사 입구에 세워져 있다.

이!!》

그 목소리는 아크의 머릿속에 직접 울리듯이 흘러들어왔
다. 반사적으로 주위를 두리번거리려는 순간, 발밑의 바위
가 솟구치며 아크의 몸을 공중에 내팽개쳤다.

상당한 높이로 튀어 오른 아크는 몸에 걸친 전신 갑주의
무게도 있어서 금세 중력에 끌려가는 것처럼 떨어지기 시작
했다.

그러나 떨어지는 와중에 아크의 시선을 사로잡은 광경은
푸르스름한 바위라고 생각한 물체에 네 개의 날개가 달린
모습이었다.

긴 목을 들어 올린 그 물체는 거대한 뿔을 가진 머리의 큼
직한 입을 쩍 벌렸다. 그리고 즐비하게 늘어선 엄니를 보여
주나 싶더니 주변 일대를 울리는 포효를 질렀다.

소리의 벽이 다가오는 듯한 공기의 흔들림이 주위를 덮쳤
고, 그 충격에 놀란 새들이 숲의 나무들에서 일제히 하늘로
날아올랐다.

아크는 공중으로 붕 뜬 몸을 어떻게든 비틀어서 낙법 자세
로 바닥에 구르며 피해를 최소화했다.

그러나 무척 높게 내던져졌는지 몸에 느껴지는 격통은 엘
프족의 휴게소에서 굴러떨어졌을 때보다 커서 무심코 기침
을 내뱉었다.

"크으, 이건 대체……."

아크가 통증에 시달리는 자신의 몸에 회복마법을 걸었다. 그리고 방금 그 대미지의 원인이 된 생물에게 시선을 돌렸다.

눈앞에 있는 존재는 거대한 드래곤이었다.

전체적으로 푸르스름한 비늘로 덮였고, 등에서는 네 개의 커다란 날개를 펼쳤다. 머리에는 검고 긴 뿔이 좌우로 두 개씩 달렸는데, 목덜미에는 줄무늬 같은 문양이 보였다. 또한 강인한 팔다리와 기다란 꼬리를 가진 거대 드래곤의 전체 길이는 머리부터 꼬리까지 약 30m쯤이었다.

그러나 그런 거구에도 불구하고 움직임은 놀라울 만큼 민첩해서, 가볍게 비튼 몸이 근처의 나무들을 쓰러뜨려 초원을 넓히는 위력은 엄청난 위협이다.

――이게 아리안이 말한 드래곤 로드라는 녀석인가!?

세로로 길쭉한 눈동자를 가늘게 뜨고 아크를 노려본 거대한 드래곤은 다시 큼직한 입을 벌리며 포효했다. 아크는 물리적인 충격파를 동반하는 듯한 포효에 몸이 약간 밀려났지만, 단단히 버티고 서서 귀에 남은 포효를 떨쳐내려는 것처럼 머리를 살짝 흔들었다.

《호오!? 이 몸의 위압을 받고도 그 정도로 끝나다니―― 그럭저럭 이 몸에게 덤벼들 만하구나, 애송이!!!》

또 머릿속에 남자의 목소리가 울렸고, 눈앞의 푸른 드래곤이 입가를 실룩이면서 엄니를 드러냈다.

웃고 있는 듯싶었다.

아무래도 드래곤 로드가 내뱉는 목소리 같았다. 직접 머리에 울리는 듯한 이 목소리는 이른바 정신감응 비슷한 것일까.

상대가 지적생명체라면 보통은 인사부터 나누고 교류를 시작하는 법이지만, 아크는 어느새 드래곤 로드에게 도전하는 용사의 처지에 놓였다.

토리이에 한눈을 판 나머지 잘 확인도 하지 않고 전이한 곳을 바위로 착각했는데, 설마 드래곤 로드의 등이라고는 상상도 못했던 것이다.

드래곤 로드의 입장에서는 자신을 짓밟고 도발한 듯이 여겨졌을 테지만, 아크는 드래곤의 최상위종과 정면으로 맞서서 싸우기는 싫었다.

"잠깐 멈추시오! 내게는 싸울 마음이——!!?"

당황한 아크가 드래곤 로드에게 변명하기 위해 큰 소리로 외쳤다. 그러나 상대의 강렬한 대답에 가로막혔다.

《말은 필요 없다!! 너 자신의 어리석음을 뼈저리게 깨달아라!!》

드래곤 로드의 사념이 머릿속에 울렸고, 눈앞의 거구가 활발하게 움직였다.

드래곤 로드는 몸을 비틀듯이 긴 꼬리로 아크를 후려쳤다.

——말이 필요 없다고 진짜 덤벼드는 상대는 처음 만났

다. 아크는 그처럼 느긋한 생각을 하면서도 자신에게 닥친 위협을 응시했다.

드래곤 로드가 꼬리로 후려치는 공격은 주변의 지형을 평평하게 바꾸며 정확히 아크를 노렸다.

한 호흡의 절반도 지나지 않은 가운데 아크는 등에 멘 『테우타테스의 하늘방패』를 왼손에 들고 방어 자세를 취했다. 그 순간 드래곤 로드의 꼬리 일격이 방패에 부딪치면서 격렬한 충격이 아크를 덮쳤다.

그 충격으로 왼손이 마비된 아크는 팔에 상당한 대미지를 입은 감촉을 느꼈지만, 지금은 그런 사소한 문제에 얽매일 여유조차 없었다.

드래곤 로드는 꼬리로 후려친 공격이 튕겨 나오자 자세를 바꾸고 나서 이번에는 목을 젖혔다.

밑에서 올려다봐야 하는 상황으로는 정확히 알 수 없었는데, 입가에 모여드는 옅은 녹색 빛을 보자 등골이 오싹해졌다.

게임에서 드래곤과 대치해본 자라면 그 예비동작이 무엇을 의미하는지 짐작이 가리라.

"브레스냐!?"

드래곤 로드는 쩍 벌린 입을 아크에게 내리찍을 것처럼 향하더니, 입가에 만들어진 빛의 구슬을 번쩍이면서 포효와 함께 눈부신 빛줄기를 쏘았다.

"우오오오오오오오오오오오옷!!?"

주위의 공기를 흔들면서 드래곤 로드가 내뿜은 광선은 직선상에 놓인 숲을 순식간에 없애는 데에 그치지 않고 지형까지 크게 도려내었다.

아크는 광선의 사선에서 옆으로 뛰어 아슬아슬하게 피했다. 그러나 파괴의 광선을 따라 덮친 충격파가 근처의 대지를 날려버리자마자, 아크도 그 여파에 휘말린 듯이 붕 떠올라서 나가떨어졌다.

눈에 비치는 온 세상의 풍경이 격렬하게 바뀌는 와중에 아크의 몸은 물수제비를 뜨는 돌처럼 대지를 튀어 오르며 굴렀다.

어딘가에 부딪히는 충격과 더불어 겨우 몸이 멈추었다. 아크는 허겁지겁 그 자리에서 일어나 사방을 둘러보았다.

그러나 시야가 새카매진 탓에 주변의 모습이 전혀 보이지 않았다.

"우옷!? 드래곤 로드의 브레스는 어둠의 상태이상 효과도 안겨주는 건가!?"

아크는 조금 당황하면서 자신의 상태를 살피기 위해 허공에 있는 손으로 얼굴을 만졌다.

그리고 비로소 자신이 놓인 처지를 알아차렸다.

"이런, 투구가 거꾸로 돌아갔군⋯⋯."

아무래도 방금 심하게 구를 때 투구의 앞뒤가 뒤바뀐 모양이다. 아크는 투구를 반대로 돌리고 머리를 한 번 흔들었다.

투구를 똑바로 썼는지 확인한 아크는 천천히 몸을 일으킨 후 주위의 경치에 시선을 던졌다.

드래곤 로드의 첫수에서 드래곤 브레스라는 커다란 공격을 받은 인근의 지형은 형태가 크게 달라졌다. 그 파괴의 자취는 자욱하게 낀 흙먼지로 변했다.

보아하니 토리이가 세워진 산에서 제법 멀리 내동댕이쳐진 듯싶었다.

숲의 나무들은 무참하게 휩쓸려 날아갔고, 숲속에 직선을 그은 것처럼 드러난 땅이 길게 이어졌다.

저 공격을 제대로 맞으면 아무리 아크의 몸이라도 멀쩡하지 않으리라.

아크는 브레스의 여파만으로도 엄청난 대미지를 입은 느낌이 들었다.

역시 드래곤 로드라는 걸까, 그 이름은 장식이 아니다.

"혼자서 싸우기에는 벅찬 상대군……. 【오버 힐^{대치유}】."

내용물이 뼈로 이루어진 몸으로는 어디를 다쳤는지 모르겠지만, 아크는 자신이 입은 대미지를 치료하기 위해 사교직의 회복마법을 걸었다.

주위에 흘러넘친 따뜻한 빛이 반짝이면서 아크의 몸에 빨려 들어가듯 사라지자, 통증이 가시고 움직임이 가벼워진 것을 알 수 있었다.

《호오. 네놈…… 첫 일격을 튕긴 데다, 스쳤을 뿐이라지만 두 번째 공격을 받고도 살아남다니 대단하구나. 이 몸에게 싸움을 걸 자격은 있다.》

흙먼지가 바람에 날려서 이제는 드래곤 로드의 거구도 약간 조그맣게 보였다. 그 정도로 멀찍이 떨어진 거리인데도 불구하고, 아크의 머릿속에 메아리치는 목소리는 또렷하게 울렸다.

이곳에서도 확실하게 느껴질 만큼 투지를 불태운 드래곤 로드는 네 개의 커다란 날개를 펼치고 날갯짓을 했다. 곧이어 거구를 공중에 띄운 드래곤 로드가 고개를 돌리며 포효를 질렀다.

아크가 이 자리에서 변명하더라도 드래곤 로드에게는 닿지 않을 테고, 상대는 이미 싸움에 임할 기세이다 보니 전투를 피할 방법은 없는 듯했다.

【게이트】를 써서 단숨에 달아날 수도 있지만, 아리안과 치요메를 뒤에 남겨둔 상태다. 그리고 【디멘션 무브】는 시야가 나쁜 숲에서는 이동 가능한 범위도 한정된다. 더구나 정면의 탁 트인 장소에는 드래곤 로드가 자리를 잡아서 도망칠 곳이 딱히 보이지 않았다.

애당초 단거리 전이마법으로 공격을 피한다고 하더라도, 하늘을 나는 드래곤의 추적을 뿌리치기란 힘들다.

상대와 대화를 나누려 해도 이런 상황에서는 무리다.

——각오해야 한다는 건가.

"【칼라드볼그】!!"

아크는 드래곤 로드를 바라보면서, 손에 든 검의 무기 스킬을 발동시켰다.

푸르고 날카로운 검신이 빛나면서 번갯불을 뿜자, 파란 번개를 두른 것처럼 섬광이 번쩍인 검신은 평소보다 두 배 이상 길어졌다.

적당히 봐줄 만한 상대가 전혀 아니다, 최선을 다해야 한다.

여유롭게 하늘에 떠 있는 드래곤 로드는 공중에 머물 듯이 네 개의 날개를 펄럭였다.

대량의 흙먼지가 주위에서 일어나는 바람의 세기를 알려주었다.

게임 감각으로 말하자면 드래곤 로드는 풍속성의 존재라는 인상이다.

커다란 날개에 비해 몸은 조금 작았고 긴 꼬리는 구부러졌다.

그러나 전체 길이 30m 남짓한 드래곤 로드의 몸이다. 비율로는 약간 가늘게 보이는 팔다리도 다가가서 확인하면 사람을 간단히 찢어발기는 힘과 두께를 자랑한다.

반면에 아크의 대검은 인간을 상대로는 클지 몰라도 드래곤에게는 이쑤시개나 다름없다. 일단 아크는 전투 기술로 자신의 검신을 늘려서 대꼬챙이 길이는 되도록 만들었다.

이게 게임이라면 풍속성의 적에게는 토속성의 공격이 먹힐 테지만, 안타깝게도 현실에서는 하늘을 나는 상대를 토속성의 마법으로 맞추는 것은 몹시 어려우리라.

아크는 이전에 지금처럼 하늘을 날아다니는 와이번을 맞추려고 【록 불릿】을 썼다가 보기 좋게 실패한 사실을 떠올렸다.

이번에는 표적이 와이번보다 크다고는 해도, 드래곤의 최상위종인 드래곤 로드에게 【록 불릿】 정도의 마법이 통하리라는 생각은 들지 않았다.

상급직인 대마도사의 마법 스킬 메테오계라면 가능성은 있을지도 모르는데, 아크가 가진 직업에 대마도사는 없었다.

하늘을 나는 상대는 원래 그 자체만으로도 충분히 위협적이다.

애당초 눈앞에서 활발하게 움직이는 생물에게 게임처럼 속성 내성치라는 게 존재하는지조차 의심스럽다.

《간다!! 애송이!!》

고함을 지른 드래곤 로드의 몸이 한순간 눈부시게 빛나듯이 반짝였다. 그리고 드래곤 로드가 커다란 날개를 살짝 날갯짓하자, 보이지 않는 뭔가가 정면에 있는 숲의 나무들을 베면서 아크를 덮쳤다.

＊카마이타치 같은 풍계통의 공격인가——아크는 『칼라드 볼그』를 거머쥔 채 눈으로 볼 수 없는 참격을 피하고자 마법을 발동시켰다.

"【디멘션 무브】!"

발동과 동시에 세차게 몰려든 불가사의한 공격이 아크가 서 있던 장소를 날렸다.

《우웃!?》

조금 전 아크는 멀리 떨어진 공중에 머문 드래곤 로드의 발밑으로 아슬아슬하게 전이했다.

눈앞에서는 목표물을 놓친 드래곤 로드가 주위에 시선을 던지며 아크의 모습을 찾았다.

공중에 뜬 거구의 발밑에는 엄청난 풍압이 발생해서, 아크는 허공에 떠오르려는 자신의 몸을 낮추고 어떻게든 버텼다.

그리고 바로 앞에 길게 늘어뜨린 드래곤 로드의 꼬리를 따라 상공의 거구를 올려다보았다.

역시 검으로는 본체에 공격할 수 없었다.

허공은 정확한 위치를 파악하기 어려운 탓인지, 전이마법을 발동하는 데에 시간이 걸리고 이런 풍압 속에서는 자칫하면 엉뚱한 방향으로 날아가게 된다.

우선 아크 자신의 공격이 통할지 어떨지——.

＊카마이타치 : 일본에 전해지는 요괴 또는 그 요괴가 일으킨다는 괴이한 현상. 회오리바람을 타고 나타나 사람을 벤다. 카마이타치를 마주친 사람은 날카로운 상처를 입지만, 피가 흐르거나 아프지도 않다고 한다.

아크가 손에 쥔 검을 치켜든 순간, 상공에 몸을 둔 드래곤 로드와 눈이 맞았다.

《네놈!!? 어느 틈에!!》

그 목소리와 함께 드래곤 로드의 길게 늘어뜨린 꼬리는 의지가 깃든 것처럼 아크를 때려눕힐 듯이 닥쳐왔다.

그때 아크의 검이 드래곤 로드의 꼬리를 내리치면서 격렬한 충격이 생겨났다.

도저히 생물의 피부를 내려찍었다고 여겨지지 않는 메마른 금속음이 울렸다. 주변에 선혈이 튀면서 아크는 백은의 갑옷에 드래곤 로드의 피를 뒤집어썼다.

과연 드래곤이라는 건가. 강인한 비늘로 덮인 꼬리는 신화급의 무기를 써도 상당히 딱딱한 반응이 손아귀에 느껴졌다.

《으오오오오오오오오옷!!》

드래곤 로드가 울부짖는다고도 경악한다고도 할 수 없는 포효를 지르며 커다란 날개를 날갯짓했다. 그러자 더 거세진 풍압이 아크의 몸을 뒤로 밀어냈다.

곧이어 아크의 자세가 흐트러졌을 때 드래곤 로드는 다시 긴 꼬리로 공격해왔다.

아크도 기다렸다는 듯이 전이마법을 발동시켜 자신을 짓뭉개려는 드래곤 로드의 꼬리를 피했다.

"【디멘션 무브】!"

시야가 순식간에 바뀌면서 아크는 드래곤 로드의 사각을

파고드는 경사면 후방으로 전이했다. 이번에는 드래곤 로드도 전이하는 아크를 눈으로 보지 못했을 터다. 그러나 드래곤 로드의 꼬리는 방금 아크가 머무른 장소를 꿰뚫고 금세 따라붙었다.

"우웃!?"

찰나의 판단으로 세 번이나 전이마법을 발동시킨 아크가 상황을 살피고자 드래곤 로드에게서 약간 떨어진 위치로 이동했다.

《네놈, 한조와 똑같은 기술을 쓰는 거냐! 그럼 이 몸도 방심할 수 없겠구나!!》

말을 마치기 무섭게 드래곤 로드는 하늘 높이 올라가더니, 숲 위를 빙빙 도는 것처럼 날았다.

그리고 그 기세를 탄 속도 그대로 급강하하면서, 크고 날카롭게 갈린 발톱을 지닌 뒷다리로 아크를 노렸다.

아무리 아크라도 어마어마한 속도로 육박하는 거대한 질량의 상대에게 검 한 자루로 맞설 마음은 들지 않았다.

아크는 곧바로 전이하여 뒤로 피하자마자, 조금 전에 자신이 서 있던 장소를 향해 지속성 마법을 쏘아서 드래곤 로드를 맞추었다.

"【록 팽】!!"

지면에서 엄니 형태의 바위들이 튀어나왔고, 급강하 공격을 하는 드래곤 로드와 정면에서 부딪쳤다. 그러나 엄니 형태의 바위들은 충돌하는 순간 산산조각이 나면서, 지면에 운석이라도 떨어진 듯한 굉음과 함께 흙먼지와 파편의 비를 내렸다.

드래곤 로드는 자욱이 낀 흙먼지 속에서 나선형으로 급강하하듯이 나타났다. 그리고 다시 상공으로 날아올라 그 자리에서 날개를 크게 펼쳤다.

날개를 힘차게 펼친 충격파가 주위의 흙먼지를 날리자, 지면에 뚫린 커다란 구멍이 드러났다.

"역시 드래곤 최강종. 공격이 하나하나 엄청나군……."

저런 공격을 정면에서 받았다가는 뼈도 못 추릴 듯싶었다.

《언제까지 피해 다닐 셈이냐!? 이제는 도망칠 수 없다는 걸 똑똑히 깨달아라!!》

아크에게 선고를 내린 드래곤 로드는 거구를 더욱 상승시켰고, 숲 위에 호를 그리듯이 선회했다.

드래곤 로드를 무력화하려면 아크가 가진 직업 중에서 최강의 공격력을 자랑하는 '천기사'의 전투 기술로 싸움에 나서야 한다.

그러나 '천기사'의 전투 기술을 발동하는 데에 꽤 시간이 걸려서, 일단 단계적으로 조정하는 수밖에 없다.

아크는 상공을 선회하는 드래곤 로드에게 시선을 던지며, 무참히 드러난 대지에 손을 내밀고 마법의 발동을 시험해보았다.

"하늘을 나는 패자에게는 똑같이 하늘의 권속으로 대응할 뿐! 와라, 【세테카】[남신왕(嵐神王)]!!"

눈앞의 대지에 거대한 마법진이 그려졌다. 아크는 자신의 몸에서 빠져나간 뭔가가 마법진으로 흘러드는 감각을 느꼈다. 그러자 마법진의 문양이 복잡하게 변하면서 주변의 바람이 모여들었다.

잠시 후 그 바람은 거대한 회오리가 되어 마법진 위에서 미친 듯이 날뛰었고, 숲의 나무들을 죄다 쓰러뜨릴 것처럼 사방에 맹위를 떨치며 하늘로 뻗어 나갔다.

소환사가 불러내는 소환수는 어느 것이나 강력해서 사람과 평범한 마수에게는 과잉 전력이다. 그러나 상대가 드래곤 로드라면 딱히 문제는 없으리라.

근처의 지형이 조금 변할지 몰라도 그 점은 서로 마찬가지다.

아크를 향해 하늘에서 용맹하게 돌진하는 드래곤 로드는 회오리를 보고 눈을 가늘게 떴지만, 속도를 떨어뜨리지 않은 채 몸 전체를 빛내기 시작했다.

아무래도 아까 숲을 파괴한 드래곤 브레스를 써서 지상의 모든 것을 말 그대로 없애버릴 셈인 듯하다.

이쯤 되면 폭격기를 이용한 융단폭격이나 다를 바 없다.

드래곤 로드의 입가에 모인 옅은 녹색 빛이 일제히 눈부시게 번쩍이더니, 지상의 숲을 휩쓸면서 금세 아크를 엄습

했다.

그리고 눈앞의 회오리에 부딪힌 괴수 광선 같은 드래곤 브레스는 보이지 않는 벽에 충돌하는 안개처럼 뿔뿔이 흩어졌다.

아마 제시간에 맞춘 모양이다.

회오리 속에서 나타난 존재는 몸길이 5m를 넘는 인간형 소환수다.

그러나 인간과 달리 머리에는 네모지고 긴 귀가 솟아 있었다. 또 잿빛 피부를 가진 얼굴은 세로로 길어서 동물인 개미핥기를 닮았는데, 팔이 네 개나 달린 기괴한 모습을 띠었다.

인간형 소환수는 몸을 감싼 옷 위에 신비한 문양으로 꾸며진 갑옷을 걸친 한편 화려한 장식품을 매달아 눈부시게 아름다웠다. 온몸은 강인한 육체로 이루어졌고, 네 개의 팔에는 저마다 창과 방패 및 두 개의 곡도를 쥐었다. 그리고 다리에는 회오리 같은 폭풍을 두른 상태로 조용히 공중에 떠 있었다.

인근 일대를 폭풍과 커 터로 섬멸하는 중급 소환수다.

상대하는 드래곤 로드처럼 바람의 힘을 쓰는 강력한 소환수의 하나이며, 자유롭게 하늘을 나는 드래곤과도 기동면에서는 대등하게 싸울 수 있는 존재일 터다.

감긴 눈을 뜬 『세테카』는 정면에서 닥쳐오는 드래곤 로드를 황금색 눈동자로 노려보더니, 몸을 빛내고 바람으로 에

워쌌다.

《뭐냐, 이 정령의 힘이 한데 모인 듯한 존재는!? 정령왕 중 한 명인가!?》

드래곤 로드의 경악한 목소리가 아크의 머릿속에 메아리 쳤다. 그러나 속도를 전혀 늦추지 않은 드래곤 로드는 사납게 날뛰는 바람을 둘러싼 『세테카』와 그대로 부딪쳤다.

충돌 때문에 생겨난 충격이 공기를 가르는 굉음과 함께 주위에 파괴의 폭풍을 일으켰다.

숲의 상공에서 자그마치 30m 남짓한 거구의 드래곤이 팔네 개를 가진 5m 정도의 인간형 소환수와 격렬하게 맞붙었다.

드래곤 로드의 앞다리에 달린 발톱을 막은 『세테카』의 곡도가 불꽃을 튀기면서 금속끼리 만들어내는 불쾌한 마찰음을 울렸다.

싸움을 벌이던 둘은 눈 깜짝할 사이에 거리를 벌렸다가 다시 맞붙으면서 엄니를 드러냈다. 그때마다 주변의 공기가 떨렸고, 그 충격이 아크의 배를 무겁게 때렸다.

거리를 벌린 『세테카』와 드래곤 로드는 둘 다 원거리 공격 마법을 쏘아댄 덕분에 상대방에게 섣불리 다가갈 수도 없었다.

근거리와 원거리에서 치고받는 공방으로 서로의 몸에 무수한 상처를 새겼다.

어쨌든 소환수인 『세테카』는 드래곤 로드에게 맞먹는 힘을 지닌 듯했다.

그러나 힘이 대등하다고 하더라도 소환수를 불러내는 시간에는 한계가 있다.

지금 이대로는 결판이 나지 않는다.

그러나 시간벌기라고 여기면 충분히 전과를 올렸다고 할 만하다.

──이쯤에서 아크 자신이 가진 가장 큰 비장의 한 수를 사용한다.

최상급직 천기사의 전투 기술은 전부 네 개뿐이다── '익스큐셔너', '테트라그라마톤', '가디언', '프로펫'.
_{집행자} _{단죄자} _{수호자} _{예언자}

모든 전투 기술이 대량파괴병기 같은 스킬이다. 다루기 까다로워서 융통성이 없는 데다, 한 번 쓰면 재영창까지 한나절이 걸린다. 대량으로 소비해야 하는 마력 때문에 아무리 아크라도 현재 발동할 수 있는 비축분은 세 번이 한도다.

네 개의 전투 기술 중 지속성과 비슷한 '테트라그라마톤'이 아마 지금 상대하는 드래곤 로드에게 알맞으리라.

이 전투 기술이라면 하늘을 나는 드래곤 로드와도 맞서 싸우는 게 가능할 터다.

『세테카』와 드래곤 로드의 격돌을 지켜본 아크가 사나워지는 하늘을 올려다보았다.

게임에서도 귀찮기 짝이 없던 이 스킬을 실제로 써먹으면 과연 어떻게 될까── 여전히 눈앞에서 벌어지는 소환수와 드래곤 로드의 격투는 주위의 환경에 크고 많은 영향을 끼치는 중이다.

그런 상황에서 '테트라그라마톤'을 불러내면 그보다 더한 피해를 주게 된다는 점은 확실하리라.

그러나——그것도 어쩔 수 없나.

아크가 손에 든 검을 하늘로 치켜들고 천기사의 전투 기술을 쓰기 위해 힘을 집중하려는 순간, 격렬하게 부딪치던 소환수와 드래곤 로드 사이에 물로 이루어진 늑대가 끼어들 듯이 나타나서 짖었다.

치요메의 인술에 의해 만들어진 늑대다.

"결투를 잠시만 중지해 주십시오! 드래곤 로드님!!"

숲의 덤불로부터 튀어나온 치요메는 공중에서 아름답게 회전하여 몸을 비틀더니, 소리도 없이 아크를 등지고 착지한 후 하늘에 떠 있는 드래곤 로드를 향해 목소리를 높였다.

전이마법의 도움을 받지 않은 치요메는 여기까지 그 먼거리를 단시간에 주파한 듯하다.

역시 닌자라는 건가—— 엄청난 이동속도다.

드래곤 로드는 갑자기 뛰어든 치요메에게 시선을 던졌다. 곧이어 날카로운 눈동자를 가늘게 뜨고, 살짝 목청을 울리며 움직임을 멈추었다.

《호오…… 그 모습, 옷차림, 네놈은 한조를 잇는 자 중 한 명이냐?》

아크가 아까 【디멘션 무브】를 발동했을 때도 똑같이 들은 말이었지만, 아무래도 드래곤 로드는 치요메의 일족을 통합한 초대 한조를 잘 아는 눈치였다.

치요메의 일족을 다스린 초대 한조는 600년 전의 인물이므로, 드래곤 로드는 최소한 600년의 긴 시간을 살아온 셈이다.

치요메는 드래곤 로드의 말에 약간 놀란 모습을 보이면서도, 고개를 끄덕이고 그 질문에 대답했다.

"제 이름은 치요메라고 합니다. 일찍이 이 땅을 근거지로 삼았던 초대 한조 님이 이끈 인심일족의 후예이자 여섯 닌자의 끝자리를 차지하는 자입니다."

치요메의 대답에 드래곤 로드는 점점 눈을 가늘게 떴다.

《그 나이에 벌써 정령결정(精靈結晶)을 떠맡다니……. 너희 일족의 우수함은 시간이 흘러도 전혀 쇠하지 않는구나.》

조용하게 울리는 목소리에 치요메는 조금 전보다 더 놀라며 넓은 하늘을 날아다니는 드래곤 로드를 올려다보았다.

그리고 그때 늦었다는 듯이, 귀에 익은 여성의 목소리가 들려왔다.

"드래곤 로드여, 그자는 저희의 동행입니다. 제 이름은 아리안 그레니스 메이플, 캐나다 대삼림에 거처를 둔 일족의 한 명입니다. 그자의 무례를 대신하여 사죄드리오니, 저희 얘기를 들어주시지 않겠습니까!?"

"쿵!"

드래곤 로드가 일으키는 바람에 하얗고 긴 머리를 크게 나부끼면서, 숲의 나무들을 따라 나타난 이는 다크엘프족의 아리안이었다.

아리안의 어깨에 올라탄 솜털 여우 폰타도 거대한 드래곤 로드를 올려다보았다.

평소와 달리 폰타는 무시무시한 드래곤 로드의 앞인데도 별로 겁먹은 모습을 보이지 않았다. 오히려 큼직한 솜털 꼬리를 흔들어서 자신의 존재를 주장했다.

보기 드물게 몹시 정중한 말투로 나선 아리안은 아크에게 흘끗 시선을 던지며 노려보더니, 드래곤 로드의 앞에 무릎을 꿇었다.

드래곤 로드를 상대하던 『세테카』는 아리안의 등장과 교대하듯이 자신의 역할을 마치고 안개처럼 사라졌다.

아마 시간제한이 다 된 듯하다.

어느덧 드래곤 로드로부터 넘쳐흐르던 투지가 엷어졌다. 이윽고 거구를 대지에 내린 드래곤 로드는 일행을 둘러보고 나서 네 개의 커다란 날개를 접었다.

아크도 손에 쥔 검을 검집에 넣고 전투태세를 풀었다.

《산 너머 숲에 자리 잡은 일족인가……. 이 몸의 이름은 윌리어스핌. 좋다. 그 사죄를 받아들여 너희 얘기를 들어보도록 하지.》

자신의 이름을 밝힌 드래곤 로드는 콧김을 한 번 뿜으면서 주위의 흙먼지를 날렸다.

《그렇군……. 그럼 너희가 신세를 진 그 갑옷 남자의 요청을 받고, 네가 안내역으로서 이 땅에 솟는 샘의 힘을 찾아 여기까지 왔다는 거냐.》

　드래곤 로드는 거구를 얌전히 가로 눕힌 채 그동안의 경위를 간추린 아리안의 이야기를 묵묵히 들은 후 살짝 코웃음을 쳤다.

　"네."

　그 말에 아리안이 고개를 끄덕이자, 드래곤 로드는 파충류 같은 긴 동공을 더욱 가늘게 뜨고 아크를 바라보았다.

　한편 여느 때처럼 아크의 투구에 올라탄 폰타는 무엇 때문인지 빙글빙글 돌면서 힘차게 꼬리를 흔들었다. 엉뚱한 면에서 배짱이 두둑하다는 생각을 한 아크가 폰타의 목덜미를 어루만져주자 기분 좋다는 듯이 짖으며 콧등을 비벼댔다.

　그 광경을 거구를 가진 눈앞의 드래곤 로드 윌리어스핌이 가만히 지켜보았다.

《흐음. 나도 평소의 나무 위가 아니라, 풀숲에서 무방비하게 드러누운 잘못이 있다. 게다가 조금 지레짐작하기도 했으니 사과해두지.》

　목청을 울린 윌리어스핌은 가만히 눈을 감으며 사의를 나타냈다.

아무래도 이 드래곤 로드님은 초원에서 한창 낮잠을 즐기던 모양이었다. 그런 와중에 발로 걷어차였으니 누구라도 화를 내는 게 당연하다── 이 자리에서는 솔직하게 자신의 잘못을 인정하는 게 인간으로 해야 할 도리이리라.

"나도 건축물에 정신이 팔려 주변을 제대로 살피지 않고 전이한 일을 사과하겠소. 미안하오."

아크는 이번 소동의 원인을 불러일으킨 자신의 경솔한 행동을 반성하며 머리를 깊숙이 숙였다.

"그런데 윌리어스핌 님. 이곳 로드 크라운 옆에 있다는 샘의 힘을 빌리도록 허가해 주시겠습니까?"

아리안은 윌리어스핌을 올려다보고 일행의 목적인 샘을 사용하게 해달라는 부탁을 했다.

《내 보금자리인 나무에 쓸데없이 손을 댈 마음이 아니라면, 굳이 내게 허가를 구하지도 않아도 된다. 좋을 대로 해라.》

윌리어스핌의 대답에 아리안은 희색을 띠면서 고개를 들었다.

"감사합니다, 그럼──."

《아, 아니, 잠깐만 기다려라!》

아리안이 감사 인사를 하고 일어나려 하자, 윌리어스핌은 뭔가를 떠올렸는지 그녀를 말리듯이 목소리를 높였다.

《저기…… 나도 조금 섣부른 짓을 했다만, 너희에게도 잘

못이 있다면 그러니까…… 사례를 좀 받고 싶은데——.》

　방금까지만 해도 드래곤 로드는 위엄이 가득했지만, 앞서 한 말을 불쑥 뒤집듯이 왠지 더듬거리며 아리안에게 흘끗흘 끗 시선을 던졌다.

　드래곤 로드가 길게 늘어뜨린 꼬리를 안절부절못해서 조 급하게 좌우로 흔드는 모습은 어딘지 작은 동물을 떠올리게 하였다.

　다만 꼬리를 휘두를 때마다 하늘을 가르는 소리를 들으 면, 그 위력적인 움직임은 결코 귀엽지 않으리라.

　드래곤 로드 윌리어스핌의 태도에 아리안도 당황한 표정 을 지었지만, 다시 무릎을 꿇고 상대의 의도를 확인하기 위 해 물었다.

　"윌리어스핌 님, 그럼 저희는 무엇으로 사의를 표하면 좋 을까요?"

　《으, 으음. 저기——뭐냐, 그거다. 네가 사는 숲을 보금 자리로 삼은 페르피뷔스로테라는 자가 있다——아니, 계실 거다. 그분을 만나 뵙고 싶다만, 그게…… 가능할까?》

　드래곤 로드는 커다란 두 앞다리의 검게 윤이 나는 발톱 을 용케 그러모으는 듯한 몸짓으로 왠지 주뼛거렸다. 아크 는 그런 드래곤 로드를 놔두고 아리안에게 의문스러운 점을 살짝 귀엣말했다.

　"아리안 양, '페르피뷔스로테' 라는 분은 누구요?"

아리안은 아크의 질문에 잠시 망설이는 시선으로 고분고분한 윌리어스핌을 곁눈질하며 작은 목소리로 알려주었다.

"페르피뷔스로테 님은 캐나다 대삼림의 중앙부에 우뚝 솟은 콜럼비아 산맥에서 지내는 수호룡 중 한 분이에요. 초대 족장 에반젤린 님과 우의를 맺고, 제일 먼저 수호룡으로서 대삼림에 자리를 잡은 드래곤 로드죠."

아크는 아리안의 설명에 맞장구를 치면서, 긴장한 것처럼 느껴지는 눈앞의 드래곤 로드를 바라보았다.

이 정도의 드래곤 로드가 어떻게든 알현하기를 원하는 상대이므로, 상당한 힘을 지닌 자이리라.

콜럼비아 산맥은 커피콩이 맛있을 듯한 이미지를 풍긴다. 그러나 '캐나다' 나 '메이플' 의 경우와 비슷하게 이름이 출처는 캐나다의 콜럼비아산에서 전해 내려온 걸까.

그럼 로키 산맥도 어딘가에 있을지 모른다는 쓸데없는 생각이 아크의 머리를 스쳤다.

그리고 이전에도 아리안에게 수호룡에 관한 이야기를 들었다.

앞에 보이는 윌리어스핌 같은 존재들이 캐나다 대삼림을 지켜준다면, 인간족도 간단히 손을 대지는 못할 터다.

소수민족인 엘프족이 숲에 숨어 산다고 하더라도, 수가 많은 인간족에게 맞서서 줄곧 명맥을 이을 수 있었던 이유는 그런 사정 때문이기도 하다. 아크는 고개를 끄덕이며 납득했다.

아크가 주위에 시선을 돌리자, 조금 전의 전투로 이 일대의 나무들이 쓰러져서 재해에 가까운 양상을 보였다.

마법을 약간 다룰 줄 안다고 이런 힘을 지닌 존재에게 덤비는 짓은 자살행위나 마찬가지다. 현대의 감각으로 말하자면, 권총으로 폭격기를 쏘아 떨어뜨리는 꼴이다.

현 상황의 인간족으로서는 도저히 이길 방법이 없다.

"그나저나 윌리어스핌 님의 부탁을 들어줄 수 있는 거요?"

"큥?"

아리안이 아무리 마을 장로의 딸이라고 해도 한낱 전사에 지나지 않는다. 아크는 캐나다 대삼림에서 그토록 중요한 지위에 있는 자를 윌리어스핌과 만나게 해준다는 약속을 아리안이 받아들이기 어렵겠다는 생각에 넌지시 물었다.

어쩐 일인지 폰타도 고개를 갸웃거리며 아리안에게 눈길을 던졌다.

아리안은 잠시 턱에 손을 대고 고민한 후 고개를 한 번 끄덕였다. 그러고는 이제나저제나 그녀의 대답을 기다리면서 초조해하는 윌리어스핌을 다시 바라보았다.

"제가 이 자리에서 확답을 드리지는 못합니다. 하지만 언니 이빈이 개인적으로 아는 사이라는 말을 들어서, 언니를 통해 얘기를 전하는 건 가능합니다. 그 정도면 어떻습니까?"

아리안의 대답에 윌리어스핌은 거대한 파충류 같은 얼굴

에도 또렷하게 알 수 있을 만큼 희색을 띠더니 꼬리를 흔들고 긴 목을 크게 끄덕였다.

《오오오, 그런가! 그거 고맙군!! 여기서 그 숲과 연줄이 생긴 셈이니 내게는 뜻밖의 행운이지. 페르피뷔스로테 님에게 만나고 싶다는 뜻을 슬며시 전해주면 된다. 너무 치근거려서는 나쁜 인상을 줄 테니까! 으음!》

거구의 드래곤 로드는 강아지처럼 신이 난 듯했다. 방금까지 주변을 흔적도 없이 모조리 불태워버릴 정도의 힘을 드러낸 무시무시한 모습은 더 이상 남아 있지 않았다.

"그럼 저희는 이제부터 로드 크라운 옆의 샘으로 가보겠습니다."

드래곤 로드 윌리어스핌과 약속을 나눈 아리안은 그 자리에 선 채 전방에 보이는 산 정상으로 시선을 옮겼다.

《으음, 나는 대체로 이 근방에 있으니 대답은 아무 때나 들려줘도 좋다.》

윌리어스핌이 네 개의 커다란 날개를 펼치며 날아오르려고 하자, 그동안 흘러가는 상황을 잠자코 지켜보던 치요메가 앞으로 나서면서 붙잡았다.

"기다려주십시오, 드래곤 로드님! 저도 한 가지 묻고 싶습니다!"

자신을 부르는 소리에 윌리어스핌은 막 펼쳤던 날개를 도로 접고 긴 목을 치요메에게 돌렸다.

《한조 일족의 후예인가. 뭐냐? 내가 답할 수 있는 일이라면 괜찮다.》

"드래곤 로드님은 초대 한조 님과 면식을 익힌 것으로 압니다. 혹시 초대 한조 님의 숨겨진 집이 어디인지 모르십니까?"

치요메의 질문을 들은 아크는 토리이 앞의 산으로 시선을 던졌다.

《아아, 그거로군. 그 집이라면 너희가 찾으러 온 산 정상의 샘 바로 옆에 있지. 애당초 내가 이 땅에 왔을 때 이미 한조 녀석은 이곳을 근거지로 삼았다.》

윌리어스핌의 대답에 치요메도 토리이 앞에 우뚝 솟은 산의 정상을 쳐다보았다.

아무래도 치요메 역시 아크와 동일한 장소를 가는 게 목적인 듯하다. 괜한 수고를 덜었다고 해도 되리라.

"감사합니다."

윌리어스핌은 머리를 숙이는 치요메를 보고 의젓하게 고개를 끄덕이더니, 다시 날개를 펼치며 그 자리에서 단숨에 날아올랐다. 그리고 상공을 선회한 후 산 정상의 거대한 로드 크라운을 향해 멀어져 갔다.

"보아하니 나와 치요메 양의 목적지는 같은 모양이군."

"그러네요. 설마 이렇게까지 일이 잘 풀릴 줄은 생각지도 못했습니다만."

윌리어스핌이 날아간 방향을 올려다보던 치요메는 아크에게 돌아서며 얼굴에 미소를 띠었다.

"그럼 드래곤 로드의 승낙도 얻었으니, 서둘러 산 정상으로 가볼까."

"큥!"

아크가 조금 떨어진 산기슭에 세워진 잿빛 토리이를 바라보면서 말하자, 폰타도 기합을 넣듯이 짖으며 꼬리를 흔들었다.

그때 아리안이 말없이 미소를 지은 얼굴로 아크에게 걸어왔지만, 표정과는 정반대로 그녀로부터 밝은 분위기는 전혀 느껴지지 않았다.

"아크…… 앞으로 우리를 놔두고 멋대로 단독행동을 했다가는 험한 꼴을 보게 될 걸요?"

아크는 이마에 핏대를 세운 아리안의 웃는 얼굴에 주눅이 들어, 그 자리에서 두말없이 고개를 끄덕이고 두세 걸음 물러났다.

아리안의 뒤쪽에서 피어오르는 오라를 환각처럼 볼 수 있을 만큼 농밀한 기운은 아크를 압박하듯이 닥쳐왔다. 아크는 뼈의 몸인데도 불구하고, 겨드랑이 아래에 식은땀이 흐르는 기분이 들었다.

"미, 미안하오, 아리안 양. 나도 인공물을 보고 살짝 조바심이 난 거요."

아크가 아리안의 앞에 무릎을 꿇고 깊숙이 머리를 숙였다.

이 일은 변명의 여지가 없었다.

토리이에 한눈을 팔다 무심코 벌인 짓이었지만, 낯선 토지에서는 제멋대로의 행동이 다른 일행에게 민폐를 끼친다는 사실은 말할 필요도 없다――게다가 그런 이들은 자칫하면 먼저 죽는다는 게 영화나 이야기의 정해진 흐름인 것이다.

일단 자기반성을 하는 아크에게 아리안은 약간 어이없다는 시선을 보내고 어깨를 으쓱였다.

"아크는 평소에 침착해 보여도 가끔 어린애 같네요……."

아리안은 가벼운 한숨을 내뱉었다.

아무래도 이번에는 눈감아준 듯했다. 역시 아리안도 괜히 그레니스의 딸이 아니다―― 진지해졌을 때의 눈빛이 상당히 무섭다…….

"그나저나 아크 님은 굉장하군요. 드래곤 로드님을 상대로 대등하게 싸우던 광경에 깜짝 놀랐습니다."

핀잔을 주는 아리안의 옆에서 끼어든 이는 평상시와 달리 조금 흥분한 것처럼 뺨을 붉게 물들인 치요메였다.

아크를 올려다보는 치요메의 눈동자에는 순수하게 감탄하는 심정이 엿보였다.

"으, 으음. 뭐어, 나도 꽤 여유는 없었소만……."

치요메의 부담스러운 시선에 아크는 낯간지러운 감정을

품으면서 말끝을 흐렸다.

실제로 드래곤 로드와의 전투에서는 줄곧 긴장을 늦추지 못했다.

본인이 말하기는 좀 그렇지만, 아크의 몸으로 다룰 수 있는 스킬 종류는 대부분 전략병기급의 잠재능력을 감추었다고 해도 좋으리라.

그러나 그런 스킬들을 지닌 아크와 호각 이상으로 싸우는 존재가 있다는 것은 새삼 이 땅에 사는 자들이 상식을 벗어났다는 점을 뼈저리게 깨닫도록 해주었다.

너무 힘에 빠져 우쭐해지면 단숨에 발목을 붙잡힐지도 모른다.

더구나——.

"윌리어스핌 님이 아리안 양에게 머리를 숙이면서까지 만나기를 바라는 드래곤 로드는 엄청난 힘의 소유자인가 보군."

그렇다——저 윌리어스핌조차 어려워할 정도의 상대라는 게 아크의 짐작을 더욱더 굳히는 결과를 낳았다.

그런데 아리안은 아크의 말에 약간 못마땅한 표정으로 미간을 찌푸리며 신음했다.

"콜럼비아 산맥에 사는 페르피뷔스로테 님은 드래곤 로드 중에서도 대단한 실력자라는 얘기를 들었어요. 하지만 윌리어스핌 님의 목적은 다른 데 있다는 느낌이 드네요……."

"다른 목적이라? 뭔가를 꾸민다는 거요?"

아리안의 말에 아크는 그 자리에서 그럴듯한 추측을 꺼냈지만, 아까 윌리어스핌의 기뻐하는 태도를 보건대 딱히 해를 끼칠 만한 짓을 하리라고는 여겨지지 않았다.

아리안도 그런 사실을 잘 아는지 고개를 가로저었다.

그리고 이어지는 아리안의 한마디에 그동안 윌리어스핌이 보여준 태도를 헤아리는 데 충분한 이유가 밝혀졌다.

"페르피뷔스로테 님은 저기…… 여자예요……."

그 말에 아크와 아리안의 시선이 뒤얽혔다.

힘을 가진 이는 자신보다 힘이 있는 자를 쉽게 존중하고 동경의 마음을 품는다. 따라서 그자를 만나고 싶어 하는 것은 당연하리라.

그러나 이게 남녀 사이라면 사정이 조금 달라진다.

"아리안 양, 페르피뷔스로테 님과의 만남을 언니에게 부탁한다고 했는데 괜찮은 거요? 그러니까……."

제삼자의 주선으로 남성이 호의를 가진 여성을 만나는 경우는 흔하다. 그러나 여성으로서는 관심 없는 남성과의 만남은 민폐에 불과하다.

아리안은 잠시 굳은 표정을 지었지만, 금세 머리를 흔들고 입을 열었다.

"어쨌든 확답은 하지 않았으니까 괜찮겠죠. 페르피뷔스로테 님을 소개하는 일은 언니를 통해 어떻게든 잘 풀리도록 말해 볼게요."

아리안은 어깨를 크게 으쓱이며 한숨을 내쉬었다.

드래곤 로드 윌리어스펌은 겉보기는 위엄이 가득한 인상이었다. 그러나 방금처럼 기뻐하고 즐거워하는 감정을 드러낸 모습을 돌이키면, 그저 짝사랑에 빠진 남자로만 보일 뿐이었다.

"일단 그 약속은 뒤로 미루고, 산 정상의 샘부터 갈까요?"

화제를 바꾸는 아리안의 말에 아크와 치요메가 동의하듯이 고개를 끄덕였다. 아크는 눈앞에 우뚝 솟은 산으로 시선을 옮기며 하늘을 올려다보았다.

――이제 곧 목적지에 다다른다.

일행은 나뭇잎 사이로 비치는 햇빛을 받으면서, 산속에 만들어진 이끼 낀 돌계단을 올랐다.

완만한 경사면의 돌계단은 만들고 꽤 오랫동안 내버려 두었는지, 벌써 절반이나 숲의 경치에 녹아들었다.

누군가가 살았던 흔적이 아직도 남아 있는 이유는 숲에 서식하는 동물들이 가끔 이 길을 사용하기 때문인 듯싶었다. 잡초나 땅은 짐승길처럼 살짝 다져졌고, 발밑에는 사람의 손길이 닿은 듯한 돌계단이 엿보였다.

바람에 스치는 가지와 나뭇잎이 귓가를 속삭이는 가운데, 작은 새들이 지저귀는 소리가 뒤섞이면서 이 산의 숲속에 느긋한 분위기를 풍겼다.

풍룡산맥 기슭의 숲과 캐나다 대삼림에서 본 대형 마수는 어디에도 없었고, 휴일에 근처 산으로 하이킹하러 온 듯한 심경이었다.

그러나 산 정상에 우뚝 솟은 거대한 로드 크라운을 보금자리로 삼은 드래곤 로드의 영향이라는 사실은 틀림없으리라.

그 정도의 명확한 포식자 가까이에 둥지를 틀고 싶어 하는 마수가 적은 것은 당연한 이치다. 그런 부류의 옆에는 거꾸로 힘이 약한 존재가 비호를 받기 위해 다가온다.

지금도 나뭇가지 위에서는 다람쥐를 닮은 부모자식 사이의 동물이 보기 드문 침입자인 일행을 고개를 갸웃거리며 신기하다는 시선으로 내려다보았다.

아크가 작은 가지와 잡초를 검으로 베면서 울창한 숲의 길을 열자, 이따금 놀란 새나 짐승들이 튀어나왔다. 그 광경을 보고 반응하는 폰타의 모습이 투구 너머로 느껴졌다.

일행이 산기슭의 커다란 잿빛 토리이를 지나고 나자, 얼마 후 산 정상의 바위산에 거의 다 올라왔는지 갑자기 시야가 탁 트였다.

바위산에 달라붙듯이 자란 나무들은 수가 적었고, 발밑에는 바위와 키가 작은 잡초들이 대부분을 차지해서 시야를 가로막는 장해물은 별로 많지 않았다.

그 대신 바싹 다가온 벽처럼 치솟은 줄기를 가진 로드 크라운은 하늘을 덮듯이 무수한 가지와 나뭇잎을 뻗으며 산 정상에 드넓은 그늘을 드리웠다.

올려다보아야 할 정도의 크기에 시선을 사로잡히자, 무심코 산의 경사면에서 뒤로 굴러 떨어질 듯한 기분이 들었다.

"이렇게 보니 믿을 수 없을 만큼 엄청나게 큰 나무군."

캐나다 대삼림의 거목도 꽤 컸지만, 로드 크라운은 뭐랄까 차원이 다르다. *모 천공의 성에 나오는, 성을 품은 거대한 나무를 떠올리게 한다.

아크의 옆에 나란히 선 아리안과 치요메도 하늘을 뒤덮는 거목의 위용을 눈동자에 담기 위해 똑같이 올려다보았다.

"저도 로드 크라운은 처음 보지만, 산 위에 또 산이 있는 느낌이군요."

치요메는 나무 사이로 비치는 햇빛에 눈을 가늘게 뜨고 한숨을 내뱉었다.

"캐나다 대삼림에도 몇 그루 있다는데, 나도 직접 본 건 이게 처음이네요."

아리안은 짐 속에 넣어온 물통에서 물을 들이켜듯이 마시고 나서, 옅은 자주색 피부의 이마에 송송 맺힌 땀을 팔로 닦았다.

"정상까지 이제 조금 남았으니까, 갈 길을 서두를게요."

재촉하는 아리안의 말에 아크와 치요메도 다시 발걸음을

---

*미야자키 하야오 감독의 극장판 애니메이션 '천공의 성 라퓨타'.

움직이며 정상을 향했다.

마침내 일행의 시야 앞에서 돌계단이 끊겼고, 산기슭의 토리이보다 약간 작은 석조 토리이를 세운 장소가 보였다.

바위산 주변은 나무들이 적고 황량한 풍경이었다. 그러나 산 정상 일대는 산기슭처럼 나무들이 울창해서, 그 사이로 비치는 햇빛이 토리이에 쏟아졌다.

"아무래도 저기가 목적지인 모양이군."

돌계단을 다 올라간 아크는 산 정상의 토리이를 지나 주위를 둘러보았다.

원래는 산 정상의 움푹 팬 땅에 만들어졌으리라. 평평해진 그곳은 오랜 세월 버려둔 까닭에 잡초가 마구 자라나 황폐했다. 돌계단에서 곧장 이어지는 돌바닥이 잡초 틈으로 겨우 어른거렸다.

죽 뻗은 돌바닥 앞에는 낡은 건물이 쓸쓸히 서 있었다.

지붕은 목재였던 탓인지 이미 썩어 문드러져 형체를 찾아볼 수 없었지만, 건물 벽은 석조였기 때문에 이끼가 낀 상태로 뚜렷하게 남아 있었다.

그 건물의 외관은 아크로서는 몹시 낯익었다.

"왠지 신전처럼 보이기도 하네요……."

옆에서 함께 보던 아리안이 그 건조물에 대해 말을 꺼냈다.

아리안의 감상은 틀리지 않았다.

눈앞의 건조물은 토리이와 세트를 이루는 신사의 형태를

갖추었다.

중앙에 자리 잡은 *배전(拜殿)을 닮은 건물과 그보다 조금 후미진 좌우에 규칙 바르게 늘어선 건물 벽과 창틀이 보였다.

어디까지나 배전 같은 건물이었고 본래의 신사와 달리 정면에는 새전함이나 방울도 없었다. 썩은 문의 잔해를 살짝 남긴 입구만 보일 뿐이다.

"이게 초대 한조 님이 살았다는 '신사'로군요. 숨겨진 마을에 있는 족장님의 집과 비슷한 구조입니다."

치요메는 배전을 본뜬 정면의 건조물이 일찍이 이 땅을 근거지로 삼은 초대 한조의 소유라고 굳게 믿는 눈치였다.

물론 이런 생김새를 보면 그 사실에 의심의 여지는 없다.

거대한 **신목을 연상시키는 로드 크라운, 습기를 머금은 옅은 안개가 낀 고요한 경치, 그리고 썩어가는 신사의 모습은 상당히 신비로운 분위기를 풍겼다.

그런 신사와 주변 풍경을 살피던 치요메가 갑자기 코를 벌름거리면서 머리에 달린 고양이 귀를 쫑긋 세우고 조용히 입을 열었다.

"왠지 색다른 물 냄새와 소리가 납니다……."

"쿵!"

치요메의 말에 동의하듯이 투구 위에서 느긋하게 쉬던 폰

---

*배전 : 신사에서 절을 하기 위해 본전(本殿) 앞에 지은 건물
**신목 : 신사의 경내에서 자라는 나무로, 그 신사와 인연이 깊다.

타도 한 번 짖었다.

아크는 치요메처럼 냄새를 잘 맡는 몸이 아니므로 귀를 기울였다. 그러자 정말 어딘가에서 제법 많은 물이 흐르는 소리가 아크에게도 들려왔다.

"이곳이 소문으로 듣던 그 샘일지도 모르겠군……."

아크의 말에 아리안과 치요메는 고개를 끄덕였다.

"아무래도 이 안에서 들리는 것 같습니다……. 이쪽입니다."

신사로 시선을 돌린 치요메가 아크와 아리안을 재촉하며 앞장서서 걷기 시작했다.

정면에 깔린 돌바닥 길을 벗어난 치요메는 신사를 멀리 돌아서 가듯이 뒤쪽으로 발걸음을 옮겼고, 아크와 아리안도 그녀를 잠자코 따라갔다.

신사를 돌자 그곳에는 뜻밖의 광경이 펼쳐졌다.

조금 높은 바위산에서는 콸콸 솟아나는 뜨거운 물이 김을 토해냈다. 뜨거운 물은 도랑처럼 깎아낸 바위 표면을 꾸불꾸불 흘렀고, 그 밑에 설치된 커다란 석조 양식의 움푹 팬 땅으로 쏟아졌다. 금세 넘친 뜨거운 물은 옆에 있는 바위산 아래의 절벽으로 폭포 같이 떨어졌다.

어떻게 봐도 인공적으로 만들어진 노천탕이었다——.

"이거, 뜨거운 물이 나오는 거예요!?"

뾰족한 귀를 용하게 움직이면서 가장 먼저 놀란 목소리를 지른 이는 아리안이었다.

아리안은 온천을 보는 게 처음인 듯싶었다.

치요메는 놀라기는 해도 온천의 존재를 아는 눈치였는지, 좋은 장소를 발견한 것처럼 기뻐하는 표정이 평소의 무뚝뚝한 얼굴에서 배어 나왔다.

"온천이네요…… 더구나 꽤 큽니다."

치요메의 말대로 엄청난 크기의 노천탕은 25m 풀장 두 개쯤은 될 법한 면적이었다.

돌을 둥글게 늘어놓고 만든 욕조는 커다란 여관의 노천탕 같은 분위기였다. 그러나 뜨거운 김으로 축축해진 돌에 이끼가 끼어서, 세상에 알려지지 않은 대자연 속의 온천을 빚어냈다.

"뜨거운 물이 나오는 온천도 확실히 샘이라고 할 수 있지만, 설마 이게 우리가 찾던 거요?"

"그런 모양이네요."

아크가 자신의 옆에서 흥미진진하다는 듯이 노천탕에 손을 담근 아리안에게 시선을 던지자, 그녀는 손에 묻은 뜨거운 물을 털어내며 일어났다.

"킁! 킁!"

폰타도 온천에 관심을 드러냈는지 투구를 내려왔다. 욕조 가장자리에 코를 파묻은 폰타는 혀로 뜨거운 물을 핥고 젖은 수염을 앞발로 씻는 동작을 보였다.

자신들이 찾아다닌 샘이 온천이라고는 꿈에도 생각지 못했지만, 오히려 아크에게는 기쁜 오산이었다.

아크는 갑옷의 토시를 벗고 뜨거운 물에 손을 넣었다.

뜨거운 물이 아크의 손끝에 서서히 열기를 전해주었다. 잠시 후 아크가 젖은 손을 끌어올리자, 이전에 【안티커스】(항주식(抗呪式))로 시험한 것처럼 갈색 피부를 지닌 손이 드러났다.

그러나 【안티커스】로 처음에 저주를 풀었을 때의 위화감은 딱히 느껴지지 않았다.

"오옷!? 이 샘의 효능은 진짜였나 보군."

아크는 뼈만 있는 팔에 불쑥 나타난 손을 일행과 함께 놀란 얼굴로 뚫어지라 쳐다보았다.

"정말 육체가 돌아오네요……."

아리안은 조금 믿기지 않는다는 목소리로 말끝을 흐렸다.

그러고 보니 그동안 아리안과 치요메에게 【안티커스】로 저주를 푼 상태의 육체를 보여준 적은 한 번도 없었다. 겉보기는 약간──아니, 몹시 호러물을 떠올리게 하는 모습이었다.

얼마 지나지 않아 안개 같이 사라진 육체의 손은 다시 뼈로 되돌아왔다.

그 반응은 【안티커스】에 의해 잠깐 육체가 돌아오는 현상과 마찬가지였다.

이 온천의 힘을 빌려 원래 모습을 되찾은 것도 일시적일까——아니면 몸 전체를 담가야 효과를 보이는 걸까.

이 자리에서 굳이 그런 고민을 할 필요도 없으리라.

"그럼 서둘러 온천에 몸을 담그고 효능을 알아볼까."

아크는 온천 옆의 바위에 투구를 벗어놓고, 팔에 안은 짐도 정리해두었다.

솔직히 말하자면 효능을 시험한다는 계획은 뒷전이었다.

일단 눈 앞에 펼쳐진 판타지다운 경관을 자랑하는 절경의 노천탕에서 한숨을 돌리며 느긋하게 쉬고 싶었다.

뼈를 녹일 만큼——.

몸통 갑옷을 벗은 영향인지, 살짝 으스스해진 기분이 들어 무심코 몸을 부르르 떨었다.

결코 자신이 방금 떠올린 농담이 썰렁했기 때문은 아니다.

"잠깐만요! 갑자기 바로 앞에서 벗지 말아요."

아크가 갑옷을 벗자 뒤에서 보던 아리안이 목소리를 높이며 따졌다.

뒤돌아본 아크는 귀 끝이 조금 붉어진 아리안과 시선이 맞았다.

"오오? 아리안 양은 인골을 보면 흥분하는 성벽을 가졌던——."

그쯤에서 아리안의 주먹에 갈비뼈를 얻어맞은 아크는 하던 말을 멈추었다.

……아리안 양, 딴지가 심한데요.

"우리는 아크가 온천에 몸을 담그는 동안 맞은편 건물을 보고 올게요. 가죠, 치요메 양."

그 말만 남긴 아리안은 뒤에 서 있는 치요메를 데리고 낡은 신사 안으로 발소리를 크게 내며 들어갔다.

"아크 님, 저희는 신사를 살피고 오겠습니다. 나중에 뵙지요."

가볍게 고개를 숙인 치요메도 아리안을 쫓아갔다.

아크는 갈비뼈를 문지르면서 그 둘의 뒷모습을 지켜본 후 욕조의 가장자리로 시선을 옮겼다. 그러자 폰타가 꼬리를 흔들고 앉은 채 아크를 올려다보았다.

"오오, 폰타는 함께 들어가는 거냐?"

"큥!"

그 물음에 폰타는 꼬리를 크게 흔들며 대답했고, 아크는 녀석의 탐스러운 머리를 쓰다듬었다.

다시 기운을 낸 아크는 몸에 걸친 갑옷을 전부 벗은 해골 몸으로 노천탕 앞에 섰다.

사실은 온천에 들어가기 전에 뜨거운 물을 끼얹는 게 매너일 테지만, 이곳은 물을 퍼 올리기 위한 나무통이 없었다──그래도 이처럼 깊은 산속의 숨겨진 온천이라면, 다른 누군가에게 민폐를 끼칠 걱정을 하지 않아도 괜찮다.

이 넓은 노천탕에 한 사람(과 한 마리)만 있다면, 해야 할 일은 하나뿐이다──.

"타앗!"

"큐~웅!"

기합을 넣은 아크는 커다란 욕조에 그대로 뛰어들었다.

요란하게 물보라를 튀기며 노천탕에 잠긴 아크는 단숨에 물 위로 고개를 내밀고 흔들었다. 그렇게 머리부터 뒤집어쓴 뜨거운 물을 떨쳐내더니 욕조에서 얼굴을 씻었다.

아주 사치스럽게 온천을 이용하는 방법이다.

덩달아 뛰어든 폰타도 개헤엄을 치면서 돌아다녔다.

"푸핫! 설마 이런 산속에서 온천에 들어갈 수 있을 거라고는 상상도 못했는데."

아크는 혼잣말을 내뱉으면서 자신의 팔을 바라보았다.

당장 갈색 피부의 근육질 팔이 눈에 들어왔다. 아크가 그 시선을 따라 자신의 앞가슴으로 이동하자, 본래 육체보다 발달한 가슴 근육이 비쳐서 무심코 고개를 갸웃거렸다.

이세계에 왔을 때부터 줄곧 해골 모습이었으므로 근육이 발달할 이유가 없다——하물며 이곳에 오고 나서 여러 날이 지난 것도 아니다.

"흐음?"

아크는 얼굴에 묻은 물방울을 손으로 닦아내고 물에 비친 모습을 들여다보았다.

온천에 잠수했을 때 흔들린 수면이 잔잔해지며 자신의 얼굴이 나타났다.

물 위에는 현실의 아크와는 다른 이의 얼굴이 비쳤다.

나이는 30대 중반쯤일까. 남자는 아랍계의 갈색 피부를 띠었는데, 조금 긴 검은 머리는 곱슬했다. 또한 날카롭고 사나운 얼굴의 턱에는 짧은 수염을 길렀다.

수면을 내려다보는 남자의 눈동자는 진한 붉은색으로 물들었다. 덧붙여서 무엇보다 특징적인 길고 뾰족한 귀는 인간과는 크게 다른 점이었다.

어떤 의미로는 낯익은 귀의 생김새──그러나 그 귀는 아크의 본래 얼굴을 이루는 요소에는 없었다. 아크는 물에 비친 남자의 얼굴에 달린 귀를 손가락으로 잡아당기며 진짜인지 확인했다.

"이건……?"

낯선 얼굴을 본 아크는 잠시 어리둥절했지만, 분명히 기억에 남아 있었다──.

곧이어 얼굴의 정체를 깨달은 순간, 머릿속에 탁류처럼 밀려온 진실이 아크의 마음을 모조리 휘저었다.

"크아아아!!!"

폭풍을 일으킨 듯한 격통이 머릿속을 덮쳤고, 몸속 깊은 곳에서 내뿜는 검은 격정이 뇌리를 맴돌았다.

여성에게 행패를 부리는 자를 향한 분노,

노예를 대하는 사람들의 행동을 보고 품은 증오,

흉악한 마수를 앞에 둔 공포,

손수 사람의 생명을 빼앗은 회한과 혐오—— 그리고 원래 세계로 돌아가고 싶은, 고향을 그리워하는 마음.

여태껏 겪은 모든 체험이 주마등처럼 머리를 스쳤다. 누군가를 베어 죽이는 감촉이 자신의 손에 생생하게 남았다. 그에 따라 어두운 감정이 자신의 마음을 찌부러뜨릴 듯이 내면을 시커멓게 물들여갔다.

"아아아아아아아아아아아아아아아아아아아아아아아아아아아!!!"

아크는 그 감정을 어떻게든 지우기 위해 절규와 포효를 되풀이했지만, 아무런 성과도 얻을 수 없었다.

김이 서린 온천에 있는데도 뼛속까지 차가워진 몸은 덜덜 떨렸고, 내면에서 일어나는 격정과 격통을 떨쳐내려는 듯이 날뛰었다.

머릿속의 고통으로 제정신을 잃은 아크가 노천탕 가장자리의 바위에 머리를 부딪치자, 그 바위는 부서지면서 형태를 바꾸었다.

그러나 아크는 변함없는 통증과 마음을 쥐어뜯는 감정에

몸부림치며 나뒹굴었고, 온천에 빠져서 뜨거운 물을 입으로 마시고 숨이 막히는 와중에 간신히 노천탕을 기어 나왔다.

"큐웅! 큐웅!"

갑작스러운 아크의 변모에 놀란 폰타가 뭔가를 부르듯이 크게 짖어대면서 밖으로 뛰쳐나갔다.

아크는 멀어지는 부드러운 털뭉치를 바라보았다가 자신의 몸에 시선을 옮겼다.

의식이 흐려지는 걸 느끼며 넓적다리 사이에 축 늘어진 물건이 눈에 들어왔다. 본래 물건과 비교하면 1.5배는 크구나──그런 쓸데없는 생각이 아크의 머리에 떠올랐다.

이윽고 멀리서 누군가의 발소리와 귀에 익은 목소리가 들렸다.

"잠깐만요, 무슨 일이에요!? 그런데 누구죠!!?"

"쿵! 쿵!"

어렴풋이 들리는 그 목소리의 주인은 아리안이었다.

아크는 죽을 힘을 다해 말을 내뱉으려고 했지만, 입이 제대로 열리지 않았다. 그저 무덤에서 되살아난 좀비 같은 신음만 새어 나올 뿐이었다.

뭔가가 자신의 뺨을 필사적으로 핥는 감촉이 얼어붙은 아크의 몸에 약간의 열기를 전해주었다. 덕분에 그럭저럭 아슬아슬하게 의식을 잃지 않았지만 그마저도 한계에 다다랐다.

머지않아 세계는 완전한 어둠에 뒤덮였고, 아무것도 느낄 수 없게 되었다——.

로덴 왕국 호반령(領).

서쪽의 텔나소스 산맥과 동쪽의 아네트 산맥 사이에 끼인 이 땅은 로덴 왕국 남동쪽에 위치하는 린부르트 대공국과의 교역로에 자리 잡아서 영내는 비교적 풍요로웠다.

이곳을 다스리던 프리슈 드 호반 백작은 거듭하여 무거운 세금을 부과하고 횡포를 일삼았지만, 결국 봉기를 일으킨 민중의 손에 죽음을 맞이했다.

영내는 한동안 그 사건 때문에 무질서해졌지만, 왕도로부터 파견된 제1왕자의 왕군이 진압에 나서면서 민중봉기에 의한 혼란은 뜻밖에 빨리 끝을 맺었다.

그 후, 제1왕자는 호반 영내의 치안회복과 행정의 통치재건 등을 꾀하고자, 일찍이 영주의 성이었던 곳에 틀어박혀 사무 처리와 현장 지휘를 맡았다.

민중봉기 때 습격을 받은 영주 저택 본관은 약탈과 파괴 행위로 인하여 여전히 몹시 황폐한 상태였고, 제1왕자는 그곳에서 조금 떨어진 별관을 거점으로 삼았다.

왕궁의 거처에 비하면 갑갑하고 격식도 초라한 어느 방.

책상에 쌓인 보고서 뭉치를 대충 훑어보던 키가 큰 젊은 청년은 눈을 가린 밝은 갈색 앞머리를 살짝 쓸어올리며 단정한 용모의 미간을 찌푸렸다.

호화로운 군복으로 몸을 감싼 이 청년이 로덴 왕국 제1왕자 섹트 론달 카를론 로덴 사디에——바로 그였다.

호반을 평정한 섹트 왕자는 사후 처리에 쫓겨 몹시 바빴지만, 그의 마음속에 줄곧 맴도는 해결되지 않은 문제 탓인지 조금 생기가 없는 표정이었다.

그런 섹트 왕자의 귀에 내방자를 알리는 문의 노크 소리가 들렸다.

"들어와라."

섹트 왕자는 서류 뭉치에서 시선을 들지도 않은 채 문 너머의 인물에게 대충 입실을 허락했다.

"실례하겠습니다."

곧이어 문이 열리더니, 중년 남자 한 명이 머리를 숙이고 방에 들어왔다.

갈색 머리와 수염, 우람한 몸집에 걸친 군복 차림은 아무리 봐도 군인다웠고, 별로 말이 많지 않을 듯한 과묵한 모습도 어우러져서 엄격한 분위기를 풍겼다.

그의 이름은 세트리온 드 올스테리오.

호반을 평정하기 위해 파병된 왕군의 일군을 이끄는 장군 중 한 명이자, 섹트 왕자가 차기 왕위에 앉기를 바라는 제1

왕자파이기도 했다.

"방금 티오셀라 영주로부터 소식이 왔습니다. 섹트 전하가 사망했다고 선언한 유리아나 왕녀 일행이 티오셀라에 도착한 모양입니다."

세트리온 장군은 담담한 어조로 보고를 올렸지만, 섹트 왕자는 보고서 뭉치를 책상에 내던지며 눈을 휘둥그레 떴다.

"……역시 살아 있었나, 유리아나."

섹트 왕자는 쥐어 짜내는 듯한 목소리로 중얼거리고 더욱 미간을 찌푸렸다.

그 보고야말로 섹트 왕자가 근래 가장 신경 쓰는 일이기도 했다.

유리아나 제2왕녀는 전 왕비의 딸이자 로덴 왕국의 왕위 계승자 중 한 명이다. 예정대로라면 섹트 왕자가 꾸민 암살로, 제2왕자였던 다카레스와 함께 죽었어야 할 인물이었다.

아니, 섹트 왕자의 본래 계획에서는 유리아나만 표적이었지만, 공교롭게도 제2왕자인 다카레스가 섹트 왕자를 암살하려는 사태로 흘러가며 이러한 결과를 낳았다.

그러나 유리아나를 죽인 암살 부대는 갑작스러운 마수의 습격으로 일단 후퇴할 수밖에 없었다. 그 후, 유리아나의 시신을 옮기기 위해 파견된 자들은 시신은커녕 왕녀 일행의 마차와 대다수 호위병의 시신까지 사라진 사실만 확인했을 뿐, 그들의 묘연해진 행방을 알 수 없었다.

7공작가에 속하고 이번에 암살을 실행한 브루티오스 공작가의 적자인 카이쿠스 코라이오 드 브루티오스에게 확인했을 때 왕녀를 확실히 죽였다는 보고를 받았다. 그러나 지금 세트리온 장군은 그 보고가 잘못되었다는 소식을 전하고 있었다.

"맹진할 줄밖에 모르는 다카레스를 내세운 동안 머리 회전이 빠른 유리아나를 퇴장시킬 셈이었다. 그런데 누름돌 역할을 해준 다카레스를 내 손으로 제거하고 유리아나가 떠오르게 도와준 꼴이라니. 이건 내가 우려하던 가정 중에서도 제일 가능성이 낮은 최악의 결과로군……."

섹트 왕자는 자조 섞인 미소를 짓더니, 이윽고 깊은 한숨을 토해냈다.

왕자 자신의 말대로 그는 유리아나의 암살이 성공했다는 증거로서, 여동생이 늘 목에 걸고 다닌 전 왕비의 유품인 목걸이를 얻었다.

그 목걸이를 손에 넣었다는 말은 적어도 눈앞에서 유리아나가 쓰러졌고, 목걸이를 빼앗겼다는 사실을 의미한다.

더욱이 그 뒤에 덤벼든 헌티드 울프라는 마수의 사나운 성질은 설령 유리아나가 빈사 상태의 목숨을 이었다 하더라도 달아날 수 없을 만큼 죽음을 불러들이기에는 충분한 요인이었다.

또 운 좋게 마수를 지나쳤다고 한들 습격에서 다쳤다면

이렇게 빨리 사람들 앞에 나타나지도 못했을 터다.

그에 반해 현재 알려진 보고는 유리아나가 딱히 다치지도 않고 멀쩡한 데다, 다시 로덴 왕국의 티오셀라 영내에 모습을 드러냈다는 내용이었다.

도무지 이해하기 어려운 상황이란 이런 걸 두고 하는 말이리라.

"섹트 전하, 어떻게 하시겠습니까?"

세트리온 장군이 할 말을 잃은 섹트 왕자를 부르듯이 물었다.

그 말에 제정신을 차린 섹트 왕자는 숨을 깊게 내쉬고 고르더니, 의자에 고쳐 앉듯이 자세를 바로잡았다.

카이쿠스에게 유리아나를 습격하도록 의뢰하여 그가 암살 부대를 지휘했지만, 후방에 대기해서 직접 해치지는 않았다는 이야기도 전해 들었다.

그렇다면 유리아나를 덮친 암살 부대의 신원이 노출되었을 가능성은 작다.

그러나 만일의 경우를 대비하여 위험하기는 해도 두 번째 암살을 시험해보아야 한다. 섹트 왕자는 자신을 공손하게 바라보는 세트리온 장군에게 시선을 돌렸다.

"유리아나에게 우리 쪽 신원이 들켰을 가능성은 작더라도 주의해서 나쁠 건 없다……. 티오셀라에 머물 동안 유리아나를 어떻게든 처리할 수 있지 않을까?"

섹트 왕자가 눈동자를 어둡게 물들이면서 살짝 목소리를 낮추고 묻자, 세트리온 장군은 고개를 가로저으며 부정적인 몸짓을 보였다.

"유감스럽게도 유리아나 왕녀 일행 곁에는 기존 호위병 30명 외에 린부르트 대공국의 깃발을 올린 호위대 200명이 동행하고 있습니다."

"빌어먹을, 세리아나 누이의 입김인가……."

세트리온 장군의 대답에 짜증 난다는 듯이 말을 내뱉은 섹트 왕자는 입술을 깨물고 눈썹을 추켜세웠다.

유리아나의 언니는 린부르트 대공국의 대공인 티시엔트 가(家)에 정실로 시집을 갔고, 왕국에서 지낼 때보다 자매의 사이도 좋았다.

암살 부대의 습격을 받은 유리아나는 몰래 린부르트로 달아나서 세리아나 누이를 의지했을 것이다. 물론 세리아나 누이가 유리아나를 위해 호위병을 내주는 일은 쉽게 상상이 되었다.

"또한 유리아나 왕녀 일행 중에 엘프족 전사로 여겨지는 자들도 30명쯤 있다는 얘기도 들립니다. 그들을 없애기란 사실상 불가능하다고 봐도 좋겠지요."

"뭐라!? 엘프족 전사라고!?"

세트리온 장군의 이어진 말에 섹트 왕자는 경악한 표정을 지으며 격한 어조로 소리쳤다.

엘프족은 로덴 왕국 동쪽에 펼쳐진 캐나다 대삼림을 주거지로 삼는 소수민족이다. 그러나 엘프족 전사는 한 명 한 명이 긴 수명을 통해 익힌 마법과 검기가 뛰어난 전투의 달인들이다.

엘프족 전사들이 30여 명이나 유리아나의 호위를 맡은 이상, 평범한 잡병으로 밀어붙이려면 꽤 많은 인원을 준비할 필요가 있다. 그럼 필연적으로 사람들의 눈에 띄게 된다.

안이한 암살 계획은 도저히 무리였다.

그러나——섹트 왕자는 눈썹을 찌푸리며 팔짱을 꼈다.

"어째서 엘프족이 유리아나를 호위하는 거냐?"

섹트 왕자의 그 의문은 당연한 반응이었다.

로덴 왕국은 예전에 엘프족과 분규를 일으킨 적도 있어서, 여태껏 딱히 관계가 좋았다고는 말하기 어려웠다.

그뿐만 아니라 인간족의 박해를 피해 캐나다 대삼림에 틀어박힌 엘프족은 이웃 나라 린부르트 대공국이 유일한 교역 상대였다. 그 때문에 현재는 인간족의 나라에서 좀처럼 엘프족의 모습을 찾아보기 힘들어졌다.

엘프족이 왜 굳이 유리아나를 호위하려고 인간족의 나라에 발을 들였을까——그 이유는 뚜렷하지 않았지만, 섹트 왕자의 마음속에 말할 수 없는 불안감을 안겨주었다.

그러나 그도 잠시, 곧이어 고개를 든 섹트 왕자는 입가를 올린 후 눈앞에 서 있는 세트리온 장군에게 시선을 옮겼다.

"흥, 여기까지 왔는데 새삼스레 발버둥 친들 어떻게 될 것도 아닌가."

"그럼 어쩌시겠습니까?"

"동생 다카레스의 음모로부터 무사히 살아 돌아온 여동생이다. 웃으면서 맞이해야 하지 않겠느냐."

약간 과장된 말투로 대답한 섹트 왕자는 자신의 무릎을 손으로 치더니, 창밖의 경치에 시선을 돌리고 엷은 미소를 띠었다.

그로부터 이틀 후. 유리아나 왕녀 일행은 섹트 왕자가 평정한 호반 영내에 들어왔고, 지금은 영주 성의 별관에서 대면하는 중이었다.

길게 늘어뜨린 짙은 노란색 금발은 머리끝이 곱슬했고, 단정하면서 하얀 얼굴에 자리 잡은 사랑스러운 갈색 눈동자는 정면의 섹트 왕자를 향했다.

드레스 끝을 살짝 들어 올리며 정중하게 허리를 굽혀 인사하는 모습은 16세의 소녀라기보다는 어엿한 왕후 귀족이었다.

그 유려한 몸짓은 습격을 당한 그녀가 전혀 다치지 않았다는 사실을 단적으로 보여주었다. 섹트 왕자는 눈꼬리를 실룩거렸다.

"오랜만입니다, 섹트 오라버니."

맑은 목소리를 내뱉는 그녀가 바로 섹트 왕자의 여동생, 유리아나 메롤 메리사 로덴 올라브 제2왕녀였다.

그리고 유리아나 왕녀 뒤에 서 있는 두 명의 인물――그중 갈색 머리를 정성스럽게 빗고 조금 각진 턱을 지닌 젊은 남자의 이름은 렌들 드 프리바트란.

7공작가에 속하며 왕군의 삼군 하나를 이끄는 칼튼 장군의 적자이자, 유리아나 왕녀의 린부르트 방문을 수행하는 호위대를 책임진 인물이기도 했다.

암살 부대의 공격을 받았다면 제일 먼저 다쳤어야 할 그도 겉보기에는 너무 멀쩡해서, 오히려 정말 습격이 이루어졌는지 어떤지 의심스러울 정도였다.

그런 젊은 남자 옆에는 신장 2m 남짓한 거구의 중년 남자가 있었다.

옅은 자주색 피부, 약간 뾰족한 귀와 가지런히 자른 짧은 하얀 머리, 잘 단련된 근육을 독특한 의상으로 감싼 몸, 그리고 오랜 상처인 커다란 흉터를 남긴 위압감을 주는 얼굴. 그자는 인간족이 사는 영역에서 이제 거의 볼 수 없게 된 다크 엘프족의 남자였다.

경비 사정을 핑계로 중년 남자는 무기를 하나도 지니지 못했지만, 그가 뿜어내는 기척은 맨손으로도 주위의 인간을 충분히 압도할 만하다는 사실이 피부에 느껴졌다.

섹트 왕자는 목덜미에 흐르는 식은땀을 애써 무시하더니,

만면에 미소를 띠고 여동생을 맞아들였다.

"유리아나! 네가 살아 있다는 소식을 듣고 무척 기뻤단다. 왕도에서 네 부고를 전했을 때 아버지의 모습은…… 차마 볼 수 없었으니까."

섹트 왕자의 말에 유리아나 왕녀도 엷은 미소를 머금었다.

"저도 린부르트로 가는 길에 습격을 받는 순간 이제 끝이구나 싶었습니다. 하지만 하늘의 신들이 내민 구원의 손길 덕분에 이처럼 무사히 이 자리에 서게 되었죠."

"설마 다카레스가 이런 흉악한 짓을 저지를 줄은 전혀 생각지도 못했다."

미간을 찌푸린 섹트 왕자는 슬픈 표정을 지으며 크게 한숨을 내뱉었다.

유리아나 왕녀는 섹트 왕자의 태도를 가만히 지켜보면서 짐짓 걱정하듯이 물었다.

"그때 오라버니도 상처를 입었다고 들었습니다만?"

"팔을 좀 다쳤다……. 내 검 실력으로는 다카레스를 당해 내지 못했지만 말이다. 하늘의 배려— 나도 신들의 구원을 받았다고 해야 할까?"

섹트 왕자는 약간 농담을 하듯이 유리아나 왕녀의 질문에 대답했다.

그 말에 유리아나 왕녀는 눈꼬리를 살짝 올렸지만, 금세 웃는 얼굴로 자신의 오라버니를 바라보았다.

"왕도에서 섹트 오라버니가 일련의 흉악한 사건이 다카레스 오라버니로부터 비롯되었다고 발표할 때 제 사망 소식도 언급했더군요. 왜 그랬죠?"

유리아나 왕녀의 말투는 담담했지만, 그녀의 시선은 오로지 섹트 왕자에게만 쏠렸다. 상대의 미묘한 표정을 읽어내려는 의지가 눈동자에서 엿보였다.

그러나 섹트 왕자도 여간내기는 아니었다. 작게 코웃음을 쳤을 뿐인 섹트 왕자는 눈꼬리를 내린 얼굴로 고뇌에 물든 표정을 짓더니 깊은 한숨을 토해냈다.

"다카레스 녀석이 네가 늘 소중하게 몸에 걸고 다닌 의붓어머니의 유품인 목걸이를 지녔기 때문이지⋯⋯. 그래서 네가 죽었다고 여길 수밖에 없었다."

"하지만 제 시체는 발견되지 않았잖아요?"

"확실히 그 말대로다. 네가 습격을 받았다고 보이는 장소에는 소수의 호위병과 많은 도적 무리의 시체는 있었지만 너를 찾지는 못했다. 그런데 마수들이 주변의 시체들을 파먹은 것 같다는 얘기를 들었거든."

이 세계에서는 마수가 자주 출몰하는 숲 부근에 시체를 남기면, 악취에 이끌린 마수가 시체를 훼손하거나 보금자리로 가져가므로 눈 깜짝할 사이에 그 흔적이 사라지는 게 일상이었다.

그런 탓에 사람들이 방벽 바깥에서 숱하게 행방불명이 되기도 하는데 귀족도 예외는 아니다.

따라서 섹트 왕자의 판단은 흔한 일이기도 했다.

"더구나 제가 탄 마차도 못 찾았죠?"

유리아나 왕녀의 거듭되는 추궁에 집게손가락을 세운 섹트 왕자는 때를 맞추듯이 유감스럽다는 표정을 지으며 고개를 가로저었다.

"물론이다. 어쩌면 네가 살았을지도 모른다는 생각을 했지. 하지만 실제로는 네 행방을 알 수 없었고, 무사하다는 소식도 전해지지 않았다. 더욱이 왕족의 수치를 드러낸 채 귀족들에게 빈틈을 보여서는 안 된 데다, 이곳 호반에서 민중이 일으킨 봉기로 영주마저 죽었다……. 왕가의 위광을 회복하기 위해서는 이 문제를 서둘러 매듭을 지어야 했지. 그러려면 일단 누군가는 앞으로 나서야만 하는 상황이었다."

단숨에 이야기를 끝낸 섹트 왕자는 눈썹을 살짝 치켜들고 엷은 미소를 띠었다.

섹트 왕자의 날카롭고 맑은 눈동자는 똑바로 유리아나 왕녀를 향했다.

"만약 네가 살아남았다고 하면 널 차기 왕위에 올리기를 바라는 자들이 호반을 평정할 병력의 파병 중지를 요청할 가능성도 있었다. 그럼 교역로의 중요한 중계지인 호반의 평정은 늦어졌을 테지. 그리고 공석이 된 영주의 자리를 다른 귀족들이 계속 잠자코 지켜볼 리는 없다. 그렇지?"

그 물음에 입을 다문 유리아나 왕녀는 얼마 지나지 않아 고개를 끄덕였다.

섹트 왕자의 행동은 왕가로서는 당연한 범주에 들었고, 그 이유는 전혀 잘못된 판단이 아니었다. 도리어 과감한 결단을 내린 셈이기도 했다.

"그렇군요……. 제가 오라버니의 입장이라도 그랬을 겁니다……."

유리아나 왕녀의 대답에 섹트 왕자는 만족스럽다는 듯이 고개를 끄덕이며 손뼉을 쳤다.

"이해해줘서 기쁘구나. 이제는 내가 너한테 물어보마. 바깥의 린부르트 대공국 호위병들과 거기 보이는 다크엘프족 남자는 어떤 사정으로 동행한 거냐?"

섹트 왕자의 질문에 유리아나 왕녀는 가볍게 헛기침을 하고 마음을 다잡았다.

"린부르트 대공국군은 이번에 세리아나 언니의 배려로 왕도까지 제 호위를 맡았습니다. 그리고 이쪽의 다크엘프족 남자분은 캐나다 대삼림의 대장로인 펑거스 프란 메이플 님입니다."

그 대답에 섹트 왕자는 눈을 휘둥그레 떴다. 그리고 진한 미소를 띤 채 서 있는, 체격이 우람한 전사로밖에 보이지 않는 다크엘프족 남자에게 시선을 고정했다.

대장로라면 저 광대한 캐나다 대삼림을 다스리는 족장 아래에 모이는 최고의사결정기관의 중요인물 중 한 명이라는 뜻이다.

교역을 하는 린부르트 대공국도 아니고, 이곳 로덴 왕국에서 다크엘프족의 대장로를 보는 일은 그동안 없었다.

그리고 동시에 섹트 왕자는 다크엘프족의 대장로가 어째서 유리아나와 함께 왕도로 발걸음을 옮기는지 그럭저럭 이해했다.

"──설마, 교역……인가."

섹트 왕자의 혼잣말에 유리아나 왕녀는 고개를 끄덕였다.

"네. 캐나다 대삼림의 엘프족과 우리 로덴 왕국 사이에 교역을 준비할 단계에 이르렀습니다. 그래서 여기 있는 대장로 펑거스 님이 로덴 왕국과 약정을 맺으려고 일부러 오시게 되었답니다."

여태껏 엘프족이 인간족과 교역 관계를 맺은 국가는 이웃 나라인 린부르트 대공국뿐이다──.

엘프족이 만든 고품질 고성능의 수많은 마도구를 다른 인간족 국가에 중개하는 형태로 판매한 린부르트 대공국은 줄곧 커다란 부를 손에 넣었다.

그런데 로덴 왕국도 엘프족의 교역 상대국에 들어가면, 계속 독점해온 린부르트 대공국의 이익이 줄어든다는 사실은 자명한 이치다. 그러나 유리아나를 호위하고자 린부르트 대공국군이 내내 동행했다는 점에서 그 이야기는 이미 매듭을 지었을 것이다.

"교역품의 내용은?

"일단 '풍요의 마결석'을 융통하여 받을 계획입니다."

유리아나 왕녀의 대답에 침을 삼킨 섹트 왕자는 자신의 목덜미에 흐르는 땀을 여동생에게 들키지 않도록 밝은 목소리를 냈다.

"그거 대단하구나! '풍요의 마결석'을 얻으면 우리 나라는 지금보다 훨씬 발전할 수 있을 거다."

'풍요의 마결석'을 잘게 부순 가루를 뿌린 토지의 작물은 더욱 풍부한 결실을 보게 된다.

제조 방법은 완전히 엘프족만의 비밀이었다. 나름대로 인간족도 제조 방법을 밝히려고 애를 쓰지만, 여전히 실마리조차 파악하지 못하는 물건이다.

마수가 날뛰는 이 세상에서 어떻게든 인간의 영역으로 확보한 좁은 토지의 결실이 늘어난다──그것은 직접 그 토지의, 나라의 번영을 좌우할 정도라고 해도 지나친 말은 아니었다.

앞으로는 '풍요의 마결석'을 린부르트 대공국을 거치지 않고, 교역을 통해 직접 손에 넣을 수 있게 된다. 그럼 왕국의 귀족들은 손바닥을 뒤집듯이 이 교역을 성사시킨 유리아나에게 다가갈 터다.

그렇게 되면 차기 왕위는 유리아나 왕녀에게 주어질 가능성이 매우 커진다.

셈트 왕자는 그 사실을 깨닫고 생각에 잠기더니, 어깨를 크게 으쓱이며 천장을 올려다보았다.

유리아나 왕녀가 약간 의아하다는 표정으로 그 모습을 지켜보았다.

"여기서 오래 머물지는 않겠지? 서둘러 왕도로 떠나는 거냐?"

다시 유리아나 왕녀에게 시선을 돌린 셈트 왕자는 환하게 웃으면서 여동생을 바라보았다.

"오늘은 이곳에서 쉬고, 내일 일찍 왕도를 향해 출발할 예정입니다."

"그렇구나. 비어 있는 다른 별관을 곧 준비시키마. 오늘은 느긋하게 쉬어라."

유리아나 왕녀는 노고를 위로하는 셈트 왕자의 말에 약간 당혹한 눈빛을 띠었다. 그러나 금세 표정을 되돌린 후 감사의 마음을 전하더니 작별 인사를 하고 방을 나갔다.

방을 떠나는 유리아나 왕녀의 뒷모습이 사라지자, 셈트 왕자 뒤에 대기하던 세트리온 장군이 불빛 아래로 한 걸음 내디디고 작은 목소리로 물었다.

"괜찮으십니까?"

세트리온 장군의 단적인 질문에는 유리아나 왕녀를 이대로 놔두면 차기 왕위를 그녀에게 빼앗길지도 모른다는 우려가 섞여 있었다.

의자에 몸을 깊숙이 파묻은 섹트 왕자는 양 손바닥을 하늘로 향하더니, 어깨를 으쓱여 보이고 웃음을 흘렸다.

"교역 건이 이대로 결정 나면, 유리아나에게 왕위가 기울 확률은 8할쯤 되려나."

"그럼?"

세트리온 장군의 짧은 질문에 섹트 왕자는 고개를 가로저었다.

"아무리 그래도 이번 일은 어쩔 수 없다. 유리아나에게 손을 대면 이 교역 건도 중지될 테니까. 왕국의, 왕가의 기반을 반석에 올려놓기 위해서는 이 교역을 반드시 성공시켜야 한다──그나저나 교역 내용이 '풍요의 마결석'일 줄이야. 인구를 늘리기 쉬운 인간족이 인구를 늘리기 어려운 엘프족에게 안정적으로 식량을 얻는 기술을 의지하다니──정말 얄궂은 얘기지."

섹트 왕자는 몹시 유쾌하다는 얼굴로 웃고 나서 다시 말을 이었다.

"그리고 린부르트와의 교역 중계지인 티오셀라와 호반은 내가 확보한 상태다. 딱히 여동생에게 모든 이익을 빼앗기는 것도 아니지. 일단 티오셀라의 영주한테는 이 기회에 내게 붙도록 쐐기를 박아야겠어."

그 대답에 세트리온 장군은 납득했다는 듯이 묵묵히 고개를 끄덕였다.

"유리아나의 성격으로는 토지가 척박한 영지에 먼저 '풍요의 마결석'을 사용할 거다. 그럼 풍요로운 토지를 가진 다른 영주들의 불만이 심해질 테지. 그 점은 유리아나도 잘 알겠지만, 거래 가능한 '풍요의 마결석'에도 한계는 있다. 그런 불만을 품은 영주들을 내게 끌어들이기란 별로 어려운 일도 아니야. 한때는 세력이 유리아나에게 기울지 몰라도, 바늘 침은 다시 반대편으로 확실하게 치우쳐서 균형을 잡는다──유리아나의 독무대는 되지 않아."

섹트 왕자는 비웃음을 흘렸다.

"무엇보다 굳이 지금 당장 왕위를 노리는 데에 얽매일 필요도 없다……. 초조해서 일을 꾸미면 다카레스처럼 어리석은 짓을 저지르지. 왕위는 내 아들에게라도 맡기도록 하겠다. 그러기 위해서는 일단 반려자를 선택하는 것부터 시작해야겠지."

섹트 왕자는 입가에 엷은 미소를 띠며 눈을 감았다.

막간 아리안과 치요메의 간병기

　드래곤 로드 윌리어스핌이 알려준, 일찍이 인심일족의 초대 한조가 근거지로 삼았다는 신사―― 지금은 지붕도 썩어 문드러지고 대부분 이끼가 낀 석조 벽만 남은 내부를 아리안과 치요메 둘이 조사할 때였다.

　로드 크라운 옆에 있는, 모든 저주를 푼다고 전해지는 '온천'에 남기고 온 아크의 비명이라고도 포효라고도 할 수 없는 무시무시한 소리가 조금 전 주변 일대에 울렸다.

　"뭐지!?"

　"읏!?"

　귀가 밝은 다크엘프족의 아리안과 묘인족인 치요메는 소리가 들린 방향을 순식간에 돌아보더니, 서로 시선을 나누고 말없이 고개를 끄덕였다.

　무기를 손에 든 아리안이 낡은 신사 뒤쪽의 노천탕으로 달려가 제일 먼저 아크를 불렀지만, 그곳에는 낯선 인영이 하나――온천 옆에 쓰러져 있었다.

　"잠깐만요, 어떻게 된 거예요!? 그런데 누구죠!!?"

아리안이 무심코 지른 소리, 그러나 어쩔 수 없었으리라.

당연히 평소처럼 온몸에 백은의 갑옷을 걸쳤거나 무슨 생각을 하는지 전혀 짐작할 수 없는 해골 모습으로 그곳에 있을 거라고 생각했기 때문이다.

그러나 눈앞에 쓰러진 인물은 체격이 우람한 갈색 피부의 육체를 지녔고, 약간 긴 검은 머리와 짧은 턱수염을 기른 남자였다.

잠시 아리안은 그 남자가 누구인지 몰라서 혼란스러웠지만, 옆에서 녹색의 가지런한 털을 흔들며 필사적으로 뺨을 핥는 한 마리의 정령수를 보고 상대의 정체를 깨달았다.

"큥! 큥!"

좀처럼 사람을 따르지 않는 정령수. 폰타라는 이름을 지어준 그 정령수가 방금까지 아크와 함께 있던 사실을 돌이켜보면, 뭔가를 말하려고 신음을 흘리는 낯선 인물의 정체는 한 명밖에 없다.

"아크……?"

그래도 살짝 남은 의심이 얼떨결에 아리안의 입밖에 튀어나왔다.

"상황을 봐서는 틀림없겠지요. 갈색 피부는 온천의 효과 같습니다만……."

치요메가 쓰러진 인물에게 다가가서 증상을 확인하듯이 그의 몸을 만졌다.

아크의 해골 몸은 멋진 근육으로 덮였고, 온천의 수증기 때문에 습해진 피부는 온기가 느껴졌다. 그러나 아크는 몸을 부들부들 조금씩 떠는 데다 얼굴이 창백했다.

"어떻게 된 거죠!? 육체가 돌아온 건 샘의 힘 때문이잖아요? 그런데 왜 아크가 쓰러진 거예요!?"

아리안도 겨우 사태를 이해했는지, 치요메를 따라 아크의 곁으로 가서 가슴 속에 품은 의문을 내뱉었다.

아크가 해골 몸의 저주를 풀기 위해 찾았던 샘은 확실히 효과를 나타냈지만, 그와 동시에 생각지도 못한 부작용을 초래했다고 쉽게 상상이 갔다.

생물의 최강종인 드래곤 로드와 호각으로 싸워도 여유롭던 아크가 다 죽어가듯이 알몸으로 쓰러져 있었다.

그처럼 끔찍한 사태에서도 아리안은 괴롭게 신음하는 아크를 멍하니 바라볼 수밖에 없었다.

마침내 아크는 힘이 다했는지 약간 움직이던 손발도 멈추고 신음조차 내뱉지 않았다.

"아, 아크……?"

아리안은 입술을 살짝 떨었고, 갈라진 목소리로 아크의 이름을 불렀다.

쓰러져서 움직이지 못하는 아크의 목덜미를 만진 치요메는 뚜렷한 혈류의 맥동을 확인한 후 감긴 눈꺼풀을 열고 붉은 눈동자를 보았다.

마지막으로 치요메는 자신의 고양이 귀를 아크의 입가에 바싹대고 숨소리를 들으며 고개를 끄덕였다.

"괜찮습니다, 아리안 님. 정신을 잃었을 뿐이고, 맥박이나 숨은 있습니다."

치요메의 말에 아리안은 굳은 어깨를 살짝 내리더니, 곧이어 한숨을 크게 내뱉듯이 숨을 쉬었다.

"좀 놀라게 하지 말아요."

아리안은 아크를 노려보았지만, 그는 쓰러진 상태로 꿈쩍도 하지 않았다.

또다시 말로 표현할 수 없는 불안감을 느꼈는지, 눈꼬리를 내린 아리안은 아크를 관찰하는 치요메에게 시선을 던졌다.

"혹시 이 온천이 원인이에요? 아까 우리도 뜨거운 물에 손을 넣었지만 멀쩡했잖아요? 어떻게 된 거죠!?"

아리안은 무심코 입 밖으로 내뱉은 말에 자신도 대답을 찾지 못하자, 약간 짜증이 섞인 것처럼 목소리가 거칠어졌다.

그러나 흥분한 아리안과는 대조적으로 치요메는 냉정한 몸짓으로 조용히 고개를 가로저었다.

"모르겠습니다. 원인은 온천의 효능 때문인 것 같지만, 애당초 아리안 님이나 저는 저주를 받은 몸이 아니라서 그런 효과 자체가 작용하지 않았겠죠."

치요메는 생각에 잠긴 듯이 턱에 손을 대었다.

"윌리어스핌 님에게 샘의 자세한 효능을 들었어야 했는

데……."

아리안은 머리를 감싸고 자기도 모르게 푸념을 늘어놓았다.

"아크 님을 이대로 내버려 둘 수도 없습니다. 일단 어디에 눕힐 만한 곳을 찾아서 옮기도록 하죠."

치요메의 말에 아리안도 동의하고, 쓰러진 아크를 끌어올려서 자신의 등에 메었다.

신체능력이 뛰어난 다크엘프족인 아리안은 신장 190cm 이상의 커다란 남자를 메고도 별로 힘들어하는 기색 없이 발걸음을 휘청거리지 않았다.

그러나 아크의 긴 물건이 허리 부위에 닿아 신경 쓰이는지, 아리안은 옅은 자주색 피부의 뺨을 약간 붉게 물들이며 투덜거렸다.

"정말 왜 바로 눈을 못 떠요? 이래놓고 단순히 온천에 오래 들어가서 탈이 난 거면 봐주지 않겠어요."

"큥?"

발밑에서는 아리안에게 메인 아크를 걱정스럽게 따라오는 폰타가 갖가지 표정을 지으면서 혼잣말을 중얼거리는 그녀를 이상하다는 듯이 올려다보았다.

"아리안 님, 주방으로 쓰던 이 위에 아크 님을 눕히면 어떨까요?"

그때 앞장서서 낡은 신사를 살피던 치요메가 아크를 눕히기에 적당한 장소를 찾고 뒤쪽을 돌아보며 아리안에게 물었다.

그곳은 옛날에 신사의 주방이었는지, 근처에는 아궁이도 보였고 그 옆에는 석재를 반듯하게 깎아 만든 멋진 조리대가 있었다.

치요메가 조리대에 쌓인 낙엽을 치우더니, 그곳에 아리안이 멘 아크를 등부터 내리고 한숨을 뱉어냈다.

조리대로 뛰어올라 한 번 짖고 난 폰타는 누워 있는 아크의 뺨을 핥았다.

아크는 그 자극에 반응한 것처럼 살짝 미간과 얼굴을 찌푸렸다.

그 모습을 본 아리안과 치요메는 안도의 한숨을 내쉬었다.

"어쨌든 생명에 별다른 지장은 없는 것 같죠? 딱히 외상도 안 보이고……."

알몸으로 누운 아크에게 시선을 떨어뜨린 아리안은 뭔가에 반응하듯이 얼굴을 붉게 물들이더니, 허둥지둥 시선을 피하고 또 시선을 돌리는 의심스러운 행동을 취했다.

그때 내팽개쳤던 손짐을 안고 돌아온 치요메가 야영에 쓴 침낭 대신 모피를 꺼내어 아크에게 덮었다.

"아무리 아크 님이라도 역시 피부를 드러낸 채 놔두면 감기에 걸릴 테니까요."

"마, 맞아요. 그렇죠!"

치요메의 말에 아리안은 두말없이 크게 고개를 끄덕이며 동의했다.

아리안은 약간 화끈거리는 얼굴을 손으로 부채질했다. 그러면서 조리대에 눕힌 아크에게 다시 시선을 옮기고 입을 살짝 굳게 다물었다.

"──이게 어떻게 된 일인가요……?"

아크의 육체는 아마 온천에 깃든 저주 해제의 효능에 의해 돌아온 듯했지만, 이전부터 본인이 말했던 인간족의 모습이 아니었다.

갈색 피부에 검은 머리, 짧은 턱수염을 기른 날카롭고 사나운 얼굴을 가진 그 남자에게는 엘프족을 몹시 닮은 긴 귀가 달려 있었다.

그러나 조금 전에 치요메가 상태를 확인했을 때 보인 아크의 눈동자는 엘프족 사이에서 볼 수 없는 진홍색을 띤 까닭에 또 다른 종족일 가능성도 엿보였다.

"치요메 양, 아크는 엘프족일까요? 인간족은 아니죠……?"

동의를 구하는 아리안의 말에 치요메도 조리대에 눕힌 아크를 내려다보고 맞장구를 쳤다.

"그러네요, 착각으로라도 인간족은 아니라고 생각합니다. 마법 소양과 신체능력이 뛰어난 점을 보면, 엘프족과 다크엘프족의 특징을 합친 느낌이 들지만……. 엘프족 중에서 아크 님처럼 검은 머리와 붉은색 눈동자를 가진 이는 없습니까?"

치요메의 질문에 아리안은 고개를 가로저었다.

"엘프는 녹색 머리와 초록색 눈동자, 다크엘프는 옅은 자주색 피부에 하얀 머리와 황금색 눈동자가 특징이에요. 아크 같은 검은 머리와 붉은색 눈동자는 본 적이 없어요."

"그렇습니까……. 우리 산야의 민족은 눈동자 색이 친형제라도 다르기도 한데, 종족에 따라 그 부분은 상당히 차이를 갖는군요. 자세한 사정은 아크 님에게 직접 묻는 수밖에 없겠지만."

치요메는 아크를 향한 시선을 들어 아리안을 바라보았다.

치요메의 푸른 눈동자가 앞으로 어떻게 할지 넌지시 묻는다는 것을 알아차린 아리안은 주방의 조리대에 누워 꼼짝도 하지 않는 아크를 다시 내려다보며 한숨을 내뱉었다.

"일단 아크가 눈을 뜰 때까지 야영 준비라도 하고 기다려야겠네요……."

아리안의 말에 동의하듯이 치요메는 고개를 끄덕였다. 그러나 둘이서 저마다 준비 절차를 의논할 때 조리대에 눕힌 아크에게 이변이 일어났다.

"아리안 님, 아크 님의 몸이!?"

치요메의 말에 아리안도 시선을 돌렸다.

그러자 여태까지 낯선 종족의 모습으로 누운 아크의 육체가 환상이었던 것처럼 서서히 사라지면서 해골로 돌아가는 참이었다.

"어!? 잠깐만, 어떻게 된 거죠!? 샘의 힘이 사라진 거예요!?"

눈에 띄게 동요한 아리안은 목소리를 높였고, 눈앞에서 벌어지는 현상을 묻듯이 치요메와 아크를 번갈아 바라보았다.

그러나 치요메도 이 사태는 뜻밖이어서 대답할 수 있을 리 없었다.

작게 고개를 가로저은 치요메는 사태의 추이를 지켜볼 뿐이었다.

머지않아 갈색 피부의 건장한 체격을 가진 아크의 육체는 완전히 사라졌다. 그 대신 평소처럼 해골로 변해서 얌전히 누워 있었다.

"사, 살아 있겠죠?"

아리안이 살짝 떨리는 손으로 아크의 얼굴을 만졌다. 조금 전까지 피가 통했던 육체는 없어졌고, 차갑고 딱딱한 감촉의 두개골이 가느다란 손가락 끝에 만져질 뿐이었다.

아크는 아무런 반응도 나타내지 않고 그저 시체처럼 조리대에 누운 채였다.

"……어, 어떡하죠, 치요메 양. 아크가 숨을 쉬지 않아요……. 그토록 신세만 졌는데, 늘 민폐를 끼치고 제멋대로 굴었는데……! 나, 아직 아무것도 해주지 못했는데……."

아리안의 목소리는 희미하게 떨렸다.

옅은 자주색 뺨을 따라 투명한 물방울이 누워 있는 아크의 얼굴에 뚝뚝 떨어졌다.

"진정하세요. 아직 아크 님이 죽었다고 단정할 수 없습니다. 이 모습일 때 아크 님은 늘 숨을 쉬었습니까? 보통의 언데드는 죽어 있으니 숨을 쉬지 않습니다."

치요메의 말에 아리안은 눈가를 닦고 잠시 입을 다물었다.

"……글쎄요. 이따금 한숨을 내뱉기도 했지만, 애당초 언데드는 식사를 하지 않잖아요……?"

아리안은 평소에 본 아크의 행동을 돌이키면서 말했다. 그러나 점점 자신이 없어졌는지, 마지막에는 치요메를 뚫어지라 바라보고 되물었다.

"아크 님은 존재 자체가 불가사의해서 제 식견으로는 알 수 없습니다. 이 일은 저희보다 견식이 넓은 분에게 묻는 게 좋을 것 같습니다."

"윌리어스펌 님……."

치요메의 제안에 아리안은 얼마 전까지 이 땅에 있던 드래곤 로드를 떠올렸다.

엘프족보다 수명이 긴 종족인 드래곤 로드는 그 덕분에 풍부한 지식을 지녔다. 각 종족에게만 전해지는 지식도 많이 안다는 사실은 엘프족 사이에서 널리 알려진 이야기였다.

"그렇네요. 샘의 효능도 자세히 알 필요가 있고. 잠시 다녀올게요."

아리안은 사태를 해결하기 위해 서두르듯이 일어났다. 그리고 낡은 신사의 썩어 문드러져서 횅하게 뚫린 천장을 올려다본 후 머리 위에 펼쳐진 로드 크라운으로 시선을 옮겼다.

"뭔가 아시겠습니까? 윌리어스핌 님."

아리안이 약간 굳은 목소리로 묻는 말은 그녀의 시선 앞──낡은 신사의 뚫린 천장에서 조리대에 눕힌 아크를 들여다보듯이 긴 목을 뻗은 드래곤 로드를 향했다.

나무 위에서 다시 낮잠을 자던 윌리어스핌은 아리안이 로드 크라운 아래에서 큰소리로 깨우는 바람에 마지못해 산 정상의 낡은 신사에 모습을 나타낸 것이다.

《흐음…….》

윌리어스핌은 고개를 한 번 끄덕이고 나서, 세로로 긴 커다란 눈동자를 더욱 가늘게 떴다.

《보아하니 영혼에 이상은 없다. ……하지만 정신이 눈에 띄게 닳아서 쇠약해졌다. 걱정하지 않아도 느긋하게 쉬면 조만간 눈을 뜰 테지.》

윌리어스핌의 말에 아리안은 커다란 가슴을 누르며 안도하듯이 숨을 내쉬었다.

"그렇습니까……. 저기, 언제쯤 눈을 뜰지 아시나요?"

이어서 묻는 아리안의 질문에 윌리어스핌은 크고 긴 목을 천천히 좌우로 흔들었다.

《그건 뭐라고 말할 수 없다……. 정신의 마모를 회복하는 건 개인의 자질에 크게 영향을 받지만, 지금 상태를 보건대 아무리 이 녀석이라도 네 닷새쯤은 걸릴 테지.》

일단 말을 끊은 윌리어스펌은 주방의 조리대에 눕힌 아크에게 다시 시선을 떨어뜨렸다.

《그나저나 이 애송이는 신기한 존재로군. 설마 갑옷의 알맹이가 이런 녀석이었을 줄이야.》

윌리어스펌의 말에 아리안은 달리 물어봐야만 할 의문을 떠올렸다는 듯이 고개를 들었다.

──왜 아크가 갑자기 쓰러졌는지, 또 그 원인이 낡은 신사의 뒤쪽에 있는 온천이라면 눈앞의 드래곤 로드는 정말로 그 사실을 몰랐던 걸까.

그런 의심을 참은 아리안은 일행을 태연하게 내려다보는 윌리어스펌에게 시선을 돌렸다.

"저기, 아크는 샘의 힘으로 이 모습에서 육체를 되찾자마자 쓰러졌습니다. 저 샘 때문이라고 여깁니다만, 샘의 힘은 아크에게 독이었던 게 아닌가요?"

아리안의 말에 윌리어스펌은 그녀 내면에서 자신을 향한 의혹을 꿰뚫어 보듯이 커다란 눈동자를 가늘게 떴다.

《흐음, 미리 말해두는데 난 너희가 샘의 힘을 찾아왔다고는 들었어도, 어떤 결과를 바랐는지는 몰랐다만?》

뿔이 난 거대한 파충류는 뻔뻔스러운 미소를 지었다.

《하지만 이 샘의 힘을 계속 정기적으로 받아들이는 건, 이 녀석이나 네게도 바람직한 결과를 낳을 텐데?》

"그럴 수가…… 아크가 샘에 몸을 담그면 또 마찬가지로 쓰러지지 않나요!?"

아리안의 약간 비난 섞인 대답에도 윌리어스핌은 불쾌해하지 않았다. 목을 울리듯이 낄낄 웃은 윌리어스핌은 갑자기 진지한 표정을 지었다.

《아니, 그동안 이 녀석은 저주 해제의 힘을 몸에 받아들인 적이 없었을 테지. 그 때문에 지금 이렇게 누워 있는 거다. 자세한 내용은 이 녀석이 일어났을 때 얘기할 테지만, 샘의 힘을 이용하여 정기적으로 육체를 되찾아야 할 거다. 안 그러면 다음에는 정신이 닳는 정도로 끝나지 않고, 영혼조차 부서져서 말 그대로 시체가 되겠지.》

낮게 으르렁대듯이 내뱉은 윌리어스핌의 경고에 둘의 대화를 옆에서 듣던 치요메가 숨을 삼켰다.

그때 갑자기 윌리어스핌이 긴 목을 쳐들고 시선을 떼자, 줄곧 긴장한 분위기가 거구의 그림자와 함께 안개처럼 흩어졌다. 곧이어 머리 위의 나뭇잎 사이로 비치는 햇빛이 낡은 신사에 쏟아졌다.

《뭘, 이번 일로 이 녀석의 몸에 걸린 부하가 원래대로 돌아갔을 거다. 다음에 온천에 들어가더라도 이렇게 되지는 않는다.》

윌리어스핌은 파충류 같은 눈을 가늘게 뜨고 말을 이었다.

《네가 나와의 약정을 이루어야 하니까, 이 녀석이 일어날 때까지 오랜만에 온천에라도 들어가서 기다리마……. 무슨 일이 생기면 부르도록 해라.》

거구를 조용히 일으킨 드래곤 로드는 낡은 신사 뒤쪽의 온천을 향해 자리를 떠났다.

아리안은 윌리어스핌의 뒷모습을 향해 머리를 숙인 후 여전히 눈을 뜨지 않는 아크를 곁눈질하며 시선을 옮겼다.

"큥!"

폰타가 아리안을 위로하듯이 그녀의 발밑으로 다가와 고개를 갸웃거리면서 짖었다.

"드래곤 로드님의 말대로라면 앞으로 네 닷새는 이곳에서 지내겠군요."

"그러네요. 가져온 식량도 별로 많지 않으니까, 현지에서 구할 수밖에 없겠어요."

치요메가 이후의 예정을 말하자, 아리안도 고개를 들어 기분을 새로이 바꾸듯이 크게 한숨을 내쉬었다. 그러고는 옆에 놓인 짐을 끌어당겨 머리를 흔들었다.

"좋았어, 일단 아크가 정말 무사한지 확인하고 나서 교대로 식량을 구해볼까!"

아리안이 주먹을 쥐고 벌떡 일어나서 한 말에 치요메는 고개를 갸웃거렸다.

"정기적으로 육체를 되찾아야 한다고 했지만, 아직 눈을 뜨지 않은 아크 님에게 온천의 힘을 써도 괜찮을까요?"

치요메의 물음에 아리안은 뭔가를 확신한 얼굴로 고개를 끄덕였다.

"나도 아까 알아차렸는데, 아크의 몸이 원래대로 돌아온 이유는 몸에 묻은 온천물이 말라서 그런가 봐요. 환부에 살짝 뿌려서 맥만 짚을 수 있으면 충분할 거에요."

그 제안을 따라 아리안과 치요메는 낡은 신사 뒤쪽의 온천에서 수중에 지닌 물통으로 물을 담았다. 그리고 그 물을 잠든 아크의 몸 일부에 주뼛주뼛 끼얹었다.

조금 전까지 아리안은 자신감이 넘치던 모습이었지만, 실제로 아크의 몸에 온천물을 뿌리게 되자 신중해졌는지 아크의 손끝부터 살펴보기 시작했다.

아크에게 뿌린 온천물은 저주 해제의 힘을 충분히 발휘하여, 갈색 피부의 손가락이 손끝에 나타났다.

"……괜찮아 보이죠?"

"네."

온천물의 효능을 확인한 아리안은 옆에 있는 치요메에게도 물었다.

치요메도 그 모습을 뚫어지라 보며 고개를 끄덕였다.

그때 가까이 다가온 폰타가 아크의 젖은 손끝을 작은 혀로 날름날름 핥자, 당장 손끝이 뼈만 남은 상태로 돌아갔다.

"큥?"

그 장면을 신기하다는 듯이 바라보는 폰타의 촉촉한 코끝을 치요메가 부드럽게 쓰다듬었다.

"이제 맥만 짚으면 되니까, 온천물을 팔에 끼었으면——!?"

아리안이 손에 든 가죽 물통을 기울이려는 찰나 폰타가 솜털 같은 꼬리를 흔들면서 그녀의 팔을 간질였다. 아리안은 손에 든 물통을 무심코 아크의 얼굴에 떨어뜨렸다.

조리대에 눕힌 아크에게 물통의 온천물이 모조리 쏟아지면서 요란한 물보라가 튀었다. 순간 그 자리는 적막에 휩싸였다.

아리안과 치요메의 시선 앞에는 머리에 온천물을 뒤집어쓰고 흠뻑 젖은, 목부터 위쪽만 육체를 되찾은 아크가 있었다.

보통은 상당히 엽기적인 모습일 테지만, 아리안과 치요메는 안도의 한숨을 내뱉으며 가슴을 쓸어내렸다.

그러나 이 정도로 아크는 깨어나지 않는지, 그의 눈동자는 굳게 감긴 채였다.

아리안은 그 사실에 불안과 안도가 뒤섞인 복잡한 마음이 들어서, 눈꼬리를 내리며 한숨을 크게 내뱉었다.

"숨은 쉬는 듯하고, 괜찮은 것 같네요. 먼저 여기서 쓸만한 게 있는지 조사해 줄래요? 나는 주변에서 식량을 찾아올 테니까."

"알겠습니다."

아리안의 말에 치요메도 고개를 끄덕였다. 조리대에 눕힌 아크를 폰타에게 맡긴 아리안과 치요메는 저마다 자신들이 할 일을 위해 움직였다.

이 산 전체가 드래곤 로드의 영역인 탓인지, 주변에 커다란 육식 짐승은 없었다. 그 영향으로 많은 작은 동물이나 초식성 동물이 보였다.

좀처럼 사람을 본 적이 없는 동물들은 아리안이 숲을 헤치며 들어가도 딱히 멀리 도망가지 않고 가까운 곳에서 느긋하게 풀만 뜯었다.

이따금 눈에 띄는 토끼에게 마법으로 돌을 쏘았지만, 표적이 작고 재빠르다 보니 땅만 도려낼 뿐 그 소리에 놀라서 쏜살같이 달아났다.

"커다란 동물을 사냥해도 나중에나 먹을 수 있고, 숙성이 필요 없는 작은 동물을 사냥하자니 익숙하지 않네……. 평소에 마수를 사냥할 때처럼 산나물이나 나무 열매를 구해야 하나."

아리안은 혼잣말을 중얼거리면서 숲속을 나아갔고, 캐나다 대삼림에서 마을 주변의 마수를 사냥할 때 종종 캐는 산나물을 찾았다.

사람의 손길은커녕 엘프도 살지 않는 숲은 먹을 수 있는 산나물과 나무 열매의 종류가 풍부했다. 조금 지나자 아리안은 가져온 마대에 이삼일 분량의 식량을 채워 넣게 되었다.

"이 정도면 이제 충분할까?"

한숨을 내뱉듯이 말한 아리안은 자신의 성과에 만족스럽게 고개를 끄덕이며 산 정상으로 돌아갔다.

아리안이 낡은 신사의 주방으로 들어가자, 이미 내부를 탐색한 치요메가 잠이 든 아크 곁에서 폰타에게 물의 정령 마법을 보여주며 노는 중이었다.

물로 만든 나비들이 살아 있는 것처럼 폰타의 주위를 날아다녔다. 폰타는 나비들을 붙잡기 위해 꼬리를 흔들면서 쫓아다녔다.

"다녀왔어요. 치요메 양, 여기는 어땠어요? 뭔가 쓸만한 물건이라도 있었어요?"

아리안도 어깨에 멘 짐을 바닥에 내려놓고 치요메 옆에 앉았다.

치요메는 눈앞에서 다루던 물로 만든 나비들을 없앴다. 그리고 닌자 복장의 앞가슴에서 무지개색으로 빛나는 마름모꼴의 보석을 꺼내어 아리안에게 보여주었다.

"낡은 신사 안쪽에 숨겨진 방에서 찾았습니다. 인심일족에게 전해지는 비보 중 하나입니다."

"예쁜 보석이네── 마도구예요?"

신기한 빛을 내뿜는 보석을 들여다본 아리안은 약간 깜박이듯이 빛나는 무지개색 보석에서 희미한 마력의 잔재를 느끼고 물었다.

그 질문에 치요메는 작게 고개를 끄덕이며 푸른 눈동자를 아리안에게 향했다.

"역시 엘프족이네요. 이건 『언약의 정령결정』이라고 하는데, 우리가 인술을 쓸 수 있는 이유는 초대 한조 님이 남긴 이 비보 때문입니다. 정령을 불러내고 계약한 후 정령결정을 몸에 깃들게 해서, 비로소 강력한 인술을 쓰도록 만듭니다."

치요메의 이야기를 듣던 아리안은 뭔가 납득했다는 표정을 지었다.

애당초 산야의 민족은 신체능력은 뛰어나지만, 엘프족과 달리 마법적 소양은 전혀 높지 않다. 그런 그들이 인간족도 쓰지 못하는 정령마법을 다루는 방법이 『언약의 정령결정』에 있었던 것이다.

"그래서 우리가 다루는 정령마법과 성질이 비슷하군요……. 그렇다고 해도 『언약의 정령결정』이라는 마도구는 여태까지 들어본 적이 없네요."

현 상황에서는 엘프족이 마도구 제작에 가장 정통하다. 그러나 아리안도 처음 보는 마도구라면서, 두 눈을 휘둥그레 뜨고 치요메의 손을 뚫어지라 바라보았다.

"인심일족에만 전해질 뿐인 데다, 전부 열 개밖에 없는 적은 수라서 모르는 게 당연합니다. 지금은 제작법이나 출처도 알지 못하니, 이 비보는 몹시 귀중하죠."

치요메는 『언약의 정령결정』을 소중하게 다시 앞가슴에 넣었다.

마침 어디에서랄 것도 없이 배곯는 소리가 미약하게 들리자, 당황한 아리안은 자신의 배를 누르며 확인했다. 그때 옆에서 삼각형 귀를 늘어뜨린 채 풀이 죽은 폰타의 모습이 눈에 들어왔다.

아무래도 배곯는 소리를 낸 범인은 폰타인 듯했다.

"일단 오늘은 저녁과 야영을 준비할까요? 배도 고파졌으니까."

"큐! 큐!"

자리에서 일어난 아리안은 아까 산에서 구해온 수확물을 치요메에게 천천히 보였다.

저녁이라는 말에 반응했는지 발밑에 있던 폰타가 조금 전까지 축 늘어뜨린 귀를 쫑긋 세우고 솜털 꼬리를 바쁘게 흔들었다.

그 모습에 아리안과 치요메는 서로 시선을 나누며 미소를 띠었다.

이튿날, 아리안과 치요메 사이에는 아크의 간병에 대한 우려가 생겨났다.

"드래곤 로드님의 얘기로는 네 닷새쯤은 눈을 뜰 수 없다고 했지만, 물을 못 마시면 아크 님이 탈수로 쇠약해지지 않을까요?"

치요메의 말에 아리안은 주방 조리대에 눕힌 해골 한 구에 시선을 던지며 걱정스럽다는 듯이 고개를 갸웃거렸다.

"확실히 일반적인 상황에서는 음식물은 무리여도 물을 안 마시면 며칠도 못 버티겠죠. 아크는 이런 모습으로도 갖가지 요리를 먹었는데, 식사하지 않으면 굶어 죽거나…… 그럴까요?"

아리안은 대답하던 도중에 현 상황을 어떻게 풀어나갈지 고민했지만, 그녀의 말은 뒤로 갈수록 의문형이 되어서 치요메에게 시선을 돌렸다.

의문을 의문으로 되받은 치요메도 뚜렷한 답을 가진 게 아니어서, 서로 똑같이 팔짱을 끼고 신음했다.

그러나 치요메는 계속 구체적인 행동을 취해야 문제를 해결한다고 여겼는지 천천히 이후의 대책을 꺼냈다.

"이대로 아크 님을 놔뒀다가 자칫 위험한 일이 벌어져서는 안 됩니다. 일단 보통 사람과 마찬가지의 대처를 하고 조기 회복에 힘쓰는 게 좋을 것 같습니다만?"

"그러네요. 더 이상 쇠약해지는 걸 막으려면 아크에게 물을 마시게 해야 할 텐데……."

치요메의 의견에 동의한 아리안은 아직도 정신을 차리지

못하는 해골 모습의 아크에게 시선을 옮겼다.

"의식을 잃은 상태에서 물을 마시게 할 수 있을까요……?"

"주전자도 없으니까, 물통을 입에 대보죠."

치요메의 제안을 따라 아리안이 아크의 입가에 물통의 주둥이를 기울여서 물을 조금씩 흘려보았다. 그러나 두개골의 목구멍으로 들어간 물은 고스란히 후두부로 떨어져 내렸다.

"어라? 이거 전혀 못 마시는 거죠?"

고개를 갸웃거리는 아리안에게 치요메가 두 번째 제안을 꺼냈다.

"온천에서 육체를 되돌리고 입에 물을 부으면 어떨까요?"

"아, 그런가."

치요메의 말에 아리안은 낡은 신사 뒤쪽의 온천에서 다시 뜨거운 물을 담아왔다. 그리고 잠이 든 아크의 두부에 물을 뿌려서 육체를 되돌린 후 물통을 기울여 입가에 물을 흘려넣었다.

의식을 잃은 상태에서 너무 많은 물을 마시게 하면 익사할 가능성이 있으므로, 아리안은 신중한 손놀림으로 아크의 입에 물을 부었다.

아크의 입가는 물로 축축해졌고, 살짝 숨을 쉬는 가운데 물은 서서히 목구멍을 넘어갔다.

그러나 치요메는 느릿느릿하게 물을 삼키는 모습을 더는

지켜볼 수 없었는지 다시 입을 열었다.

"아리안 님, 그런 방법으로는 일정량의 물을 마시는 데에 너무 시간이 걸립니다. 이럴 때는 입으로 옮겨서 먹이는 게 빠르고 효율적이라고 생각합니다만."

"뭐?!"

치요메의 말에 놀란 아리안이 손을 미끄러뜨리자 그녀가 든 물통이 떨어졌다. 남아 있던 물은 잠이 든 아크의 얼굴에 요란하게 쏟아졌다.

"쿨럭!? 커헉!"

의식을 잃은 아크의 입에 많은 물이 흘러 들어갔고, 조건 반사로 기침하기 시작했다.

"괘, 괜찮아요!? 아크!?"

당황한 아리안은 아크의 머리를 초조하게 옆으로 돌린 후 입에 남은 물을 토해내게 했다.

한바탕 목이 멘 아크는 가위에 눌린 것처럼 눈썹을 찌푸렸다.

여전히 의식은 돌아오지 않았지만 익사는 피한 듯싶어서, 아리안은 가슴을 살짝 쓸어내렸다.

"잠깐만, 치요메 양!? 그, 그런 방법은 아직 이르니까, 갑자기 이상한 소리 하지 말아요!"

아리안이 뾰족한 귀끝을 조금 붉히면서 펄쩍 뛰었지만, 고개를 갸웃거린 치요메는 맑고 푸른 눈동자로 그녀를 바라보았다.

"하기 힘들면 제가 대신해도 상관없습니다만?"

치요메의 말에 아리안은 얼굴이 새빨개졌다.

"아, 안 돼요!! 에, 아니, 그게 아니라…… 치요메 양은 좀 더 자신을 소중히 하는 게 어때요!?"

아리안은 안절부절못하면서도 치요메가 입으로 물을 옮기겠다는 제안을 뿌리쳤다. 그런 반응에 치요메는 더욱 고개를 갸웃거렸지만, 아크를 아리안에게 맡기고 자신은 식량을 구하러 숲으로 내려간다는 말을 남긴 채 자리를 떠났다.

치요메는 입으로 물을 옮긴다는 생각을 겨우 포기한 모양이다. 그 사실에 안도한 아리안이 크게 한숨을 내뱉으며 지쳤다는 듯이 어깨를 축 늘어뜨렸다.

뺨을 붉힌 아리안은 주방의 조리대에 누워서 눈을 뜨지 못하는 아크의 얼굴을 손바닥을 세우고 때렸다.

"정말이지! 얼른 일어나요! 괜히 이상한 땀을 흘렸잖아요!?"

아리안은 그처럼 불합리한 말을 내뱉었고, 아크는 뭔가 악몽을 꾸는지 가위에 눌린 듯이 신음하면서 입을 꼭 다물었다.

제3장 산야의 민족의 소망

정신을 차렸을 때 자신이 왜 이곳에 있는지 전혀 알 수 없었다.

그곳은 온통 녹색 풀잎으로 뒤덮인 삼림지대였다.

아직 높은 해를 보건대 정오를 조금 지난 무렵일까——세차게 부는 바람이 녹색 가지와 나뭇잎을 어루만졌고, 나무들의 웅성거림이 바위에 걸터앉은 자신에게 쏟아지듯이 메아리쳤다.

세차게 부는 바람에는 녹음의 풀냄새와 습한 흙내음이 뒤섞여 콧속에 닿았다. 그리고 그 바람은 주위 숲에 있는 나무들의 가지와 나뭇잎을 흔들면서 하늘로 올라갔다.

무심코 걸터앉은 바위에서 일어나 주변의 낯선 경치에 시선을 돌렸다.

——어째서 자신은 이곳에 혼자 앉아 있을까.

바로 조금 전까지의 기억을 떠올리려다, 비로소 자신의

모습이 어떤지 알아차렸다.

한낮에 새카맣게 물들인 듯한 전신을 덮는 칠흑의 외투를 걸쳤고, 양손에는 꺼림칙한 조각을 새긴 토시를 끼었다.

그리고 손에 쥔 물건은 불길한 의장을 본뜬 크고 긴 지팡이었다.

전신의 장비를 옆에서 보면 전형적인 마도사이리라.

그 모습에 의문을 느끼면서도 몸은 자신의 의사를 따라 움직였다.

자신이 치켜든 지팡이 끝에 검은 화염이 깃들었다. 화염 덩어리는 아무런 예고도 없이 날아가더니, 근처에 있던 숲의 나무에 부딪치며 순식간에 불태웠다.

검은 불길이 격렬하게 소용돌이쳤고, 다 타버린 나무는 숯덩이로 변한 몸뚱이를 눕히면서 산산조각이 났다. 그러자 바람이 검은 그을음을 휩쓸며 주위의 숲에 뿌렸다.

검은 불길, 그 힘에 만족하여 손에 쥔 커다란 지팡이를 다시 하늘로 쳐들었다.

자신은 웃고 있는 걸까——어딘가 멀리 장해물이 없는 하늘로 누군가의 웃음소리가 빨려 들어갔고, 바람 소리에 의해 감쪽같이 사라졌다.

한바탕 주위 숲의 나무들을 제물 삼아 마법의 힘인 검은 화염을 실컷 쏘고 나서 빈터가 된 자리를 떠나 숲속을 헤매 다녔다.

어느 곳이나 울창한 잡초와 나무들의 가지 및 나뭇잎에 시야가 가렸고, 눈에는 변함없는 풍경만 비쳤다──그래도 길이 없는 숲속을 잠자코 나아가자, 이윽고 땅을 밟아서 다졌을 뿐인 간소한 길을 찾을 수 있었다.

숲의 나무들을 개척하여 길 앞쪽의 먼 경치가 시야에 들어왔다.

다시 치켜든 지팡이 끝에서 이번에는 검은 구체가 생겨나더니, 단숨에 팽창하여 자신의 몸을 삼키듯이 퍼졌다.

눈 깜짝할 사이에 벌어진 일이었다. 검은 구체가 반전하듯이 오그라들어 사라지자, 눈앞의 경치에 약간의 변화가 보였다.

뒤를 돌아보고 나서 그 변화가 어떤 의미인지 알았다.

방금 숲의 덤불에서 나온 장소가 자신의 수 미터 뒤에 있었다.

덤불에서 나왔을 때 짓밟은 관목이나 잡초의 흔적이 이 위치에서도 또렷하게 보였다.

아무래도 조금 전의 마법은 전이마법 같았다.

그 이동수단에 만족하고 약간 가벼운 발걸음으로 전이마법을 사용하여, 숲속에 뻗은 길을 더듬어 갔다.

얼마 지나지 않아 나무들이 드문드문 나타나면서 주변 경치가 탁 트였다.

눈 앞에 펼쳐진 구릉지대를 구불구불하게 기어가는 길은

숲에서 뻗은 길과 합류하는 형태로 죽 이어졌다.

하늘을 올려다보자 해는 약간 한복판을 지나 있었다.

숲에서 구릉지를 누비듯이 뻗은 길로 나온 후 그 길을 따라 전이마법을 쓰면서 나아갔다.

곧이어 전방의 호화로운 마차 한 대가 길옆에 세워진 광경이 보였다.

그러나 주변처럼 느긋한 풍경이 아니었다. 그곳에는 한눈에 알 수 있을 정도로 긴박한 분위기가 감돌았다.

멈춰선 마차에는 몇 대의 화살이 꽂혀 있었고, 마부석에 앉은 인물도 마찬가지였다. 사두마차의 말 한 마리도 화살을 맞은 상처가 원인이었는지, 마차와 연결된 상태에서 힘을 다하고 고개를 축 늘어뜨린 채 피를 흘렸다.

그리고 무엇보다 마차 주위에서 아직 검과 방패를 들고 공방을 벌이는 다수의 남자가 눈에 들어왔다.

한쪽은 모두 똑같은 경갑을 걸치고 말에 올라탄 남자들이었다. 손에 쥔 검과 작은 방패도 동일한 문장을 새긴 장비였다. 마차를 등지고 싸우는 모습을 통해 어떤 귀인의 호위들이라는 사실을 알 수 있었다.

또 다른 집단은 호위들을 둘러싸듯이 덤벼드는 자들이었다. 몸에 지닌 무기와 장비도 제각각인 데다 통일성이 없었다. 꾀죄죄한 풍채와 야비한 소리를 지르는 모습은 누가 봐도 산적이나 도적의 부류였다.

그 도적 집단은 마차를 호위하는 이들보다 두 배 이상은 많았는데, 머릿수의 힘으로 호위들을 밀어붙이면서 마차를 덮치려는 중이었다.

이미 사태는 일각의 유예도 없는 상황에 이르렀고, 호위들은 도적들의 손에 한 명씩 죽으며 지면에 쓰러졌다.

이대로 가만히 바라본다면 마차는 몇 분도 지나지 않아 확실히 도적들의 손에 떨어지리라.

마차로부터 멀리 떨어진 곳에서 손에 든 꺼림칙한 지팡이를 천천히 거머쥐자, 지팡이 끝에서 생겨난 검은 구체가 몸을 완전히 덮었다.

다음 순간에는 마차를 습격하는 현장의 후방 수백 미터 정도 가까이 와 있었다. 그러나 마차를 습격하는 도적 무리는 물론 호위병들도 여전히 자신을 눈치채지 못한 듯싶었다.

묵묵히 지팡이를 다시 거머쥐었다. 그리고 지팡이 끝에서 솟구치는 검은 화염을 불타오르게 한 후 화염 덩어리 여러 개를 도적 무리를 향해 쏘았다.

검은 화염 덩어리는 표적인 도적들을 빗나가지 않고 맞추었다. 그러자 활활 불타오른 화염은 도적들을 불덩어리로 만들어 모조리 끔찍한 숯덩이와 뼈만 남은 시체로 바꾸었다.

"갸아아아아아아아아아아아아아!!!"

혈기에 날뛰던 도적 집단은 옆의 동료가 갑자기 화염에 휩싸여 절규하며 몸부림치자, 혼란에 빠져서 당황했다. 그 모습에 유쾌한 기분이 솟아나는 것을 느꼈다.

순간 무슨 일이 벌어졌는지 모르는 호위 병사들은 마차를 습격한 도적들이 잇달아 화염에 휩싸이는 광경을 그저 멍하니 바라볼 뿐이었다.

그때 자신을 본 도적 한 명이 손가락으로 가리키며 고함을 질렀다.

"저 녀석이다아아아아아!!! 마법사가 있다고오오오오!!!"

그 목소리에 뒤를 돌아본 도적들 몇 명이 험악한 기세로 무기를 들고 덤벼들었다.

그러나 거의 모든 도적들은 접근하기도 전에 자신의 화염 공격을 받아 검은 재를 뿌리면서 들판에 뼈를 드러냈다.

나머지 도적들도 불에 태워 숯으로 만들면서, 습격현장인 눈앞의 마차로 걸음을 옮겼다.

사람이 불에 타서 문드러지는 모습은 글이나 말로 다 표현하기 어려운 처참한 광경이었지만, 눈곱만큼의 동요도 연민도 느끼지 않았다.

"두목! 저 녀석 터무니없이 위험해! 도망치는 게 좋다고!!"

도적 한 명이 근처의 우람한 체격을 가진 남자에게 고함을 치듯이 말했다. 그리고 이쪽을 곁눈질로 확인하더니, 등을 돌리고 쏜살같이 달아났다.

그 모습을 보면서 지팡이 끝에 검은 화염을 생성하고, 줄행랑치는 도적을 향해 쏘았다.

뒤에서부터 화염에 휩싸여 쓰러진 도적은 비명을 질렀지만, 머지않아 폐도 타버렸는지 말없이 바닥에 뒹굴면서 검은 숯의 흔적을 남기고 시체로 변했다.

"빌어먹을!! 뭐냐, 네놈은!!"

두목이라고 불렸던 거한은 노기를 품고 초조하게 외쳤지만, 내면 깊숙한 곳의 숨길 수 없는 공포가 약간 떨리는 목소리를 통해 나타났다.

스스로에게 짜증이 났는지 아니면 자포자기했는지, 거한은 손에 든 무기를 세차게 내리치듯이 던졌다.

거한이 던진 무기는 똑바로 자신을 향해 날아왔고, 덮어쓴 암흑색 외투의 후드를 스치며 뒤쪽의 지면에 꽂혔다.

뒤집어쓴 외투의 후드가 어깨로 흘러내리면서 사람들 앞에 자신의 얼굴이 드러났다.

그러자 주위에 있던 자들이 잠시 숨을 삼키는 듯한 분위기에 잠겼다.

그리고 자신이 살짝 몸을 움직인 순간, 그들은 펄쩍 뛸 듯이 행동을 시작했다.

도적들은 비명과 함께 사방으로 뿔뿔이 흩어졌고, 마차를 호위하던 자들은 일제히 호령을 주고받으며 말 위에서 화살을 쏜 것이다.

거리가 좁혀진 탓에 직선으로 날아온 화살은 몇 대나 자신의 몸에 꽂혔다──그렇게 생각했지만, 화살은 암흑색 외투를 뚫지 못하고 힘을 잃은 채 떨어지며 메마른 소리를 냈다.

"어째서냐?"

"!?"

습격을 받아 궁지에 몰린 자들을 도와주었는데도 아랑곳하지 않는 너무한 처사에 호위들에게 묻듯이 말을 걸었다. 그러자 다들 경악해서 눈을 휘둥그레 뜨고 약간 뒤로 물러났다.

"너희는 마차와 함께 먼저 가라!! 둘은 나하고 같이 녀석을 붙들어 둔다!!"

대장인 듯한 인물의 명령을 듣고, 가까이 있던 호위병 두 명이 검을 뽑아 들었다. 그 뒤에서는 다른 호위병들이 움직일 수 없게 된 말을 마차에서 떼어내고 마부석으로 뛰어올랐다.

그 모습을 보고 앞으로 한 걸음 내딛자, 말 위의 대장이 큰 소리로 외치며 검을 쳐들었다.

"더 이상은 접근하지 못한다!! 너희는 좌우에서 협공해라!!"

곧바로 호위 대장은 말의 배에 박차를 가했다. 앞다리를 든 말은 허공을 긁더니, 금세 자신을 향해 돌진해왔다.

호위 대장의 양옆에 있던 병사 두 명도 그에 호응하는 것처럼 호를 그리며 좌우에서 바싹 다가왔다.

병사 두 명의 움직임에 정신이 팔려 시선을 돌렸을 때는 벌써 호위 대장이 치켜든 번뜩이는 검이 바로 앞에 있었다.

그 검을 전이마법으로 겨우 피하고 호위 대장의 동요를 꾀했지만, 이번에는 호위병 두 명의 공격이 뒤에서 덮쳤다.

그중 한 명의 공격을 피한 후 다른 한 명이 휘두른 검을 손에 든 지팡이로 떨쳐내기 위해 돌아보자, 자세를 가다듬은 호위 대장이 그 틈을 노리듯이 말에서 뛰어내리며 검을 내리쳤다.

메마른 금속음이 주위에 울렸고, 호위 대장의 검과 자신의 지팡이가 불꽃을 흩날리면서 뒤얽혔다.

"이상야릇한 마법을 쓰는 괴물 녀석!!"

뒤얽힌 검끝을 몸으로 밀어붙이듯이 발을 내디딘 호위 대장이 이마에 핏대를 세우고 노려보며 몹시 거친 말을 내뱉었다.

검에 빠듯하게 힘을 주는 호위 대장의 눈이 가까워졌고, 상대의 눈동자에 비친 자신의 모습이 보였다——.

눈동자 속에 비친 자신의 모습은 머리카락도 피부도 살한 점조차 없는 인간의 두개골이었다. 공허하게 뚫린 눈구멍에는 도깨비불처럼 붉은 불꽃이 괴이쩍은 빛을 형형하게 뿜었다.

타인의 눈동자에 비친 사신 같은 모습에 놀라 눈앞의 호위 대장을 지팡이로 내팽개치고 아무것도 들지 않은 손으로 얼굴을 매만졌다.

살짝 떨리는 손끝에는 부드럽고 따뜻한 피부의 감촉은 전혀 없었다. 오로지 차갑고 딱딱한 뼈가 만져질 뿐이었다.

"흙으로 돌아가라, 언데드!!"

놀라서 멍하니 있던 자신을 보고 좋은 기회로 여겼는지, 호위 대장이 다시 검을 치켜들고 달려들었다.

"……방해된다."

그 공격을 귀찮게 느낀 자신은 지팡이 끝에 생성한 검은 화염을 호위 대장에게 퍼부었다. 그러자 불기둥이 솟으며 불타오른 호위 대장은 그 자리에서 몸부림을 치다가 순식간에 숯덩이로 변해버렸다.

"네이노오옴!! 잘도 대장님을!!!"

"대장님의 원수우우우!!!"

격앙한 병사 두 명이 증오에 찬 눈으로 자신을 뚫어지라 노려보고 덤벼들었다. 그러나 종이 한 장 차이로 공격을 피한 자신이 조금 전처럼 무감정하게 검은 화염을 쏘았다.

두 명의 호위병이 끔찍한 시체로 바뀔 동안 많은 시간도 걸리지 않았고, 주변에는 지면을 태우는 희미한 불소리만 들렸다.

그 광경에 아무런 감정도 느껴지지 않는 얼굴로 주위를 둘러보았다. 그리고 아까 세워진 마차가 그 자리에 없다는 것을 알아차린 자신은 구릉지로 이어지는 길의 전방을 향해 시선을 옮겼다.

그러자 멀리 떨어진 길을 달리는 마차의 뒷모습이 눈에

들어왔지만 얼마 지나지 않아 언덕 아래로 접어든 마차는 금세 시야에서 사라졌다.

마차를 멍하니 바라본 후 깊은 한숨을 내뱉고 자신의 손에 든 지팡이에 시선을 떨어뜨렸다.

사람을 이 손으로 죽였다는 사실을 앞에 두고도 멀쩡한 자신에게 말로 표현하기 어려운 감정이 들었다. 그러나 마음속에 남은 찝찝한 기분도 어느덧 신경 쓰지 않게 되었다.

다시 제정신을 차렸을 즈음에는 숲에서 뻗은 길과 가도가 교차하는 처음의 장소로 되돌아왔다.

해는 지평선 가까이 기울었고, 하늘은 불그스름하게 물들면서 밤을 맞이하려는 중이었다. 근처의 바위에 걸터앉아 그 풍경을 넋을 잃고 보았다.

자신의 모습을 가까스로 받아들이고 앞으로 어떻게 할지 ──그런 고민을 하던 탓이었는지, 언덕 전방의 지평선에 빛나는 여러 개의 불이 똑바로 이쪽을 향한다는 것을 한참 시간이 지난 뒤에야 깨달았다.

뒤늦게 알아차렸을 무렵에는 자신과 대치하는 것처럼 백 기쯤 되는 기병들이 석양에 반사되는 빛을 받아 불그스름하게 번쩍이는 창을 치켜들고 포진해 있었다.

기병들이 걸친 장비는 아까 마차를 호위하던 병사들보다 훨씬 더 좋아 보였고, 튼튼한 가슴 갑옷에 달린 망토는 바람에 나부꼈다.

원래는 하얀 망토일 테지만 석양색으로 물들어서, 로마병의 붉은 망토를 떠올리게 하는 광경이었다.

그리고 유달리 호화로운 갑옷을 몸에 걸친 남자가 말을 타고 앞으로 나서더니, 하늘을 향해 치켜든 손을 힘차게 내렸다.

그 동작을 신호로 일제히 창을 내밀고 달리기 시작한 기병들이 주위에 땅울림을 울리면서 자신에게 똑바로 돌진해 왔다.

기병들의 집단을 향해 자신은 마구잡이로 검은 화염을 쏘았지만, 몰려드는 물결에 돌멩이를 던지는 것처럼 그들의 기세를 멈출 수 없었다. 그저 기병 몇 기를 말과 함께 시체로 바꾸는 데에 그쳤을 뿐이다.

시야 가득히 펼쳐진 기병 집단의 물결에 전이할 장소를 잃었고, 무수한 창이 자신의 몸으로 성난 파도처럼 밀려들었다.

그중 몇 개를 뿌리치려 했지만, 기병들이 말을 타고 달려온 기세 그대로 내지른 창은 가차 없이 자신의 몸을 도려내며 외투 속에 감춰진 뼈의 몸을 삐걱거리게 하였다.

뒤쪽으로 빠져나간 기병의 물결이 다시 되돌아오는 기척을 등 뒤로 느끼면서 몸에 꽂힌 몇 개의 창에 손을 대었다.

본래의 육체라면 치명상이 될 법한 광경이지만, 몸에 느껴지는 통증은 그 정도는 아니다.

아무렇게나 뽑아낸 창을 자신을 향해 다시 진로를 잡은 기병 집단에게 던지자, 기병 한 명이 창으로 꿰뚫린 채 지면에 꽂혔다.

그러나 기병 집단은 그 모습에도 겁먹지 않고, 창을 앞쪽에 내세우며 돌진했다.

"성가시다……!"

입에서 낮은 목소리를 내뱉고 손에 든 꺼림칙한 지팡이를 지면에 박았다.

그러자 발밑의 그림자가 늘어나면서 원의 형태로 퍼져 나가더니, 조금 전의 돌격으로 목숨을 잃은 기병과 말의 시체를 덮쳤다.

피와 내장을 드러내거나 화염에 불타서 문드러진 기병들의 시체는 실로 조종되는 인형처럼 몸을 일으켰다. 시체들은 떨어진 창을 주워들고, 일찍이 동료였던 기병들을 향해 기민한 동작으로 달렸다.

그 광경에도 기병들의 돌격은 멈추지 않았지만, 말을 탄 그들의 얼굴에서는 동요와 공포가 뒤섞인 표정을 뚜렷하게 알 수 있었다.

──그렇게 제2기병의 돌격과 함께 지옥이 시작되었다.

일찍이 동료였던 자를 손에 든 창으로 찔러서 하늘로 치켜드는 시체 병사.

그리고 아까와 마찬가지로 검은색 그림자가 촉수를 뻗어 방금 죽은 병사에게 들러붙자, 새롭게 태어난 시체 병사는 살아 있는 다른 동료에게 무기를 들고 덤벼들었다.

배와 가슴에 구멍이 뚫린 채 피와 내장을 뿌리면서 낯이 익은 자를 공격했다——사방에서 비명과 통곡, 금속음과 목숨을 빼앗는 소리를 울리며 한가로운 언덕의 풍경에 지옥을 낳았다.

철과 녹냄새는 자욱이 낀 비린내에 뒤섞여 언덕으로 퍼져 나갔다.

마침내 모든 이들이 목숨을 잃은 그곳에는 백 명이 넘는 시체 병사가 자신들의 묘표라도 되는 것처럼 해가 지는 언덕 위에서 긴 그림자를 늘어뜨렸다.

바람에 펄럭펄럭 나부끼는 망토 소리만 언덕에 울려 퍼졌고, 살아 있는 존재의 소리는 들리지 않았다. 그저 망령 같은 시체 병사들이 우두커니 서 있을 뿐이었다.

그 한복판에서 암흑색 외투의 후드를 다시 뒤집어쓴 붉은 눈빛의 해골은 손에 든 꺼림칙한 지팡이로 지면을 치고 높이 치켜들었다.

그러자 죽은 병사들은 그에 호응하는 것처럼 말없이 모여들었고, 언덕 전방으로 뻗은 길을 천천히 나아가는 자신의 뒤를 따라 장례 행렬같이 조용하게 걸음을 옮겼다.

해가 지평선 너머로 가라앉으면서 주변이 완전히 어둠에 뒤덮였다. 곧이어 장례 행렬이 내딛는 발소리조차 어둠 속으로 삼켜지듯이 사라졌다.

그때 안개가 낀 것처럼 의식이 도중에 끊겼고, 아무것도 보이지 않게 되었다.

◆ ◇ ◆ ◇ ◆

눈을 뜨자, 무너져서 뻥 뚫린 천장으로 나무들의 가지와 나뭇잎이 엿보였다. 나뭇잎 사이로 비치는 햇빛이 누워 있는 아크의 몸에 쏟아졌다.

뭔가 악몽을 꾼 듯한 기분이 들었지만, 대체 어떤 내용이 있었는지는 별로 또렷하게 떠올릴 수 없었다.

아크는 가슴 속 깊이 가라앉은 불쾌한 감정을 토해내듯이 숨을 크게 들이쉬고 내뱉었다.

차츰 의식이 분명해진 아크는 자신이 온천에 몸을 담근 직후 쓰러졌다는 사실을 떠올렸다.

약간 무겁고 나른한 머리를 들어 올려서 주위의 모습을 살폈다.

자신이 누운 자리는 석조 받침대 같았다. 옆에 남아 있는 아궁이를 썼던 예전의 자취를 보건대, 이곳은 원래 주방이었으리라.

아마 자신을 눕힌 받침대는 조리대인 모양이었다.

몸에는 지난번에 야영할 때 봤던 모피를 이불처럼 덮고 있었다.

이곳은 바위산의 산 정상에 자리 잡은 낡은 신사의 내부인 듯했다.

실내 장식 대부분이 썩어 문드러졌고, 돌바닥 틈새로 잡초가 자라서 안팎의 구분을 모호하게 만들었다. 그러나 아직 멀쩡한 벽 때문에 겨우 방이라는 것을 알았다.

유일하게 조리대만 깨끗하게 치운 점을 보면, 아마 조리대를 침대로 이용했으리라.

아크와 마찬가지로 조리대를 잠자리로 삼은 초록색 털뭉치는 몸을 둥글게 말고 숨소리를 내면서 이따금 솜털 꼬리를 살짝 흔들었다.

그리고 몸을 움직인 아크를 알아차렸는지, 졸린 눈을 깜박거렸다. 곧이어 자리에서 일어난 아크의 모습을 확인하더니, 기쁜 듯이 꼬리를 흔들며 짖었다.

"큥! 큐~웅 ♪"

폰타는 그대로 아크에게 뛰어올랐고, 작은 혀로 그의 얼굴을 구석구석 핥았다.

"이놈! 그만두지 못할까, 간지럽다."

아크가 왠지 신이 나서 까불고 떠드는 폰타를 떼어내자, 자신의 현 상황이 눈에 들어왔다.

"으~음, 원래대로 돌아왔나……."

아크의 혼잣말처럼 로드 크라운 옆에 위치한 온천의 힘으로 일단 육체를 되찾았지만, 지금은 완전히 본래의 해골 몸을 드러낸 상태였다.

또한 온천에 들어갔을 때의 모습 그대로여서 이른바 알몸이었다.

딱히 전라의 해골을 타인에게 보여도 부끄럽거나 그러지는 않았지만, 자신의 단벌옷인 갑옷이 어디에 있는지 신경 쓰여서 이리저리 시선을 헤매었다.

그러자 활짝 열린 주방 입구에서 아리안의 얼굴이 나타났고, 아크를 보더니 황금색 눈동자를 휘둥그레 뜨며 놀라는 눈치였다.

"아크?! 정신이 들었어요!!?"

손에 든 산나물을 떨어뜨린 아리안은 몸을 쑥 내밀고 아크의 얼굴을 들여다보면서 말을 걸었다.

아크는 아리안의 눈가에 맺힌 촉촉한 눈물을 보자, 몹시 미안한 마음이 들어서 두개골을 긁적였다.

──아무래도 상당히 걱정을 끼친 모양이다.

"으, 으음. 방금 눈을 떴다만…… 내가 얼마나 정신을 잃었소?"

아크가 아리안의 반응에 약간 당황하면서도 묻자, 날을 손꼽아 헤아린 그녀는 뭔가를 떠올리는 몸짓을 취한 후 고개를 한 번 끄덕였다.

"아크가 샘에서 쓰러지고 오늘이 이레째예요. 치요메 양도 마을에서 도움을 구할지, 아니면 드래곤 로드 윌리어스핌 님에게 마을까지 옮겨달라고 할지 결정하려던 참이었어요."

"내가 엿새나 누워 있었던 거요!?"

아리안의 대답에 아크는 역시 놀란 감정을 감출 수 없었다.

아크의 입장에서는 고작 한 시간쯤 지난 감각이었지만, 설마 그 정도로 시간이 지났을 줄은 꿈에도 생각하지 못했기 때문이다.

──조금은 *우라시마 타로가 된 심정이군.

아크가 그런 감상을 품자, 주방에 얼굴을 보이면서 또 한 명의 인물이 말을 걸었다.

"아크 님! 정신을 차리셨군요."

평소와 다름없이 닌자 복장을 걸친 치요메가 간이 바구니에 아리안처럼 산나물과 나무 열매를 담은 채 머리의 고양이 귀를 바쁘게 움직이며 나타났다.

"오오, 치요메 양인가. 미안하군, 걱정을 끼쳤네."

---

*우라시마 타로 : 거북이를 살려준 보답으로 용궁에 가서 호화롭게 지내던 주인공이 다시 고향으로 돌아오자, 이미 많은 세월이 지나 주위 사람들이 모두 죽었다는 전설.

아크의 대답에 옆에서 끼어든 이는 팔짱을 끼고 눈썹을 찌푸린 아리안이었다.

"맞아요. 아크는 온몸이 뼈라서 심장이 움직이는지 어떤 지도 모르겠고. 자리에 눕혀도 겉모습은 완벽하게 유골이었 으니까요."

아리안의 말에 아크는 전혀 반박할 수 없었다.

어쩌면 죽었다고 여겨서 매장을 위해 흙에 묻혔을 가능성 도 있었던 것이다.

"미안하오, 아리안 양. 나를 살아 있다고 믿고 이레나 기 다려줘서……. 그나저나 어떻게 이레 동안 내가 살아 있다 고 믿으면서 기다렸던 거요?"

아크는 자신이 말하기도 뭣하지만, 뼈만 남은 몸으로 이 레를 의식이나 반응도 없으면 죽어버렸다고 생각해도 조금 도 이상하지 않다. 오히려 자신이라면 확실하게 이틀째쯤에 포기했을 것이다.

아크가 그처럼 내면에 품은 의문을 아리안에게 묻자, 그녀 는 황금색 눈동자를 갈팡질팡하며 엉뚱한 곳을 쳐다보았다.

"벼, 별로 대단한 건 아니에요……."

아리안의 반응에 고개를 갸웃거리면서도 아크는 혹시 자신 이 기절했을 때 잠꼬대를 하거나 몸부림이라도 쳐서 살아 있 다는 판단을 했나 싶었다. 그러자 아리안이 "그보다──."라 고 서론을 꺼내며 화제를 다른 곳으로 돌렸다.

"아크, 전에 자신이 인간족이랬죠? 하지만 샘의 힘으로 저주를 푼 아크는 어떻게 봐도 인간족이 아니었는데요!?"

아리안의 물음에 아크는 정신을 잃기 전에 로드 크라운의 기슭에서 솟아나는 온천——그 신기한 효능의 힘으로 변한 자신의 육체를 똑똑히 떠올렸다.

그때 온천물에 비친 모습은 물론 원래 세계에서의 아크가 아니다. 그러나 아크는 그 모습을 본 기억이 있었다——.

현재의 해골 아바타로 바꾸기 전에 사용한 캐릭터다.

자신이 플레이하던 게임 세계에서의 다크엘프족을 흉내 내서 만들었다. 길고 뾰족한 귀, 갈색 피부, 붉은 눈동자와 검은 머리는 이 세계에서의 다크엘프족과는 상당히 다르다.

무슨 일인지 설명을 바라는 아리안의 시선이 황금색 눈동자에 깃든 채 똑바로 아크에게 못 박혔다.

아리안의 눈동자로부터 살짝 시선을 뗀 아크는 말문이 막혀서 의미도 없이 턱을 어루만졌다.

"……아니, 나도 자신을 인간족이라고 여겼소만——."

아크는 말끝을 흐리면서 한숨을 내쉬었다.

"내 머릿속에 남은 기억도 믿을 만한 게 못되나 보군."

사실 아크는 그 이유를 알지만, 있는 그대로 아리안과 치요메에게 말해준들 이해할 리 없다는 것도 잘 안다.

그래서 당장은 이렇게 말해둘 수밖에 없으리라.

아크의 변명을 들은 아리안과 치요메는 서로 시선을 나누더니, 한숨을 토해내고 더 이상은 따져 묻지 않았다.

지금은 고맙다——아크는 그렇게 생각하는 한편 자신의 몸에 시선을 떨어뜨리고 숨을 내쉬었다.

"귀의 모양을 보면 확실히 엘프족인 듯한데, 처음 보는 특징도 있어서 판단하기 어렵네요. 당사자인 본인은 믿음이 가지 않고……."

아리안은 반쯤 뜬 눈으로 아크를 가만히 바라보면서, 옆에 있는 치요메에게 투덜거렸다.

갑옷 기사의 알맹이는 해골이고, 그 저주를 푼 모습은 다크엘프——그리고 내면에는 인간의 의식이 있다니, 그야말로 백화점의 과잉포장 같은 몸이다——아크는 속으로 그렇게 혼잣말을 중얼거리면서 고개를 가로저었다.

게다가 무엇보다——.

"왜 내가 온천에서 정신을 잃은 거요?"

정신을 잃기 직전에 여태껏 느껴보지 못한 감정의 탁류가 아크의 의식을 집어삼켰다. 곧이어 머릿속에서 일어나는 폭풍 같은 격류에 미쳐버릴 듯했다.

해골로 지낼 때는 이토록 급격하게 감정이 드러난 적은 없었으므로 더욱 그렇게 느꼈다.

그 점에 의문을 품고 내뱉은 아크의 혼잣말에 대답해준 자가 있었다.

"애송이, 그건 아마 네놈에게 걸린 저주가 작용한 게 원인일 테지."

어딘가에서 들어본 목소리는 지붕이 없는 머리 위에서 갑자기 들려왔다.

목소리에 반응한 아크와 아리안, 치요메는 일제히 그 말을 내뱉은 자가 있는 방향——천장이 뚫린 지붕으로 시선을 옮겼다.

그곳에는 낯선 자가 아크를 내려다보고 있었다.

"쿵!"

그러나 옆에 있던 폰타는 그자를 경계하지 않았고, 오히려 친숙하게 짖으며 솜털 꼬리를 흔들었다.

그자는 천장이 뚫린 지붕에서 가벼운 몸놀림으로 내려서며 땅울림을 일으키더니 눈앞에 우뚝 섰다.

상대의 정체를 알 수 없었지만, 폰타가 경계하지 않는 모습에 아크는 어떤 판단을 내려야 좋을지 몰라서 그자를 가만히 올려다보았다. 그러자 옆에서 아리안이 먼저 입을 열고 그 의문을 풀어주었다.

"드래곤 로드 윌리어스핌 님이에요. 오랜 세월을 산 드래곤 로드 종족은 인간의 모습으로도 변할 수 있어요."

"대단하군……."

아크는 겉으로는 놀란 목소리를 냈지만, 속으로는 고개를 갸웃거렸다.

확실히 눈앞의 존재는 두 팔을 지녔고, 두 다리로 지면에 선 인간의 형태를 띠었다.

얼마 전에 한바탕 싸운 30m를 넘는 거구의 드래곤 로드 모습이 아니라는 것은 안다.

그러나 이 존재를 인간형이라고 해도 괜찮을까?

바로 앞에 위풍당당하게 선 드래곤 로드의 피부는 청회색 비늘로 덮여 있었다. 또한 인간이 아닌 용의 머리였고, 엄니가 가지런히 박힌 입가를 실룩이며 미소를 지었다. 이마 좌우에 두 개씩 난 커다란 뿔은 뒤로 크게 뻗었다.

비늘과 똑같은 색의 갑옷으로 온몸을 감쌌고, 등에는 작기는 해도 접혀진 날개가 달렸고, 허리의 길고 두꺼운 꼬리는 바닥에 늘어졌다.

그리고 무엇보다 큰 특징은 인간형인 드래곤 로드 윌리어스핌의 몸길이였는데, 넉넉히 4m를 넘는 거인이었던 것이다.

과연 이런 존재를 인간형이라고 말할 수 있는지, 오히려 거대한 도마뱀 남자라고 부르는 게 낫지 않을까——아크는 그런 생각을 삼키면서 드래곤 로드 윌리어스핌을 바라보았다.

우선은 윌리어스핌의 모습에 관한 의문보다는 아크 자신의 몸에 관한 의문이 먼저다.

"윌리어스핌 님, 그 작용이라는 게 뭐요?"

그 질문에 윌리어스핌은 의젓하게 고개를 끄덕이더니, 파충류 같은 눈동자를 가늘게 뜨며 아크에게 시선을 맞추었다.

"내가 본 바에 따르면, 애송이의 본래 육체는 여기와는 다른 세계에 놓여 있다. 샘의 힘 때문에 잠시 원래의 육체로 바뀌었을 테지만, 그때 반동이 생긴 것이지. 어째서 그런 어중간한 상태로 몸이 기능하는지는 나도 모르겠다만……."

"다른 세계……."

아크는 윌리어스핌의 설명에서 신경 쓰이는 단어를 알아듣고 되새겼다.

"흐음, 그 부분은 네놈이 자각하고 있지 않으냐? 네놈은 그것일 테지, '이방인'이겠지?"

그 말이 무슨 뜻인지 몰라서 아크가 고개를 갸웃거리자, 윌리어스핌은 다시 설명을 덧붙이듯이 의미를 알려주었다.

"'이방인'은 말 그대로 이곳이 아닌 어딘가──다른 땅에서 여기로 흘러들어온 존재를 가리킨다. 거기 있는 아리안에게 들었지만, 네놈은 엘프족을 닮은 모습이라던데? 이따금 있다, 이 땅에 흘러들어오는 새로운 종족이."

그 지적에 아크는 옆에서 대화를 듣던 아리안과 치요메에게 무심코 시선을 돌렸다.

윌리어스핌이 지적한 '이방인'이란 요컨대 다른 세계에서 오는 존재를 나타내는 말이고, 그 사실은 아직 아리안과 치요메에게는 알리지 않았기 때문이다.

"윌리어스핌 님, 다른 땅이라는 건 타 대륙을 뜻하나요?"

그때 이야기를 듣던 아리안이 고개를 갸웃거리면서도 의

문을 내뱉었다.

"이 경우에는 다른 땅이라기보다는 다른 세계로 바꿔 말하는 게 낫겠지. 이 땅을 근거지로 삼았던 한조도 일찍이 '이방인'이었다."

그 말에 이번에는 치요메가 놀란 목소리를 냈다.

"한조 님이!?"

순수하게 놀라는 치요메의 반응에 기분이 좋아졌는지, 윌리어스핌은 파충류 같은 드래곤 얼굴의 입가를 실룩이며 더욱 충격적인 발언을 쏟아냈다.

"실은 '이방인' 자체는 그리 드문 존재도 아니다. 기원을 거슬러 올라가면 이 땅에 사는 인간족도 이곳에 흘러들어온 '이방인'의 후예──그렇게 전해진다."

"그건 또 ……정말 흥미로운 얘기군."

아크가 아리안과 치요메를 곁눈질했지만, 깜짝 놀란 표정을 생생히 드러낸 것을 보아하니 그녀들도 처음 듣는 이야기였으리라.

그렇다고 하더라도──아리안과 치요메로부터 시선을 돌린 아크는 이 세계에서 거쳐간 인간의 도시를 돌이켜보았다.

이 땅에 사는 인간족의 수는 아크의 원래 세계와 비교하면 결코 많지 않다.

그러나 숲을 개간하고 땅을 갈아 도시에서 지내는 인간족은 엘프족 마을의 엘프보다 훨씬 많았다. 인간족의 인구를 생각하면 그들의 선조는 아득히 먼 옛날에 이 땅으로 흘러 들어와서 뿌리를 내렸으리라.

또한 '이방인'이라고 불리는 존재는 여전히 이 땅에 새로이 나타나는 중이다──아크 자신도 그렇고, 치요메의 일족을 일으킨 한조도 그렇고, 캐나다 대삼림을 만들어낸 엘프족의 초대 족장 역시 '이방인' 중 한 명이리라.

어쩌면 지금 현재도 의외로 가까운 곳에 아크와 같은 존재가 흘러들어왔을지도 모른다.

이때 아크는 한 가지 의문을 품고 윌리어스핌에게 물었다.

"'이방인'은 사람뿐이오?"

"아니, 흘러들어오는 존재는 사람으로 한정되지 않는다. 대부분의 마수도 이 땅에 흘러들어오지."

윌리어스핌의 말대로라면, 이 세계는 언제 어느 때 어떤 마수가 나타날지 알 수 없는 몹시 위험한 세계라는 뜻이 된다.

아크는 이 세계의 신비에 관해 생각에 잠겼다. 그러자 옆에서 이야기를 듣던 아리안이 윌리어스핌을 천천히 올려다보고, 옆길로 샌 화제를 다시 되돌리기 위해 입을 열었다.

"윌리어스핌 님. 방금 얘기로는 아크의 육체가 다른 세계에 있다고 하셨습니다. 하지만 얼마 전에는 아크가 다른 세계의 육체를 되찾기 위해 사용한 샘의 영향으로 부하를 받아 정신이 이상하게 닳는다고 말씀하셨죠. 계속 정기적으로 샘의 힘을 받아들이지 않으면 죽을지도 모른다는 말을 하셨고요.

그럼 아크는 샘에 몸을 담글 때마다 매번 이렇게 되나요?"

아리안이 아크의 이후 상황을 우려하자, 비로소 아크도 자신이 윌리어스핌에게 묻던 본론을 떠올리며 손뼉을 쳤다.

"오오, 그러고 보니 그걸 깜박했군."

아크의 느긋한 말에 아리안의 황금색 눈동자가 날카롭게 가늘어졌다.

아크는 아리안의 시선을 피해 대답을 구하듯이 눈앞에 선 거대한 윌리어스핌을 올려다보았다.

로드 크라운 옆에 자리 잡은 온천의 효능――모든 저주를 푸는 힘이 깃들어 있다지만, 그런 효능을 지닌 온천에 아크가 해골 몸을 담그는 순간 터질 듯한 감정의 탁류가 머릿속을 휘저어서 엿새나 정신을 잃었던 것이다.

육체를 일시적으로 되찾았지만, 지금은 원래의 해골 몸으로 돌아갔다.

다시 온천에 몸을 담그고 육체를 되찾더라도, 또 엿새나 꼼짝을 못하면 아무런 소용이 없다.

아니, 오히려 이제부터는 그처럼 운치 있는 온천에 편하게 들어갈 수 없다――그 사실은 눈앞의 보물을 손가락을 빨면서 구경하는 것이나 마찬가지다.

아크가 앞으로의 지상 명제에 고민하자, 시선을 아크에게 옮긴 윌리어스핌은 길게 튀어나온 용의 턱을 쓰다듬었다.

"흐음, 애송이의 본래 육체가 놓인 세계란 아까 말한 세계와는 또 다르지만, 일단 그런 사소한 문제는 놔두도록 하지. 네놈은 지금의 해골 모습으로 있을 때 커다란 감정을 못 느끼지 않나?"

윌리어스핌의 질문에 아크는 이 세계에 오고 나서의 행동을 돌이켜보았다.

확실히 이 세계에서 지내는 날들은 온갖 놀람의 연속이었지만, 눈에 띄게 동요하거나 비탄에 잠기지도 않았다.

엘프족과 산야의 민족을 구출할 때는 마음이 아팠고, 힘을 빌려주는 데에 딱히 망설임은 없었다. 그러나 의분에 떨어서 일어선 것은 아니다.

아크는 자신의 그런 담담한 모습은 아직 이 세계의 일이 게임이나 꿈처럼 느껴지는 탓으로 돌렸다. 그래서 이곳에 사는 다른 이들과 적극적으로 관계를 맺으면 서서히 개선되리라고 여겼다.

"듣고 보니 그렇군."

"아마 애송이 네놈의 만들어진 몸에는 본래 가져야 할 인간의 감정이 억눌려져 있을 테지. 그게 원래의 육체를 되찾고 줄곧 억눌렸던 감정의 기복이 한꺼번에 쏟아져 나온 결과──그 부담을 견디지 못해서 의식을 잃었다고 봐야 한다."

윌리어스핌의 설명에 아리안과 치요메도 아크를 멍하니 바라보았고, 아크도 자신의 해골 몸에 시선을 떨어뜨렸다.

앞뒤가 맞는다── 그러나 어째서.

"윌리어스핌 님은 어찌 그런 특수한 사정을 잘 아시오?"

드래곤 로드라는 초현실적인 생명체는 오랜 세월을 살아 가는 만큼 인간보다 뛰어난 지혜를 갖고 세계의 이치에 밝은 것일까, 라는 소박한 의문이 입밖에 튀어나왔다.

그러자 드래곤 로드는 인간이 아닌 자의 입가에 미소를 띠며 대답했다.

"드래곤 로드는 주위의 산들에 서식하는 드래곤들과 동족으로 여겨지는 경향이 많다. 하지만 전혀 아니라고 해도 좋을 정도로 다른 존재다. 우리는 육체를 가진 정령이라는 표현이 더욱 가깝겠지."

그 말을 들은 아크는 옆에서 이야기에 질려 커다란 하품을 하는 폰타에게 시선을 옮겼다.

"큥?"

그 의미를 알아차린 윌리어스핌이 한 발 먼저 부정했다.

"거기 있는 정령수와도 다르다. 정령수는 정령과 동물이 동화된 존재이지만, 우리는 이 세계에서 자신의 육체를 다시 만들 수 있다. 이런 인간 형태로 육체를 바꾸는 방법도 그 힘을 이용한 것이지. 드래곤 로드의 영혼이 들어갈 육체를 이 정도로 조그맣게 줄이는 건 조금 힘들지만 말이다."

그렇게 말하고 윌리어스핌이 가슴을 젖혔다.

"애송이의 해골 모습과 육체의 관계는 드래곤 로드의 영혼과 그릇의 관계와 상당히 닮았다."

현재의 드래곤 로드는 원래의 압도적인 존재감과는 정반대로 상당히 영적이었다.

그러나 아크는 자신도 그런 존재와 똑같다는 생각은 들지 않았다.

해골 모습의 정령이라니…… 상당히 유쾌한 존재다.

"그렇군……. 그나저나 이런 반동으로는 편하게 절경을 만끽할 수 있는 온천에 몸을 담그지도 못하는 데다, 육체를 되찾는 것도 일시적이어서는……."

머리를 가로저은 아크가 한숨을 내뱉으며 고개를 숙였다. 그러자 아리안이 또 목욕 때문이냐고 핀잔을 주는 시선을 보냈다.

개인적으로는 무척 중요한 사항이건만——.

그러나 아크의 혼잣말에 반론을 꺼낸 이는 샘의 작용을 설명한 월리어스핌 본인이었다.

"그건 아니다, 애송이. 네놈은 이 샘에 정기적으로 들어가서 감정의 부하를 늘 최소한도로 낮춰야 한다. 그렇지 않으면 두 번 다시 본모습을 되찾을 수 없게 된다. 이번에 네놈이 저주의 반동을 받고도 살아난 건 정말 기적이었다."

월리어스핌이 말하는 의미를 깨달은 아크는 퍼뜩 정신을 차리고 고개를 들었다.

——그런 건가.

이 세계에 오고 나서 해골 모습으로 지낸 기간은 한 달도 되지 않는다. 그사이에 경험하면서 쌓인 감정만으로도 그 정도의 충격이었다.

그런데 두 달 치 또는 일 년 치 쌓인 감정이 저주 해제의 반동으로 한꺼번에 밀려온다면, 다음에는 기껏해야 엿새 동안 잠드는 후유증으로는 끝나지 않는다.

오히려 목숨이 위험해질 가능성이 있다.

가혹한 이 세계를 살아가는 데에 해골 모습일 때 작용하는 감정의 부하 억제는 어떤 의미로는 편리한 효과라고도 할 수 있다. 그러나 나중에 일시불로 청구되는 그 반동은 그 야말로 '저주'라는 이름에 걸맞다.

게임 시절의 뇌내망상이었던 저주가 설마 이런 형태로 결실을 보게 되리라고는 상상하지도 못했지만, 새삼스레 이러 쿵저러쿵 비탄한들 현 상황이 바뀌는 것도 아니다.

지금은 해골 모습인 탓인지 비교적 기분 전환도 빨랐고, 앞날의 일에 집중할 수 있었다.

"좀 더 온천의 효능을 시험할 필요성이 있겠군……."

결코 온천을 만끽하며 느긋하게 쉬고 싶다든지, 눈을 뜨자마자 새 목욕물에 들어가고 싶다든지 하는 불성실한 의도에서 하는 말이 아니다.

온천의 효능과 효력을 현장에서 검증하지 않으면 이후의 활동 방침에도 영향을 받기 때문이다.

지금 눈 앞에 펼쳐진 온천은 이레 전에 아크가 정신을 잃은 장소다.

낡은 신사 뒤쪽에 만들어진 거대한 노천탕은 일찍이 온천을 발견한 초대 한조가 이곳을 근거지로 삼았을 때 정비한 듯하다.

바위들 틈에서 부글부글 끓어오르는 온천물은 마르는 법이 없었고, 바위 표면을 깎아낸 홈을 흐르면서 온도를 낮추고 욕조에 흘러들었다. 그럼 넘쳐흐른 온천물이 옆의 절벽 아래로 폭포가 되어 떨어지면서 몹시 운치 있는 풍경을 빚어냈다.

거대한 노천탕에는 청회색 비늘 피부를 가진 4m의 거인이 바위에 등을 기댄 무척 편안한 자세로 뜨거운 물에 몸을 담그고 있었다.

초대 한조가 이곳을 근거지로 삼았을 때부터 드래곤 로드 윌리어스핌은 인간 형태로 변하면 종종 이 온천에 들렀던 모양이다.

바람의 한숨을 토해내면서 김을 날리고 매우 기분 좋다는 듯이 온천에 몸을 담근 윌리어스핌의 모습은 *지고쿠다니 온천에 몸을 담그는 일본 원숭이와 유사한 구석이 있다.

겉보기는 거대한 인간형 도마뱀이지만……

---

*지고쿠다니 : 일본 나가노현 시모타카이군에 있는 온천. 온천에서 목욕하는 원숭이와 간헐천(間歇泉)으로 유명하다.

윌리어스핌이 아크에게 시선을 던지며 말을 걸었다.

"애송이, 언제까지 거기서 그럴 참이냐?"

아크는 온천의 돌담에서 살짝 발끝을 뻗어 수면에 담근 후 육체가 돌아오자마자 발을 빼내는 짓을 되풀이하는 중이었다.

얼마 전의 충격적인 일을 떠올리면 어떻게 해도 망설여지는 것이다.

해골 모습이므로 감정의 부하는 없지만, 결단을 내릴 때는 또 다른 모양이다.

그러나 언제까지고 이럴 수도 없는 노릇이어서 단단히 마음을 먹고 수면을 바라보았다.

이번에는 정신을 잃었던 엿새 동안 쌓인 감정의 반동만 있을 뿐── 지난번처럼 끔찍한 증상이 나타나지는 않을 터다──.

"나무아미타불!!"

기합을 넣은 아크는 단숨에 자신의 해골 몸을 온천물에 가라앉혔다.

잠시 뜨거운 물 속에 잠긴 아크는 눈을 감고 곧이어 닥쳐올 충격에 대비해 몸을 굳혔다. 그러나 충격이 전혀 찾아올 기미를 보이지 않자, 아크는 수면 위로 살짝 얼굴을 내밀고 주위를 둘러보았다.

몸속 깊은 곳에서 약간 간질간질한 감촉이 한순간 기어올라 왔지만, 이전처럼 충격적인 감정의 반동은 없었다.

온천에 처음으로 몸을 담근 이후 이레가 지났다고는 해도, 대부분 정신을 잃고 지내서 감정의 부하도 거의 남아 있지 않은 탓일까.

그 결과로서 방금 온천의 저주 해제 때 느낀 부하의 역류도 대단하지 않았다.

가슴을 쓸어내린 아크가 이번에는 온천의 뜨거운 물에 몸을 맡기고 숨을 내뱉었다.

"하아~~."

이제부터 이 온천에 정기적으로 몸을 담그러 올 필요성이 생겼다.

쌓인 감정을 이렇게 자주 풀어두면, 앞으로도 온천에 잔뜩 긴장하고 들어갈 일도 없으리라.

예전에 매일 목욕을 하면서 지낼 때처럼 여기에서도 매일 온천을 이용하러 와도 된다. 어쩌면 아침저녁으로 두 번 들어가도 괜찮을지 모른다.

모쪼록 감정의 탁류에 다시 삼켜지는 경험만은 피하기를 바랐다.

아크는 온천의 뜨거운 물로 살짝 세수하고 한숨을 내쉬었다.

저주 해제의 효능으로 육체를 되찾자, 아크는 갑자기 과

거에 저지른 자신의 행동이 떠올랐다.

사람의 생명을 이 손으로 없앴을 때의 말로 표현하기 힘든 찝찝한 감정, 그리고 몸 구석구석까지 덥히고 치유하는 온천의 작용으로 정말 복잡 미묘한 심정이다.

아크는 노천탕에 몸을 맡긴 채 끝없이 감정을 발산하면서 앞일을 생각했다.

자신이 인간족이라는 짐작은 빗나갔지만, 일단 육체를 되찾는다는 목표는 이루었다.

아크는 자신의 길고 뾰족한 귀를 잡아당겼다. 그리고 이세계의 다크엘프와는 다르게 생긴 남자의 표정을 바꾸면서, 수면에 비친 얼굴을 노려보고 한숨을 내쉬었다.

일단 이 온천의 효능이 어느 정도인지 검증할 필요가 있다.

천천히 노천탕의 돌담에 앉은 아크는 다리만 담근 상태가 되었다.

해골 아바타를 쓰기 전의 이 다크엘프 아바타는 갈색 피부로 단련된 근육이 멋진 꽤 좋은 몸이다.

아크는 괜히 가슴 근육을 강조하고 싶어졌다.

그러나 지금은 자랑스러운 근육을 과시하기 위해 몸을 드러낸 게 아니다.

온천의 효능이 지속되는 시간을 조사하려고 이렇게 노천탕에서 올라와 몸을 드러낸 것이다.

노천탕을 나오고 얼마 지나지 않아 상반신이 희미해지자,

녹아서 사라지듯이 육체의 깊은 곳부터 뼈가 나타났다.

노천탕에 몸을 담근 발은 여전히 육체를 유지한 상태다. 그 모습은 해골이 육체의 신발을 신은 것처럼 몹시 기괴하여, 옆에서 보면 상당히 충격적이리라.

발끝을 수면에서 들어 올린 아크는 뼈와 육체의 경계에 찬찬히 눈길을 던졌다.

아무래도 노천탕을 나오면 10분도 되지 않는 사이에 원래의 해골 몸으로 돌아가는 듯하다.

일단 아크는 노천탕에 도로 들어가서 육체를 되돌리고, 노천탕을 좌우로 헤치며 온천물이 솟아나는 곳으로 다가갔다. 그 후 온천의 뜨거운 물을 양손으로 퍼 올려서 곧장 입에 머금고 마셨다.

별로 독특한 맛도 없는 뜨거운 물이 목구멍을 지나 뱃속을 덥혔다.

그러고 나서 아크는 조금 전처럼 노천탕의 돌담에 걸터앉아 자신의 근육에 시선을 떨어뜨렸다.

그러나 이번에는 10분이 지나도 육체는 사라지지 않았고, 다시 10분이 지나도 갈색 피부의 육체는 그대로 남아 있었다.

"윌리어스핌 님, 이건 저주가 완전히 풀렸다고 봐도 좋소?"

노천탕 안쪽에서 이따금 긴 꼬리를 첨벙거리며 놀던 드래

곤 로드에게 시선을 던지고 묻자, 흘끗 아크를 쳐다본 그는
고개를 천천히 가로저었다.

"나도 자세한 건 모른다. 다만 네놈한테 걸린 저주의 특
수성을 보건대, 원래대로 돌아갈 듯한 느낌은 드는군. 대체
어디서 그런 저주를 받았느냐?"

윌리어스핌은 코로 바람의 한숨을 내뱉으면서, 딱히 대답
을 바라지 않는 지나가는 말투로 물었다.

아크의 해골 몸은 이 세계로 올 때 얻은 것이다. 그렇다면
저주도 자신의 원래 세계를 벗어나면서 걸린 셈이다.

이렇게 된 이유와 원인도 틀림없이 신만이 안다——.

그런 고민을 하는 점에서 왜 인간은 사느냐는 의문을 던
지는 철학과 같다.

고개를 가로저은 아크는 그 대신 이후의 일에 관해 윌리
어스핌에게 물었다.

"윌리어스핌 님, 이 낡은 신사 말이오. 온천이 솟아나는
이 땅에서 앞으로 내가 지내고 싶은데 상관없겠소?"

"……마음대로 해라. 애당초 이곳은 묘인족을 이끌었던
한조가 마련한 장소다. 내 잠자리인 나무에 엉뚱한 짓만 하
지 않으면 괜찮다."

눈을 감은 드래곤 로드는 뜨거운 물에 입을 담그더니, 숨
을 내뱉으면서 수면에 거품을 만들었다.

"그럼 감사히 쓰겠소……."

아크는 윌리어스핌에게 가볍게 고개를 숙이고 먼저 온천에서 일어났다.

온천 옆의 낡은 신사 뒤쪽에는 탈의소인 듯한 곳이 있었다. 아크는 그곳에 벗어놓은 갑옷을 걸치다가 갑자기 손을 멈추고 자신의 모습을 확인했다.

"흐음, 여기서는 완전 무장할 필요도 없나……."

혼잣말을 중얼거린 아크는 하반신의 갑옷만 몸에 걸쳤다.

온몸을 갑옷으로 덮어버리면 저주 해제의 효능이 지속되는 시간을 곧바로 알 수 없다.

아크는 알몸 상태인 상반신의 근육을 불룩 솟아나게 하며, 옆 가슴을 보여주는 사이드 체스트 자세를 취했다. 단련된 갈색 근육이 불끈거렸고, 혈관은 당장에라도 드러날 것처럼 떨렸다.

"온몸을 비추는 전신 거울이 있으면 딱이겠군."

아크는 이후의 거점화 계획 중에 온몸을 비추는 전신 거울의 구입을 머릿속에 추가했다. 그러고 나서 아리안과 치요메가 있는 낡은 신사로 발길을 옮겼다.

탈의소를 거쳐 들어간 장소는 응접실이었지만, 지금은 돌바닥 틈새로 잡초가 자라나서 약간 초원처럼 보였다.

거기에서 아리안과 치요메 둘이 뭔가 이야기에 몰두하는 장면이 눈에 들어왔다.

"미안하오. 오래 기다리게 했군, 아리안 양."

아크가 말을 걸자, 아리안이 뒤를 돌아보고 조금 놀란 표정을 지었다.

"아크…… 저주가 다 풀렸어요? 그보다 몸은 괜찮아요?"

"둘에게 걱정을 끼쳤지만, 보다시피 몸은 아무런 문제 없소. 윌리어스펌 님의 말로는 지금 상태도 일시적이라고 하더군. 일단 온천의 뜨거운 물을 마시고 육체를 되돌렸는데, 효과 시간이 어느 정도인지 검증하는 중이오."

아크는 아리안의 질문에 대답하면서 모스트 모스큘러의 자세로 어깨 근육을 강조해 보였다.

그러자 눈앞의 아리안이 이상하다는 얼굴로 아크를 바라보았다.

"그건 알겠지만, 왜 그런 자세를 취하는 거예요?"

"으음, 육체를 되찾은 기쁨을 온몸으로 나타내고 있는데 이상한가?"

아리안이 묻는 말에 아크는 가슴 근육을 움직였다.

"우리 할아버지 같은 짓 좀 하지 말아요. 보는 내가 숨 막히니까."

아크는 아리안의 신랄한 지적에 어깨를 축 늘어뜨렸다. 그러자 바깥에 놀러 갔던 폰타가 달려와서, 마법으로 바람의 힘을 사용하여 날아올랐다.

"큐~웅!"

바람을 타고 그대로 아크의 머리 위에 달라붙은 폰타는

솜털 꼬리를 흔들며 얼굴을 여기저기 간질였다.

그 모습을 묵묵히 지켜보던 아리안이 뭔가 납득했다는 듯이 고개를 끄덕였다.

"아크가 엘프족이라면 정령수인 폰타가 따르는 것도 이해는 되네요……. 맞다, 아크. 이게 뭔지 알겠어요?"

아리안은 자신의 손바닥에 입김을 불고, 그것을 보여주듯이 아크에게 가리켰다.

아리안의 손바닥에는 이전에 랜드발트 거리를 수소문하고 돌아다닐 때 본 희미한 빛이 어른거렸다.

"? 잘 보이지는 않아도 어렴풋이 빛나는 건 알겠소……."

아리안이 가리키는 손바닥을 바라보면서 아크가 대답하자, 그녀는 다시 고개를 끄덕이며 그 빛을 없앴다.

"역시. 아크한테는 정령을 보는 힘이 있네요."

흐릿한 빛의 덩어리는 정령이었던 걸까.

"하지만 아리안 양, 내게는 캐나다 대삼림에 떠도는 마나 언데드의 죽음의 불결함도 보이지 않소만?"

혼자 납득하는 아리안의 옆에서 아크는 궁금하게 여긴 점을 물었다.

엘프족은 정령 외에 마나의 흐름도 볼 수 있다고 들었다. 그러나 아크는 마나가 짙다는 캐나다 대삼림에서 그럴듯한 마나의 흐름을 보지 못했다.

"그 부분은 엘프족이라도 개인차가 있어요. 더구나 아크의 몸을 봐서는 굳이 말하자면, 우리와 같은 다크엘프족에 가깝다고 느껴지니까요."

아리안의 대답에 아크는 이 세계에서의 엘프족의 특징을 떠올렸다.

엘프족은 마법적성이 높고 다크엘프족은 신체능력이 뛰어나다는 이야기를 전에 들은 기억이 난다.

자신의 육체는 어떻게 봐도 다크엘프지만 이 육체는 게임 세계에서의 다크엘프를 모방했을 뿐이어서, 정말로 다크엘프인지 어떤지는 의문이 남는다.

그러나 눈앞에서 가리킨 정령이 조금이나마 보인다는 말은 신체적 특징을 따라 종족 특성도 갖추었다는 증거라고 할 수 있을까.

그러고 보니 아리안이 사는 캐나다 대삼림을 만든 초대 족장——아마 자신과 동일한 존재일 그 인물도 분명 정령의 존재를 보는 힘은 지녔어도, 그 힘이 별로 강하지 않았다는 말을 지난번에 그녀에게서 들은 것 같다.

"일단 마을로 돌아가서 아크의 일을 장로에게 전하는 게 좋을지도 모르겠어요…… 아!"

아리안은 혼자 이후의 예정을 늘어놓더니, 문득 뭔가를 떠올렸다는 듯이 손뼉을 치며 치요메를 돌아보았다.

"맞다, 치요메 양이 아크한테 할 얘기가 있댔어요."

줄곧 대화에 끼어들지 않은 채 옆에서 기다리던 치요메가 고양이 귀가 달린 머리를 살짝 숙이고 아크에게 시선을 옮겼다.

"흐음?"

"얼마 전 왕도에서 아크 님과 아리안 님이 도움을 준 동포 구출 작전을 기억하실 겁니다. 하지만 실은 그 일이 예상 밖의 성공을 거두어서, 칼카트 산간에 자리 잡은 숨겨진 마을의 허용 인원을 크게 넘어섰습니다. 마수가 많이 서식하는 깊은 산속이고, 경작할 수 있는 장소도 적은 산기슭에 접한 토지입니다. 그 때문에 애당초 살아가기 혹독한 곳인 데다, 마을 인구도 이미 한계에 다다랐습니다……."

마을의 현 상황을 알려준 치요메는 어깨와 함께 꼬리를 힘없이 늘어뜨렸다.

아크는 맞장구를 치듯이 고개를 끄덕이면서 다음 말을 재촉했다.

"그래서 초대 한조 님이 일찍이 근거지로 삼았던 이 '신사'를 찾고, 그 땅을 새로운 마을로 만들기 위해 이주하라는 명령을 22대님에게 받았습니다."

아무래도 치요메의 일족은 단순히 초대 한조의 예전 근거지를 알아내려는 게 아니라, 구출한 많은 동포가 살 수 있는 안주의 땅으로 삼고자 구석구석 돌아다닌 모양이다.

아크는 치요메 일족의 사정에 고개를 끄덕이더니, 자신과 목적이 같다는 사실에 조금 우려를 느끼며 그 문제를 꺼냈다.

"나도 온천의 효능과 내 몸의 사정 때문에 여기서 지낼 생각이오. 그런 이유로 아까 윌리어스핌 님에게 허가도 받았지만…… 그건 상관없나?"

아크의 말에 아리안과 치요메가 놀란 듯이 서로 얼굴을 마주 보았다. 그 후 치요메가 푸르고 맑은 눈동자로 아크를 바라보며 대답했다.

"네. 저희도 윌리어스핌 님의 허락을 받았습니다. 게다가 ──우리 일족이 살아갈 예정인 땅은 드래곤 로드 님과 가까운 이 신사 주변이 아닙니다. 드래곤 로드님이 가르쳐주신 동쪽의 커다란 호수 옆에 펼쳐진 평야를 눈여겨 두었습니다."

보아하니 이곳보다 살기 편한 토지가 동쪽 멀리 있는 듯하다.

산 정상에 온천도 솟아나고 오래전의 주거 흔적도 엿보이는 낡은 신사가 남겨져 있어서 소수 인원이 살기에는 의외로 적합한 장소이지만, 많은 인원이 살기에는 솔직히 조금 불편하기도 하다.

동굴에서 나왔을 때 본 이 땅은 사방이 높은 산맥으로 둘러싸인 분지였고, 외적이 쳐들어오기 어려운 토지였다.

그 평야라면 많은 산야의 민족을 이주시키는 계획도 가능하리라.

그런데 초대 한조는 왜 이 땅을 산야의 민족의 마을로 삼지 않은 채 다른 땅으로 이주했을까?

아크는 그 부분을 치요메에게 물어봤지만, 그녀는 고개를 가로저었다.

"저도 자세한 내용은 모릅니다. 어쨌든 몇십대 전의 일이어서, 현 족장인 22대님이라면 좀 더 그 사정을 잘 알 수도 있습니다만."

대충의 상황을 읽은 아크는 치요메가 말한 몇십대 전의 일이란 게 무엇인지 짐작이 갔다.

확실히 이 땅은 인간족이라는 외적이 쳐들어오기 어려운 토지이지만, 그와 동시에 이 땅을 찾아오기도 상당한 곤란하다는 사실을 의미한다.

현재 이 땅을 찾아오기 위해 밝혀진 여정은 온갖 마수들이 서식하는 깊은 숲을 거쳐서 그 앞에 우뚝 솟은 풍룡산맥을 넘든지, 저 깊고 어두운 긴 동굴을 빠져나올 수밖에 없다.

산야의 민족이 아무리 신체능력이 뛰어난 종족이라 해도, 이주를 통한 이동은 엄청난 위험을 동반한다. 그에 따라 많은 사상자가 나올 것은 눈에 보듯 뻔하다.

요컨대——.

"치요메 양의 숨겨진 마을의 현 상황과 이주 계획에 관해서 내게 할 얘기라면, 전이마법을 사용하여 지원해 달라—— 그 말인가?"

아크는 그렇게 넘겨짚고 치요메에게 시선을 옮겼다. 그러자 치요메는 머리에 달린 고양이 귀를 쫑긋 세우고 기대하는 눈빛으로 아크를 올려다보았다.

"——네! 한 번 더 아크 님의 도움을 받고자 합니다."

아크가 치요메에게 해줄 대답은 벌써 정해져 있었다.

"나도 이 신사에서 지내기로 한 이상, 이 땅의 예전 주인이었던 한조 님의 후예인 현 족장님에게도 인사를 해두는 게 마땅할 테지. 표현은 좀 나쁘지만, 이주 의뢰의 보수로 이 신사를 얻는다는 형태의 교섭도 고려해야 하니 말이오. 내 저주받은 몸을 위해서라도 그 조건은 양보할 수 없소."

아크가 치요메에게 웃어 보이자, 그녀는 평소의 무뚝뚝한 얼굴을 약간 붉게 물들이며 긴 꼬리를 기쁘다는 듯이 좌우로 흔들었다.

"감사합니다, 아크 님."

"그런데 아리안 양은 어쩔 셈인가? 일단 먼저 라라토이아로 돌아가겠소? 나 때문에 이곳에서 이레나 머물게 되었으니 말이오."

아크는 자신과 치요메의 이야기를 잠자코 듣던 아리안에게 말을 돌렸다. 그러자 아리안은 풍만한 가슴을 팔로 짓누르면서 턱 끝에 손가락을 대고 생각에 잠긴 자세를 취했다.

"원래는 라라토이아에서 여기까지 왔다가 돌아가는 날을 헤아리면, 이레만에 돌아갈 수 있는 거리도 아니니까 딱히 걱정할 필요는 없어요. 당신이 자는 동안 치요메 양하고도 얘기해서, 나도 숨겨진 마을에 한 번 가본다는 약속을 했어요."

아리안과 치요메는 서로 마주 보고 미소를 지었다.

아무래도 자신이 잠든 사이에 미리 말을 맞춘 듯해서, 아크는 그녀들이 자아내는 친밀한 분위기에 소외감을 느끼며 머리를 긁적였다.

그러자 아크의 머리에 앉아 있던 폰타가 커다란 솜털 꼬리로 살랑거리면서 위로해주었다.

"폰타, 나중에 맛있는 걸 먹여주마."

"큥♪"

아크는 쓸쓸해진 공허감을 폰타를 어루만지며 위안 삼았다. 그때 갑자기 폰타를 어루만지는 팔이 투명해지더니 뼈가 드러났다.

"음?"

곧이어 아크의 육체가 안개처럼 사라졌고, 다시 해골 몸으로 돌아갔다.

온천물을 마신 후 한 시간 남짓——흘렀다고 해야 하나.

"본모습으로 되돌아갔네요…… 효과 시간이 꽤 짧지 않아요?"

아리안은 아크의 변화에 두 눈을 휘둥그레 뜨면서도, 온천의 효능에 관해서 가차 없는 사실을 들이댔다.

효과 시간은 아직도 짧은 편이었지만, 온천에 몸을 담그는 것보다 물을 마시는 게 효과 시간이 극적으로 늘었다.

다음에는 물을 마시는 양을 서서히 늘리면서 좀 더 검증

232 · 해골기사님은 지금 이세계 모험 중 4 ·
232 · 해골기사님은 지금 이세계 모험 중 4 ·

해 보아야 하리라.

　그렇게 고쳐 생각한 아크는 이후의 예정에 그 계획을 짜 넣었다.

　날이 저물고 푸른 하늘이 불그스름하게 바뀌는 가운데 적막으로 가득찬 산 정상의 풍경도 하늘과 보조를 맞추듯이 해 질 무렵의 색으로 물들었다.

　낡은 신사의 돌바닥 틈새에서 자란 잡초가 구멍 뚫린 천장을 통해 불어오는 바람에 살랑거리며 나뭇잎이 스치는 미약한 소리를 연주했다. 그 바람은 갈색 피부를 드러낸 아크의 상반신을 부드럽게 어루만졌다.

　감았던 눈을 살짝 뜬 아크는 바로 앞에 펼쳐진 무성한 잡초를 응시하더니, 비스듬한 자세에서 흐르는 듯한 동작으로 오른손을 내밀어 절묘하게 힘 조절을 한 마법을 쏘았다.

　"【커터】!"
풍인(風刃)

　마법사의 풍계 기본마법인 【커터】를 발동시키자, 눈에는 보이지 않는 바람의 칼날이 한바탕 불면서 잡초를 휙 베어 냈다.

　기본마법이기는 하지만 위력이 상당히 억눌렸다. 좁은 범위의 풀을 베는 데에만 매달린 몇 번째 연습도 이제야 요령을 잡았다.

　"쿵! 쿵!"

그러자 옆에서 그 모습을 바라보던 폰타가 소리를 높이고 짖었다.

"오오, 다음은 폰타가 해볼 테냐?"

"큥!"

아크의 물음에 힘차게 짖은 폰타는 솜털 꼬리를 한 번 흔들며 앞으로 나섰다.

"큐큐~웅……."

그런 소리를 내면서 힘을 준 폰타는 눈앞에 보이는 돌바닥 틈새로 기어 나오듯이 뻗은 어린 나무와 눈싸움을 하는 자세를 취했다.

이윽고 폰타의 초록색 털이 약간 또렷해졌다. 그러자 회오리바람은 바닥에 떨어진 나뭇잎을 끌어들이면서 폰타의 주위를 맴돌았다.

"큥!"

폰타가 짖은 기합 소리에 회오리바람으로부터 한 무리의 바람이 튀어나왔다. 그러더니 주변에서 춤추던 몇 개의 나뭇잎과 동시에 어린 나무를 밑동부터 절단해 보였다.

"으음, 아깝구나! 그럼 상으로 볶은 콩을 주마."

"큥☆"

폰타의 마법이 능숙해진 사실에 감탄한 아크는 허리에 찬 가죽 주머니에서 볶은 콩을 상으로 주려고 손을 뻗었다. 그때 뒤에서 미심쩍어하는 아리안의 목소리가 들렸다.

"잠깐만요, 아크. 폰타한테 무슨 위험한 걸 가르치는 거예요⋯⋯."

아크가 뒤돌아보자, 눈썹을 찌푸린 아리안이 팔짱을 끼고 서 있었다.

"나중에 여기서 지내기 전에 잡초를 미리 없애두려고 했소. 마법 수련 겸 풀베기를 하는 중이었는데 폰타가 내 흉내를 내기 시작했지. 솜털 여우는 외적에게 별로 공격적인 수단을 쓰지 않는 거요?"

일단 변명을 늘어놓은 아크는 '볶은 콩은 아직?'이냐며 고개를 갸웃거리고 올려다보는 발밑의 폰타에게 시선을 떨어뜨리면서 화제를 돌렸다.

아크의 질문에 고개를 갸웃거린 아리안도 폰타를 내려다본 후 머리를 흔들었다.

"솜털 여우의 생태는 딱히 자세히 알려지지는 않았지만⋯⋯ 공격적인 마법을 쓴다는 얘기는 들어본 적이 없어요."

"그런가. 성장 과정에서 쓰게 될지 몰라도, 폰타한테 호신 수단이 있다면 그게 가장 좋을 테지."

"그건 그렇지만⋯⋯. 아, 아크. 또 몸이 원래대로 돌아가고 있어요."

아크의 대답에 아리안은 여전히 조금 떨떠름하다는 표정을 지었다. 그러나 아크의 신체 변화를 알아차린 아리안이 그 사실을 지적하는 목소리를 높였다.

"으음, 아무래도 온천물을 마시는 양으로도 효과 시간이 달라지는 모양이군."

이번에 마신 온천물은 약 1L였는데, 효과 시간은 두세 시간쯤인가.

갈색 피부의 상반신은 안개처럼 사라졌고, 뼈만 있는 몸으로 돌아왔다.

아크는 그 모습을 확인하듯이 갈비뼈만 남은 자신의 가슴을 어루만졌다.

온천의 효과 시간을 아리안에게 전하자, 그녀는 살짝 한숨을 내뱉으며 어깨를 으쓱였다.

"왠지 미묘한 시간이네요."

아리안의 말처럼 육체를 되찾는 시간으로서는 상당히 미묘하다. 아니면 *모 M78 성운이 고향인 거대 히어로의 3분에 비해 꽤 낫다고 생각해야 하는 걸까.

아크가 온천의 효능에 관해서 생각에 잠기자, 아리안은 문득 떠올렸다는 듯이 고개를 들고 본래 용건을 꺼냈다.

"맞다 맞아, 저녁 준비 다 됐어요. 오늘은 치요메 양이 만들어줬어요."

"쿵!"

그 말에 여태껏 아크를 올려다보며 볶은 콩을 재촉하던 폰타가 한 번 짖고 나서 치요메를 찾으러 달려갔다.

---

*M78성운 : 울트라맨의 고향 성운으로, 통칭 빛의 나라. 참고로 울트라맨의 활동 가능 시간은 3분에 불과하다

"그렇군. 그럼 내일은 예정대로 로덴 왕도를 들르고, 그곳에서 치요메 양의 숨겨진 마을을 가면 되는 거요?"

아크가 폰타의 뒷모습을 바라보면서 아리안에게 내일 예정을 확인하자, 그녀 역시 폰타를 눈으로 좇으면서 고개를 끄덕였다.

"네. 나도 산야의 민족의 숨겨진 마을에 흥미가 있는 데다, 치요메 양이 꼭 와달라고 초대를 했으니까요……. 우리도 가죠."

아크는 재촉하는 아리안을 따라, 치요메가 기다리는 주방으로 발걸음을 옮겼다.

주방에 들어가자 일찍이 아궁이였던 장소에 불을 켜서, 침침한 실내를 어렴풋이 비추었다. 아궁이 위에는 냄비가 걸려 있었고, 장작이 터지는 소리와 함께 김이 피어오르면서 부글부글 끓는 조용한 소리가 귓속에 들렸다.

검은 삼각형의 고양이 귀를 쫑긋 세운 채 그 소리를 듣던 치요메는 냄비 요리가 제대로 삶아졌는지 확인하듯이 손에 든 숟가락으로 휘저었다. 그리고 옆에서는 폰타가 이미 모든 준비를 마쳤다는 것처럼 꼬리를 흔들며 저녁을 기다렸다.

"오늘 저녁은 병이 들었을 때 저희 마을에서 자주 먹는 들새의 산나물국이라고 합니다. 몸보신에 효과를 보이기 때문에 마을에서는 유명한 일품요리입니다."

주방에 나타난 아크를 본 치요메가 오늘 저녁의 식단 내용을 설명하면서 폰타의 몫인 들새 고기를 접시에 담은 후 이제나저제나 기다리는 폰타 앞에 놓았다.

폰타는 아직 김이 모락모락 나는 들새 고기를 바람의 정령마법으로 식혔다.

정말 요령이 좋은 녀석이다.

의식을 잃고 쓰러진 아크가 병상에서 일어나고 맞이하는 첫 식사여서, 치요메는 인심일족에게 전해지는 환자식을 오늘 저녁으로 준비한 듯하다.

──뭐, 정확히 환자는 아니지만…….

엿새 동안 마시고 먹지 않아도 멀쩡한 이유는 틀림없이 자신의 몸 덕분이다. 링거 주사를 갖춘 설비를 상상할 수 없는 이 세계에서는 엿새나 죽 누워 있다가는 탈수증상으로 저 세상에 가기 쉽다.

"그럼 고맙게 먹겠소."

아크는 치요메가 담아서 나눠준 작은 그릇을 받으며 고맙다는 인사를 하고 입을 댔다.

살짝 야생의 맛이 넘쳐나는 들새 고기의 푹 삶은 몸은 부드러웠고, 조금 독특한 기름이 수프 전체에 녹아 나왔다.

쓴맛이 나는 산나물과 약간의 소금기가 어우러져, 어딘가 약선 요리의 맛을 떠올리게 했다.

배부른 소리를 하자면 여기에 한가지 맛을 더하고 싶은 심정이었다.

간장이나 콩소메처럼 기본이 되는 맛이 있다면 좀 더 나아질 텐데. 아크는 그런 감상을 품으며 수프를 마셨다.

"……아크 님, 입에 안 맞습니까?"

아크가 말없이 수프를 마시자, 치요메는 불안한 얼굴로 눈치를 살폈다.

"아니, 미안하오. 잠시 딴생각을 했소. 한가지 맛을 더했으면 싶은데, 나름대로 몸에 좋은 듯해서 괜찮군."

아크는 그렇게 말하고 웃었다. 그때 정면에 있던 아리안이 숟가락을 입에 넣으면서 아크를 가리켰다.

"아크, 당신 몸이 돌아왔는데요?"

"응? 이런."

아리안의 지적을 들은 아크가 시선을 떨어뜨리자, 어느새 자신의 해골 몸이 갈색 피부를 가진 다크엘프의 육체로 바뀌었다.

"죄송합니다, 아크 님. 수프를 만들 때 온천물을 써서 그 영향을 받았군요. 그리고 마을에서는 소금과 향초 정도만 손에 넣을 수 있다 보니 대부분 이런 식으로 간을 맞춥니다."

치요메가 머리의 고양이 귀를 살짝 눕히고 머리를 숙였다. 그 때문에 당황한 아크는 변명하듯이 고개를 가로저으며 화제를 돌렸다.

"아니, 나야말로 미안하군. 그런가…… 마을에서는 소금도 구하기 어려운가 보군. 그럼 지금은 소금을 어떻게 얻는 거요? 그리고 이곳에 이주한 뒤에는 어쩔 셈이오?”

소금은 생명을 가진 존재에게 꼭 필요한 요소다.

바다가 있으면 그곳에서 소금을 정제할 테지만, 이 주변은 산맥으로 둘러싸인 분지다.

잘하면 돌소금이 나오는 장소를 찾을지도 모른다. 그러나 하루아침에 발견할 만한 곳은 아니다.

아크가 그 점을 지적하자, 치요메는 아리안에게 시선을 돌렸다.

“숨겨진 마을에 적기는 해도 돌소금을 채굴하는 장소가 있습니다. 다만 이 땅으로 이주하면 다시 그런 장소를 찾아야 합니다. 그래서 당분간 엘프족 분들에게 빌릴 수 없을까 고민했는데, 아리안 님의 소개로 라라토이아의 장로님과 교섭을 통해 받아오게 되었습니다.”

치요메의 말에 아리안도 고개를 끄덕였다.

아크가 정신을 잃은 사이에 많은 일을 진행한 모양이다.

“그런가, 내가 잠든 동안 꽤 얘기가 정리된 듯하군. 그럼 이 신사에서 치요메 양의 용건은 다 끝난 거요?”

아크의 물음에 치요메는 작게 고개를 끄덕였다.

“네. 저희 목적이었던 두 가지, 초대 한조 님의 신사와 그곳에 남겨진 『언약의 정령결정』을 찾았습니다.”

“『언약의 정령결정』?”

아크는 귀에 들린 낯선 단어를 되물으면서, 드래곤 로드 윌리어스펌이 치요메를 '정령결정의 계승자'로 불렀던 기억을 떠올렸다.

아크의 의문에 대답하듯이 치요메는 손에 든 작은 그릇을 옆에 내려놓은 후 닌자복의 앞가슴을 살짝 풀어헤치고 보여주었다.

치요메의 하얀 피부가 드러난 앞가슴에는――주방에 켜진 불빛을 받아 약간 무지개색으로 빛나는 조금 큼직한 마름모꼴 보석이 빼꼼하게 얼굴을 내밀었다.

그 보석은 살아 있는 생명체처럼 희미한 빛을 뿜었다. 그리고 맥박이 뛰듯이 옅게 빛을 깜박거렸다.

"아리안 님에게는 한 번 말씀드렸지만, 우리는 이 정령결정과 융합하여 인술을 쓸 수 있습니다. 이것은 자신과 상성이 좋은 징령을 불러내어 계약하는 마도구로, 조대 한조 님 이후 대대로 이어지는 일족의 비보입니다."

설명하면서 살짝 뺨을 붉힌 치요메는 흥미진진하게 들여다보던 아크의 시선으로부터 정령결정을 감추듯이 앞가슴을 닫았다.

아크는 정면에서 뭔가 말로 표현하기 힘든 압력을 주는 듯한 시선을 느꼈지만, 이럴 때는 일부러 모른 척하는 게 나으리라.

헛기침을 한 아크는 손에 든 작은 그릇에 입을 대고 수프를 한 모금 마셨다.

"그것참, 세상에는 신기한 마도구가 많이 있군."

처음 보는 마도구의 효과에 아크가 솔직한 감상을 말하자, 치요메는 고양이 귀를 늘어뜨리며 한숨을 내쉬었다.

"아크 님도 이 마도구의 출처를 모르시나 보군요……. 초대 한조 님과 같은 고향——아니, 같은 '이방인'이니까 혹시나 하고 조금 기대했습니다만……."

치요메의 말을 들은 정면에 있던 아리안이 뾰족한 귀를 움직이더니, 의심스러운 얼굴로 아크에게 시선을 고정했다.

"에, 어라? 윌리어스핌 님의 얘기로는 분명히 아크처럼 '이방인'이라고 했는데, 한조는 인간족이었잖아요? 하지만 아크는 다크엘프족……이죠?"

약간 혼란에 빠진 듯한 아리안의 물음에 아크는 인심일족만 아는 '닌자'라는 말의 출처가 자신의 고향이라고 치요메에게 알려준 사실을 떠올렸다.

그러고 보니 그때는 초대 한조와 똑같은 인간족이라는 생각에 대답했지만, 아크의 지금 모습은 공교롭게도 다크엘프족이었다.

"……내 기억으로는 나도 인간족이었소. 그런데 아무래도 기억이 여러모로 잘못된 모양이오."

——이 자리에서는 이렇게 말하고 시치미를 떼는 것 외에는 뾰족한 방법이 떠오르지 않았다.

아크가 고개를 갸웃거리며 얼버무리자, 눈썹을 찌푸린 아리안은 생각에 잠기듯이 신음했다.

그런 아리안을 내버려 두고 아크는 화제를 돌릴 목적으로 치요메에게 다른 질문을 던졌다.

"정령결정의 출처를 알고 싶다는 말은 요컨대 별로 많지 않다는 것이오?"

그 물음에 치요메는 자신의 앞가슴에 있는 정령결정을 닌 자복장 위에서 잠깐 어루만진 후 대답했다.

"……네. 전해 내려오는 얘기에서는 초대 한조 님이 열 개로 이루어진 『언약의 정령결정』을 일족에게 맡겼다고 했을 뿐, 달리 이 마도구의 소문을 들은 적이 없습니다. 현재 마을에 남은 여덟 개와 이 신사에서 보관하던 한 개를 합치면 전부 아홉 개입니다. 나머지 하나는 먼 옛날에 이미 잃어버렸다는 말을 들었습니다. 좀 더 이 마도구가 많으면, 마을의 전력을 끌어올릴 수 있습니다만……."

초대 한조는 그 마도구를 이 세계에 가져왔을까, 혹은 이 세계에 오고 나서 자신의 손으로 만들어냈을까——적어도 아크 자신이 아는 아이템의 종류는 아니다.

생산직의 아이템 제작 스킬로 만들어낸 물건일까.

"정령결정이 융합한다는 말은 역시 쉽게 떼어내지 못한다는 뜻이오?"

"제가 죽었을 때만 이걸 떼어낼 수 있습니다. 대대로 정령결정을 물려받은 자가 죽은 후 유골을 통해 다음 대 여섯 닌자의 적격자에게 이어지니까요."

잠잠하게 열을 뿜어내는 아궁이의 불길에 비춰진 치요메의 표정은 소녀의 얼굴이 아니라, 마을과 동포를 위해 목숨을 건 전사의 얼굴이었다.

치요메의 표정을 본 아크는 이어서 할 말을 찾지 못했다. 결국 작은 그릇에 남은 산나물을 급히 먹고 한숨을 내쉬더니 다음 날 예정을 입 밖에 꺼냈다.

"그럼 내일은 예정대로 치요메 양의 숨겨진 마을로 가도록 할까. 잘 먹었소, 치요메 양."

치요메는 고맙다는 듯이 조용히 머리를 숙였다.

이튿날, 아직 태양이 지평선에서 고개를 내밀기 전인 어슴푸레한 하늘의 이른 아침——로드 크라운의 밑동 근처에 자리 잡은 낡은 신사는 하얗게 낀 엷은 안개로 둘러싸여 주변은 숨죽인 듯이 매우 고요했다.

어제부터 줄곧 온천에 몸을 담근 드래곤 로드에게 인사를 마친 일행은 인심일족의 숨겨진 마을과 가장 가깝다는 로덴 왕국 왕도로 전이마법인 【게이트】를 열고 이동했다.

주위의 경치가 순식간에 달라졌다. 방금까지 우거진 가지와 나뭇잎으로 하늘을 도려낸 로드 크라운의 그림자는 사라지고 온통 농지가 펼쳐진 평원이 나타났다.

남쪽 전방에 보이는 로덴 왕국 왕도의 방벽 너머로는 새

벽녘인 만큼 아침 안개 속에서 조용한 왕도의 거리가 멀리 아른거렸다.

너무 일찍 일어나서 졸린 지 커다란 하품을 하는 투구 위의 폰타는 약간 미끄러질 듯한 자세로 달라붙었다.

후방의 북쪽을 돌아보자 몇 개의 산들이 우뚝 솟아 있었다. 그리고 완만하게 경사진 들판을 깊은 숲이 뒤덮는 칼카트 산악지대가 이어졌다.

치요메가 속한 인심일족의 거점인 숨겨진 마을은 이 산들의 깊숙한 곳에 있으며 거의 길다운 길도 없으므로 그녀가 맨 앞에서 안내하게 되었다.

칼카트 산기슭의 얕은 숲에는 마수들이 별로 나오지 않는 듯하지만, 그 대신 이따금 인간족의 도적들이 거점으로 삼기 때문에 나름대로 위험하다고 한다.

"그래 봐야 이 땅에 자리 잡은 도적들은 금세 없어지지만 말이죠……."

숲속을 앞장서는 치요메는 익숙한 발걸음으로 망설이지 않고 숲 안쪽을 향해 나아갔다.

왕도와 가깝고 사람들이 많이 오가는 가도에서도 별로 멀지 않다──그야말로 도적들이 지내기에 딱 알맞은 장소다.

그런데 그 도적들이 금세 없어진다는 말은 즉──.

"치요메 양이 속한 인심일족이 이 주변을 세력권으로 두었기 때문인가?"

앞장서던 치요메는 아크의 질문에 잠시 걸음을 멈추고 돌아보았다.

"우리 닌자가 평소에 하는 일이 뭐라고 생각하세요?"

갑작스럽게 되묻는 치요메의 의도를 몰라 아크는 고개를 갸웃거리면서도 그동안 그들——인심일족이 해온 행동을 돌이켜보며 말했다.

"인간족에게 붙잡힌 동포의 구조나 그걸 위한 정보수집이 아니오?"

아크의 대답에 치요메는 살짝 입가를 실룩이고 웃었다.

"분명 그런 일도 하지만 보통은 도적들을 사냥합니다. 우리 마을에서는 날붙이나 금속이 귀중한데, 사람이 사는 도시와 약간 떨어진 장소에 거점을 둔 도적들은 일족에게 적당한 사냥감이죠. 도시에 숨어든 '쿠사' 라고 불리는 자들이 도적들의 정보를 얻으면, 그 정보는 곧 마을로 알려집니다. 그럼 우리 닌자대가 그 거점을 덮치러 가는 것입니다."

치요메의 대답에 아리안은 감탄한 표정으로 고개를 끄덕였다.

도시에서 절도 따위의 범법 행위를 저지르고 권력자의 눈에 찍히는 위험성을 고려하면, 도시 바깥에서 지내는 도적들을 습격하여 물자를 빼앗는 게 현명한 방법일지도 모른다.

얼마 전 왕도에서 에츠아트 상회를 습격할 때 접한 치요메와 고에몬의 전투능력을 보건대, 평범한 자들로는 맞설 수 없으리라는 점은 상상하기 어렵지 않다.

"하지만 도적들이 빼앗은 물자를 그대로 똑같이 빼앗으면, 산야의 민족에게 혐의가 걸리거나 그러지는 않소?"

"그래서 '쿠사' 의 정보로 움직입니다. 도시에서 도적들의 정보가 새어 나온다는 말은, 그들에게 습격당하고도 살아남았기 때문에 소문이 퍼지는 거죠. 생존자들의 증언을 통해 사람들 입에 도적들의 얘기가 오르내리면 적당한 시기입니다. 우리는 그 도적들이 거점을 이동한 것처럼 꾸미고 섬멸해서 물자를 얻습니다. 그런 이유로 칼카트 주변에서는 도적들에 의한 피해는 오히려 적은 편이죠."

뽐내듯이 꼬리를 흔든 치요메는 다시 숲을 헤치며 곧장 안쪽으로 들어갔다.

아무래도 산야의 민족은 아크의 생각보다 더 굳세게 살아가는 모양이다.

울창한 나무들이 우거진 산속을 잡초를 밟으며 잠시 나아가자, 머지않아 시야가 조금 트인 장소로 나왔다.

보아하니 산 중턱쯤인 듯했다.

발밑의 흙은 바위 밭으로 바뀌었고, 그 앞은 더 나아갈 길이 없는 깊은 계곡이었다.

선반처럼 비죽 튀어나온 바위에서 아래를 내려다보자, 가느다란 골짜기가 산간을 누비듯이 꾸불꾸불하게 하얀 띠를 이루며 뻗어 있었다.

치요메는 전방에 보이는 맞은편 산을 가리키고 아크를 돌아보았다.

"이 계곡을 넘어선 곳부터 진짜 칼카트 산지입니다. 강력한 마수도 숨어 있어서 사람은 좀처럼 발을 들이지도 않습니다."

치요메의 설명에 고개를 끄덕이면서 무슨 말인지 이해한 아크는 맞은편의 산기슭을 바라보았다.

마침 아크의 시선 전방에는 나무들이 드문드문 자라나서 이동하기 쉬울 법한 장소를 살필 수 있었다.

"그럼 맞은편 산까지 단숨에 전이마법으로 이동하도록 할까."

그 말에 아리안과 치요메가 동의하듯이 고개를 끄덕인 후 익숙한 동작으로 아크의 어깨에 손을 얹었다. 그 모습을 확인한 아크는 전이할 장소인 맞은편 산으로 시선을 옮기고 마법을 발동시켰다.

"【디멘션 무브】."

주위의 경치가 단숨에 뒤바뀌면서 계곡을 낀 반대편 산기슭의 트인 장소로 전이했다. 뒤돌아보자 자신들이 원래 있던 산중턱의 바위가 조금 멀리 보였다.

"마을은 이 산을 한 번 더 넘은 곳에 있습니다, 가시죠."

아크는 갈 길을 재촉하는 치요메의 말에 고개를 끄덕였

고, 앞장서는 그녀의 뒤를 따라 다시 산속으로 발걸음을 내디뎠다.

칼카트 산악지대는 실제로는 문자 그대로 몇 개의 산들이 서로 이어지지는 않았지만, 좁은 장소에 죽 늘어서듯이 밀집하고 우뚝 솟은 기복이 심한 토지였다.

치요메가 계곡을 넘기 전에 말한 것처럼 아까는 볼 수 없었던 흉폭한 마수들이 여기저기 눈에 띄면서 위험도가 단숨에 높아졌다.

사실 자신들 셋이 가기에는 별로 문제없는 여정이었다. 그러나 보통 사람이라면 그중 한 마리라도 마주쳤다가는 순식간에 잡아먹힐 듯한 마수들이 번번이 나타나는 이 토지는 빈말이라도 살기에 적합하다고는 하기 어렵다.

외적인 인간족의 침입을 걱정할 필요는 거의 없을 테지만, 이래서는 살아가는 것 자체가 생명을 거는 일이므로 평안의 땅과는 거리가 멀다.

이전에 왕도의 노예상회로부터 구해준 많은 여성과 어린아이가 산속 깊은 곳의 마을로 향했는데, 지금도 그곳에서 지낸다고 생각하면 조금 불안하다.

그런 걱정을 하는 아크의 등에는 방금 일행을 습격한 거대하고 흉폭한 마수가 숨이 끊어져서 축 늘어진 채 질질 끌리듯이 메여 있었다.

아리안과 치요메는 그 마수를 '운브라티그리스'라고 불

렀다. 이 산지에서도 몹시 강력한 마수의 일종이었고, 어느 종족에서든 한 마리에게 복수의 집단이 대처하는 것이 기본이 되는 존재였다.

몸길이는 4m인데, 꼬리를 포함하면 5m에 가깝다.

사벨 타이거를 떠올리게 하는 위턱의 긴 엄니, 피처럼 붉은 눈동자, 머리에 달린 흑자색의 다부진 두 개의 뿔, 그리고 몸 전체가 검은 얼룩무늬의 털로 덮인 거대한 호랑이형 마수다.

야행성이라서 낮에는 마주칠 일이 별로 없는 마수였지만, 우연히 덤불을 헤치고 들어갔다가 맞닥뜨린 탓에 전투를 벌였다.

보통은 어둠과 섞여서 몸 주위에 검은 안개 상태의 가스를 두르고 사냥감을 덮치지만, 대낮에 검은 가스를 두른 대형 호랑이는 오히려 커다란 표적이다.

일행에게 덤벼든 운브라티그리스는 세 명의 맹반격을 받아, 컵라면이 만들어지는 시간보다 빨리 저세상으로 떠났다.

"죄송합니다, 아크 님. 무겁지 않습니까?"

앞장서서 가던 치요메가 갑자기 돌아보더니, 걱정스러운 시선을 아크에게 보냈다.

운브라티그리스라는 마수를 옮기는 이유는 치요메의 요청을 따른 것이다.

놀랍게도 이 마수의 머리에 난 흑자색 뿔을 가늘게 부순 후 강철과 섞어 날붙이를 제작하면 엄청나게 튼튼하고 날이 잘 드는 무기가 완성된다고 한다.

치요메가 허리에 찬 단검도 이 마수의 뿔을 사용한 도검이었다.

그에 더해 모피도 이 산간에서는 귀중한 방한구가 되고, 엄니는 갈아 으깨서 약으로 쓰인다. 그 밖에 머리를 고스란히 남긴 전체 모피는 인간족 사이에서 상당한 고급품의 취급을 받으므로, 팔아서 식량이나 무기를 구입하는 자금이 되기도 하는 모양이다.

"뭘, 전에 쓰러뜨린 자이언트 바질리스크의 무게에 비하면 아무것도 아니오."

치요메의 물음에 대답하고 웃은 아크는 운브라티그리스를 짊어진 상태로 제자리에서 가볍게 뛰었다.

그러자 폰타를 앞가슴에 품고 뒤에서 쫓아오던 아리안이 기가 막힌다는 목소리로 대화에 끼어들었다.

"아크는 우리 엄마하고 다른 의미로 차원이 다르네요……."

"그렇게 칭찬을 받으니 왠지 몸이 근질근질하는군."

아리안의 말에 아크가 웃어 보이자, 그녀는 뭔가 복잡한 표정을 지으며 눈꼬리를 내렸다.

아무래도 칭찬은 아닌 듯싶었다.

그런 대화를 나누는 가운데 앞장서던 치요메가 발걸음을 멈추고 숲 앞에 트인 장소——깎아지른 듯이 솟은 절벽 너머로 보이는 두 번째 산을 가리켰다.

"이 계곡을 넘은 저 산에 마을이 있습니다. 이 상태라면 해가 지기 전에 도착하겠군요. 역시 휴게소를 거치지 않고 이 속도로 나아가길 잘했습니다."

치요메는 전방에 우뚝 솟은 산줄기로 시선을 옮겼다.

"그럼 남은 길도 얼른 돌파하고 치요메 양의 마을에서 한 숨 돌리도록 할까."

"그러네요."

아리안의 동의를 얻은 아크는 전이마법을 써서 계곡을 넘 었다.

머지않아 높은 산에 해가 가려지고 주변이 서서히 어슴푸 레해지는 해 질 녘이 되었을 즈음, 마침내 치요메가 사는 숨 겨진 마을은 고지대에서 내려다보이는 형태로 나타났다.

마을 주위에 둘러친 나무말뚝 외벽과 돌담 내벽으로 이루 어진 이중 방벽, 외적의 침입을 막기 위해 말뚝 끝을 날카롭 고 뾰족하게 깎은 모습은 근처 산에 자리 잡은 마을이라기 보다는 성채 같은 분위기를 풍겼다.

도개교식의 개폐문으로 만들어진 마을 입구는 지금은 단 단히 닫힌 채 외적의 침입을 막고 있다.

경사면에 달라붙듯이 지어진 민가와 풍차는 산 정상에 밀 집되었고, 아래쪽 경사면의 계단 형태로 돌담을 쌓은 밭에 서는 작물을 키웠다.

그 풍경은 왠지 *마추픽추를 떠올리게 했다.

계단 형태로 정비한 땅거미 속의 밭에서는 작업하는 인영을 드문드문 볼 수 있었다. 삼엄한 외벽의 모습을 무시한다면, 마수가 날뛰는 산간에서도 나름대로 정서가 넘치는 멋진 경치였다.

다만 결코 살기 쉬운 토지라고 말할 수 없다는 것은 확실하다.

"경사가 몹시 가파른 곳에 마을이 있네요…….."

숨겨진 마을을 황금색 눈동자로 바라보던 아리안은 자신의 솔직한 감상을 내뱉었다.

주위에 펼쳐진 칼카트 산지는 어디나 산과 계곡으로 구성되었고, 평야에 해당하는 장소를 거의 찾아보기 힘들었다.

그나마 산 정상이 주변에서 유일하게 평평하고 트인 장소이리라.

"산간 깊숙이 이만한 마을을 짓다니 솔직히 감탄했소. 하지만 지금 저 마을에 사는 인원은 얼마나 되는 거요? 별로 많지는 않을 테지…….."

험준한 산들이 우뚝 솟은 토지에 만든 숨겨진 마을은 확실히 멋지게 생활권을 확보했다고 말할 수 있다. 그러나 마을 규모는 아리안의 출신지인 라라토이아와 비교하면 상당히 좁은 편이다.

---

*마추픽추 : 페루 남부의 쿠스코에 있는 잉카 제국의 도시 유적.

아크의 질문에 치요메는 푸른 눈동자를 마을로 향하더니 울적한 표정으로 대답했다.

"지난번에 왕도에서 동포를 구출한 이후 마을 인구는 천 명을 넘었습니다."

"그건 또…… 어마어마한 인원이군."

현대의 감각으로 천 명은 대단한 인구도 아니지만, 시골의 좁은 마을에 천 명이 지낸다고 생각하면 엄청나게 과밀 인구이리라.

아크가 그처럼 놀란 목소리를 내자, 옆에서 똑같이 마을을 내려다보던 아리안도 고개를 끄덕였다.

아리안의 팔에 안긴 폰타만 커다란 하품을 하면서 느긋하게 꼬리를 흔들었다.

식사와 관련된 통찰력은 이상하게 뛰어나지만, 다른 일에 대해서는 그렇지도 않은 모양이다.

그러나 정령수인 폰타가 인구 밀도 같은 어려운 문제로 고민할 만한 상황이 생기면, 그것도 큰일이리라.

그런 천진난만한 폰타의 모습을 본 치요메는 조금 전까지 보이던 울적한 표정을 살짝 지우고 미소를 띠었다.

"그럼 인심일족의 족장인 22대 한조 공을 만나러 가볼까."

운브라티그리스를 다시 등에 짊어진 아크가 아리안과 치요메에게 말하자, 그녀들도 동의하듯이 고개를 끄덕이고 마을로 향하는 약간 다진 길을 내려갔다.

이윽고 마을 입구 근처까지 왔을 즈음, 양옆에 세워진 망루에서 보초를 서던 인물이 일행을 보고 목판을 나무 방망이로 두드렸다.

경종의 역할을 담당하는 것이리라.

목판을 시원하게 때리는 소리가 마을 전체에 울렸고, 담 바깥에도 조금 떠들썩해지는 분위기가 전해졌다.

잠시 후 마을 입구의 도개교식 개폐문이 천천히 내려가더니, 곧이어 무거운 땅울림을 내면서 열렸다.

도개교식 개폐문은 통나무를 이중으로 붙여서 만들었는데, 크기만 봐도 상당한 무게를 가졌다는 사실을 알 수 있었다.

아크가 출입문에 시선을 빼앗겨 한눈을 팔자, 치요메가 먼저 나서며 앞길을 재촉했다.

"이제 곧 날이 저뭅니다. 서둘러 마을로 들어가죠. 마을 가까이에 있어도 언제 또 마수가 나타날지 모르니까요."

"알겠소.""그래요."

동시에 대답한 아크와 아리안은 마을 입구로 빠르게 발걸음을 옮겼다.

마을에 들어가자마자 출입문은 다시 올라갔고, 다음에는 앞쪽의 두 번째 외벽 문이 방금처럼 내려갔다.

아크는 등 뒤에서 출입문이 닫히는 기척을 느꼈다. 그리고 마을 중앙에 있는 가장 높은 장소로 향하는 치요메를 따라가며 주변에 지어진 건물을 바라보았다.

주위에는 신기해하는 표정을 짓고 일행을 멀리서 에워싸듯이 다가오는 다수의 주민이 있었다. 그중에는 어린아이들도 많이 보였다.

저마다 종족이 다른지 머리에 달린 온갖 모양의 귀를 쫑긋쫑긋 움직였다. 그러면서 아크가 짊어진 운브라티그리스를 가리키고 감탄한 목소리를 내뱉었다.

주민들의 시선을 개의치 않은 채 나아간 치요메는 마을 중앙 근처의 건물 앞에서 걸음을 멈추고 아크와 아리안에게 알려주었다.

"여기가 인심일족을 다스리는 22대 한조 님의 거처입니다."

치요메가 가리킨 건물은 이전에 이야기했던 그녀의 말처럼 온천을 두고 지은 낡은 신사와 몹시 비슷했다.

역시 이 신사가 규모도 작고 아담한 분위기였다. 그러나 2층짜리 건물을 꾸미는 세공 솜씨를 보면, 노련한 목공이 손수 다루었음을 금세 알 수 있었다.

마을의 다른 건물들도 마찬가지이지만, 의외로 튼튼한 목조건축이었다. 그 점에서 산야의 민족이 누리는 생활수준 자체는 별로 낮지 않다는 사실을 드러냈다.

치요메의 안내를 받아 아크와 아리안이 건물로 들어가자, 정면의 널찍한 현관 입구 복판에는 고양이 귀를 가진 노인이 서 있었다.

커다란 신장은 180cm정도였다. 등을 꼿꼿하게 세운 백발의 남자는 긴 눈썹과 턱수염 탓에 왠지 신선을 떠올리게 하는 용모였다.

뒷짐을 진 노인은 일행의 얼굴을 순서대로 확인하듯이 시선을 움직이더니, 눈앞까지 걸어오는 치요메에게 한쪽 눈썹을 살짝 올리며 말을 걸었다.

"수고했구나, 치요메. 네 뒤에 있는 분이 초대 님과 동향인(同鄕人)이냐?"

"네. 갑옷을 걸친 분이 아크 님이고, 그 옆에 있는 분이 다크엘프족의 아리안 님입니다."

"큥!"

치요메의 소개를 받은 아크와 아리안이 저마다 머리를 숙이자, 아리안에게 안겼던 폰타도 자기소개를 하듯이 짖으며 자신의 존재를 주장했다.

폰타를 본 노인은 활짝 웃듯이 입가를 올린 후 자세를 바로잡았다.

"처음 뵙겠소. 나는 인심일족을 떠맡은, 22대 한조요. 이번에 아크 님과 아리안 님 두 분에게 산야의 민족이 크고 많은 신세를 졌다는 말을 들었소——우리 모두 감사하는 마음으로 두 분을 환영하오. 이 땅에서 이처럼 만나게 되었다는 사실은 또 한 번 도와준다는 뜻으로 여겨도 되겠소?"

한조가 자신의 소개를 마치고 묻는 말에 아크도 등에 짊어진 마수를 내려놓으면서 자세를 바로잡았다. 그러고는 한 조를 마주 보며 인사했다.

"나 역시 처음 뵙겠소. 내 이름은 아크, 지금은 보잘것없는 떠돌이 몸이요. 우리도 치요메 양에게 여러모로 신세를 졌소. 이번에 치요메 양의 요청을 받아들이면서 귀하들이 곤경에 처한 사정을 알게 되어 급히 찾아왔을 뿐이오. 미력하나마 내 힘이 귀하들에게 도움이 될 수 있도록 전력을 다하겠소."

한조의 말투가 딱딱했기 때문일까 아크도 그에 맞춰 대답하려다 보니, 뭔가 시대극처럼 인사를 나누게 된 점은 어쩔 수 없었는지도 모른다.

"나는 아리안 그레니스 메이플. 캐나다 대삼림, 메이플의 전사예요. 치요메 양의 친구이자 아크의 동행으로서 찾아왔습니다."

마찬가지로 자기소개하고 살짝 고개를 숙인 아리안은 눈앞의 한조와 그 옆에 서서 뺨을 붉힌 치요메에게 웃어보였다.

아리안이 '동행'이라고 언급한 부분에서 한순간 눈을 흘기며 자신을 본 것은 착각이었을까.

아크가 아리안이 보낸 시선의 의미를 고민하느라 생각에 잠기자, 한조는 바닥에 놓인 마수 운브라티그리스를 가리키며 말을 걸었다.

"그런데 아크 님, 옆에 내려놓은 그 마수는……."

한조의 말에 제정신을 차린 아크는 마수에게 시선을 옮겼다.

"마을로 오는 도중에 우리를 덮쳐서 말이오. 치요메 양의 얘기로는 마을에서는 이 마수를 통해 갖가지 귀중한 물품을 얻을 수 있다더군. 그러니 이건 마을에 주는 간단한 선물로서 받아주면 고맙겠소."

아크의 대답에 한조는 얼굴의 주름살이 잡히도록 환한 표정을 지었다.

"오오, 그거 고맙소. 후의에 감사드리오."

한조가 오른손을 슬쩍 들자, 양옆에서 치요메처럼 닌자 복장으로 몸을 감싼 닌자들 몇 명이 소리도 없이 나타났다. 곧이어 그들은 몸집이 커다란 운브라티그리스를 둘러싸고 조용히 밖으로 옮겼다.

인기척도 거의 내지 않는 점은 과연 닌자답다고 해야 할까.

이들이 불쑥 솟아났을 때는 순간적으로 경계한 아리안조차 움찔하는 모습이 아크의 시야에 들어왔다.

그런 반응에 만족스러운 얼굴을 보인 한조는 아크와 아리안을 건물 안으로 재촉했다.

"오늘은 꽤 피곤할 게요. 오늘 밤은 이곳에 두 분이 머물 방을 마련할 터이니, 느긋하게 쉬도록 하시오. 이번 일에 관해서는 나중에 저녁 식사 때 얘기하리다."

한조의 제안에 아크가 고개를 끄덕이자, 고양이 귀를 가진 두 명의 여성이 살며시 모습을 드러냈다.

"이 둘이 방까지 안내할 게요. 저녁 준비가 끝나는 대로 다시 부르겠소."

그 말만 남기고 등을 돌린 한조가 자리를 떠나려는 찰나, 치요메가 종종걸음으로 그의 뒤를 쫓았다.

"한조 님, 사스케의 행방은 알았습니까?"

약간 작은 목소리로 묻는 치요메의 말이 무심코 아크의 귀에 들렸다.

처음 듣는 이름이지만, 그 이름을 들어보건대 치요메처럼 여섯 닌자 가운데 한 명이리라.

진지한 표정의 치요메에게 한조는 묵묵히 고개를 가로저 으며 뭔가를 대답했다.

대화를 나누는 치요메와 한조를 바라보던 아크는 조금 전 에 나타난 여성들 중 한 명이 갑자기 말을 걸어서 시선을 그 녀에게 돌렸다.

"아크 님, 방으로 안내해 드리겠습니다."

"으음, 신세를 지겠소."

여성을 따라 2층으로 이어지는 계단을 올라간 아크와 아 리안은 안쪽에 있는 방 두 개를 얻게 되었다.

방 내부의 구조는 몹시 간소했다. 빛을 받아들이는 미늘 창이 하나 달려 있었고, 다다미 두 장 크기의 볼록한 자리에 는 모피로 만든 깔개를 깔아놓았다.

아마 침대이리라.

그 옆에는 멋진 세공 무늬를 아로새긴 앉은뱅이 나무책상, 짐을 넣기 위한 뚜껑이 달린 직사각형의 나무상자, 옷을 넣어 보관하는 대형상자가 놓여 있었다.

방 안은 입구 근처에 매달린 기름 램프의 빛 때문에 어슴푸레했다. 기름 램프의 불빛이 흔들리면서, 방구석에 서린 그림자가 꿈틀거리는 착각마저 들었다.

"유령이 나올 법한 방이군……."

방을 둘러본 아크가 그런 감상을 중얼거리자, 귀에 익은 목소리가 그 혼잣말에 대답했다.

"아크 당신이 유령 같은데 무슨 소리예요……."

"우옷!?"

갑자기 들려온 목소리에 놀란 아크는 무심코 이상한 비명을 내뱉었다. 목소리가 들린 쪽을 허겁지겁 돌아보자, 초록색 털뭉치가 얼굴에 찰싹 달라붙어 눈앞을 새카맣게 만들었다.

"큥!"

"읍. 앞이 안 보인다, 폰타."

아크가 목덜미를 붙잡아 떼어내자, 폰타는 왠지 기분 좋다는 듯이 꼬리를 흔들었다.

아까 저녁 식사라는 말을 듣고 뭔가 맛있는 음식이라도 상상하는지 모른다.

"생각보다 치요메 양의 마을은 제대로 된 곳이네요…….

마을 주민들이 여기를 버리고 이주한다는 걸까요?"

아리안은 장난을 치는 듯한 아크와 폰타를 바라보면서 마을을 본 감상을 입 밖에 꺼냈다.

확실히 마을에 세워진 건물은 깔끔했고, 이처럼 깊은 산속에 있으면서도 마수를 막기 위한 견고한 방벽도 지었다.

작물을 수확할 목적으로 정비한 계단식 밭은 이곳에서 오랜 세월 계속 살아온 증거이리라.

"오늘 저녁 식사 때 그 얘기를 듣게 되겠지. 이주 계획에 내 전이마법이 도움이 된다면 기꺼이 거들겠지만, 마을의 존속 여부는 내가 이러쿵저러쿵 떠들 일도 아니오."

"그러네요……. 그러고 보니, 아크. 당신 식사는 어떡할 거죠?"

아크의 대답에 아리안도 살짝 어깨를 으쓱이며 농의하더니, 문득 떠올렸다는 듯이 화제를 바꾸어 아크의 모습을 가리켰다.

아크는 마을에 도착하고 나서 한조에게 인사할 때까지 줄곧 전신 갑주 상태였다.

이전에 라라토이아에서 치요메에게는 해골 몸을 드러냈지만, 아직 다른 이들에게는 갑옷 안의 몸을 보이지 않았고 사정도 이야기하지 않았다.

아리안은 아크가 식사할 때 어떻게 대처할지 묻는 것이리라.

그러나 이번에는 그 점에 있어서 빈틈은 없다――.

"괜찮소, 이걸 가져왔으니 말이오."

아크가 짊어진 배낭에서 가죽 물통을 꺼내어 보여주자, 아리안은 무슨 말인지 알아차리고 고개를 끄덕였다.

"아아, 그런 거군요."

그렇다――가죽 물통에 저주 해제의 온천물을 담아온 것이다. 이 온천물을 마시고 식사 자리에 앉으면, 부주의하게 사람을 놀라게 하는 일도 없으리라.

두 시간이나 효과가 지속되면 괜찮을 터다.

얼마 지나지 않아 아까 아크와 아리안을 방으로 안내한 두 명의 여성이 저녁 식사 준비를 마쳤다는 사실을 알려주러 왔다.

여성들을 따라 1층 안쪽의 응접실에 들어서자, 한 단 높은 널마루 귀틀의 한복판에 화로가 설치되어 있었다.

화로 위에는 김을 모락모락 피워 올리는 커다란 냄비가 천장에 매달린 갈고리에 걸려서 부글부글 끓고 있었다.

아크는 일본 시골구석의 민가를 보는 듯한 광경에 왠지 그리운 느낌마저 들었다.

"마음에 드는 자리에 앉으시게, 아크 님. 그나저나 치요메로부터 초대님과 같은 고향일지도 모른다는 말을 들었는데, 설마 아크 님이 엘프족이라고는 상상도 못했소."

그렇게 말을 건 이는 냄비 바로 앞——화로 중앙에서 책상다리하고 앉은 백발의 22대 한조였다.

한조의 말대로 아크는 지금 투구를 벗고 있었다. 그러나 물통에 담은 저주 해제 온천물의 영향으로 갈색 피부의 다크엘프 얼굴을 갑옷 위에 드러낸 상태였다.

"내 기억에 조금 착오가 생겨서 그렇소. 대부분 아주 최근의 일밖에 기억하지 못하오. 한조 공이 말하는 초대님과 정말 같은 고향인지는 솔직히 나도 모르겠소."

한조의 질문에 아크는 모호하게 대답하면서 그의 맞은편에 똑같이 책상다리하고 앉더니, 목덜미를 잡은 폰타를 내려놓았다.

옆에서는 아리안이 바닥에 직접 앉는 환경이 낯설었는지, 다리의 위치를 신경 쓰면서 여러번 고쳐 앉았다.

그런 아리안을 흐뭇한 눈으로 바라보던 한조는 갑자기 아크에게 시선을 옮기며 말을 꺼냈다.

"이번 일과 관련된 얘기를 하기에 앞서, 아크 님은 용병이라고 들었소. 그럼 아크 님에게 그에 상응하는 대가를 치러야 할 텐데, 뭔가 바라는 게 있으시오?"

한조의 말에 아크는 치요메로부터 의뢰를 받았다는 사실을 떠올리고, 그가 묻는 보수를 어떻게 요구할지 고개를 갸웃거렸다.

일단 곤란해 하는 치요메의 힘이 되어주겠다는 생각만 했기 때문에 당장 이렇다 할 만한 보수는 떠오르지 않았다.

"우리 마을은 보다시피 별로 여유롭다고는 말하기 어렵소. 아크 님만 괜찮다면 마을에서 미모가 빼어난 몇 명을 적당히 골라주려는데 어떠시오? 무흐흐."

한조는 긴 한쪽 눈썹을 치켜세우며 변태 영감 같은 목소리를 내고 웃었다.

개인적으로는 몹시 매력적인 제안이었지만, 옆에서 잡아먹을 듯한 시선을 뼈저리게 느껴서 그 유혹에는 농담으로도 대답하기 괴로웠다.

아크는 당초의 목적인 신사에 관한 이야기를 꺼냈다.

"아니, 그럴 필요 없소, 한조 공. 그보다 이미 전해 들었을 테지만, 나는 당신들의 초대 한조 님이 지냈던 낡은 신사를 발견했소. 그런데 여러 가지 사정으로 그곳을 쓸 생각이오. 이번 일의 보수로 그걸 받고 싶은데 어떤가?"

아크는 말하는 김에 그 땅에서 사는 드래곤 로드의 허가를 받은 사실도 알렸다.

아크의 말을 들은 한조는 조금 의외라는 얼굴로 팔짱을 끼더니, 작게 고개를 끄덕이고 입을 열었다.

"그곳은 초대님이 죽은 이후 3대 한조 님이 포기하기로 결정해서, 오랫동안 일족 사이에서도 잊혔던 장소요. 신사에 남겨진 일족의 비보는 벌써 치요메가 회수한 까닭에, 아크 님이 원한다면 내 양해를 구하지 않아도 괜찮소. 우리가 이주할 곳은 그 땅에서 멀리 떨어져 있다는 얘기도 들었으니 말이오……. 달리 아크 님이 내게 바라는 건 없는가?"

한조가 다시 묻는 말에 아크도 팔짱을 끼고 고개를 갸웃거렸다.

옆에서 폰타가 저녁은 아직이냐는 듯이 재촉하는 시선으로 아크를 올려다보았다. 그리고 폰타는 아크와 마찬가지로 고개를 갸웃거리며 꼬리를 탁탁 흔들었다.

온천의 신사에서 지내는 데에 필요한 것——.

"그럼 낡은 신사는 고맙게 쓰도록 하지. 그런데 오랜 세월이 흘러서 심하게 썩어 문드러진 그 신사를 수리하고 비와 이슬을 견디게 할 수는 없나? 이 마을의 목공 기술을 보건대, 상당히 솜씨 좋은 자가 있는 듯한데 어떻소?"

이제 신사는 지붕도 썩이시 돌벽과 돌바닥민 남았을 뿐이다. 따라서 보금자리로 삼기에는 이것저것 손을 보지 않으면 안 되는 곳이 잔뜩 있다.

필요한 재료는 수중의 돈을 쓰면 인간족의 도시에서 얼마든지 구할 테지만, 자신의 실력으로 저만한 크기의 건물을 수리할 엄두는 나지 않았다.

그렇다면 이 마을의 목공 기술을 빌리는 게 가장 좋으리라.

아크가 그 생각을 한조에게 전하자, 그는 하얀 턱수염을 쓰다듬으면서 조용히 고개를 끄덕였다.

"그런 일이야 우리는 기꺼이 거들겠다만, 정말 그 정도로 괜찮으시오? 젖이 큰 처녀도 있는데, 무흐흐."

한조는 아크의 옆에 앉은 아리안에게 힐끗 시선을 돌리더니, 다시 변태 영감 같은 목소리로 웃었다.

아마 조금 전의 시선은 아리안의 가슴을 본 게 틀림없었다.

이 영감이 정말 인심일족의 족장인지 의심하고 싶어졌다 —— 지금이라면 눈앞의 인물이 그림자 무사라고 해도 놀랍지 않았다.

모처럼 이런 유형의 화제를 피했다고 한숨을 돌렸는데 도로 제자리에 돌아왔다.

그와 동시에 옆에서 느껴지는 묘한 압박감이 목덜미의 신경을 어루만졌다. 이 몸으로 있을 때는 어두운 감정에 사로잡히지 않는 특성을 지녔을 텐데, 이 점은 또 다른 걸까.

그 사실에 고개를 갸웃거리자, 폰타가 그런 분위기에 아랑곳하지 않는다는 듯이 앞발로 아크의 무릎을 탁탁 치면서 저녁 식사를 재촉했다.

——너는 혼자 평화롭구나…….

폰타의 머리털을 어루만지며 마음을 가라앉힌 아크는 부랴부랴 불편한 화제를 끝냈다.

"아니, 신사만 수리해주면 괜찮소."

"그렇구료……. 그럼 솜씨 좋은 목공을 보내드리겠소. 치요메."

한조는 아크의 요구를 들어주었다는 듯이 깊숙이 고개를

끄덕이더니, 응접실 입구를 향하여 치요메를 불렀다.

그것을 신호로 소리도 없이 나타난 낯익은 고양이 귀의 닌자 소녀가 입구 앞에서 살짝 머리를 숙이고 들어왔다.

그리고 뒤를 돌아본 아크는 그 밖에도 치요메를 따라 다수의 인영이 함께 들어오는 모습을 어깨너머로 확인할 수 있었다.

치요메를 바로 뒤따라 들어온 이는 신장 230cm 정도나 되는 은색과 검은색이 섞인 머리를 가진 잘 아는 거구의 남자였다.

왕도에서 에츠아트 상회를 습격할 때 치요메와 함께 참전한 여섯 닌자의 한 명인 고에몬이었다.

당시처럼 상반신을 드러낸 반라의 모습이 아니라, 치요메와 비슷한 닌자 복장을 꼭 끼듯이 몸에 걸친 고에몬은 변함없이 과묵하게 눈인사만 하고 들어섰다.

이어서 나타난 이는 그런 고에몬도 거뜬히 뛰어넘는 체격을 가진 거한이었다.

신장 270cm 정도는 될까──응접실 천장에 닿을 듯한 거한은 왠지 머리를 숙이는 자세로 들어왔다.

근육이 붙은 우락부락한 몸집, 굵고 우람한 양팔과 사람보다 조금 짧은 다리, 머리에 달린 둥글고 귀여운 귀, 그에 반해 주름이 깊게 새겨진 얼굴은 관록이 넘쳤다.

그리고 그 거한을 뒤이은 이는 몸집이 작고 짐승 귀를 가진 중년 남자였다.

신장이 160cm 정도여서 먼저 들어온 두 명과의 체격 차는 상당히 컸다. 그러나 중년 남자의 매서운 눈매는 그것만으로도 평범한 자가 아니라는 사실을 알 수 있기에는 충분했다.

걷어 올린 소매에서 엿보이는 팔에는 몇 개나 묵은 흉터가 남았고, 머리에 달린 귀는 토끼처럼 길었지만 한쪽은 절반쯤 찢어졌다.

아크를 시야에 포착한 중년 남자는 흉악한 얼굴로 생글거리는 미소를 띠었다.

그대로 한조의 양옆에 늘어선 네 명은 가볍게 인사를 하고 화로 옆에 앉았다. 아크와 아리안도 살짝 머리를 숙였다.

적당한 시기를 살피던 한조가 천천히 헛기침하더니, 응접실에 나타난 네 명을 가리키며 입을 열었다.

"이미 치요메와 고에몬은 두 분도 알고 있어서 새삼스레 소개하지 않아도 될 게요. 그럼 나머지 두 명이 남았는데, 이쪽의 가장 투박한 남자가 마을 촌장을 맡은 웅인족의 고우로라고 하오."

한조의 소개를 받은 거한은 주먹을 바닥에 대고 자신의 이마를 마루청에 비벼댈 듯이 깊숙이 고개를 숙인 후 시선을 아크에게 옮겼다.

"지가 마을 촌장인 웅인족의 고우로라 캅니다. 이번에 우리 요청을 들어주서, 참말로 감사한 마음을 금치 못하겠십니더. 모쪼록 잘 부탁드립니데이."

약간 사투리를 쓰는 느릿한 말투로 자기소개를 마친 고우로는 아크에게 고맙다는 인사를 하고 다시 깊숙이 고개를 숙였다.

"흐음? 난 당연히 한조 공이 마을 촌장이라고 여겼소만 아닌가?"

아크는 웅인족의 고우로가 마을의 촌장이라는 말에 의문을 느끼고 눈앞의 한조를 향해 물었다.

"물론 이 마을은 일찍이 인심일족이 만든 마을이오. 하나 이 대륙에는 이런 마을이 그 밖에도 몇 군데나 있네. 지금은 우리가 이곳에 본거지를 두었지만, 늘 이곳에 머무는 것도 아니니까 말일세."

한조는 일족의 속사정을 조금 말한 후 고우로의 옆에 앉은 몸집이 작은 토끼 귀를 가진 남자에게 시선을 돌렸다.

고개를 끄덕인 흉악한 얼굴의 토끼 귀 남자는 아크를 보며 머리를 숙였다.

"내는 토인족 피타요. 이 마을서 전사장을 맡았십니더. 이주지 선견대를 이끄는 자로서 이 자리에 온 기라. 아크 님, 참말로 잘 부탁합니데이."

위협적인 목소리로 자신을 피타라고 소개한 남자는 흉악한 얼굴을 들어 아크에게 미소를 지었다——그러자 옆에서 폰타가 살짝 물러나는 기색이 느껴졌다.

해골인 아크를 좋아하고 야쿠자 같은 피타를 싫어하는 기준을 잘 모르겠지만, 수인족이라고 해서 정령수가 무조건 따르지는 않는 모양이었다.

폰타의 반응이 눈에 들어왔는지 눈꼬리를 내린 피타는 고개를 푹 숙이고 어깨를 늘어뜨리더니 화로에서 비켜섰다.

본인은 꽤 신경 쓰는지도 모르겠군······.

흉악한 얼굴의 토끼 귀 아저씨는 어느 방면에도 수요가 없을 듯싶다.

아크는 엉뚱한 생각을 하면서 이야기의 본론으로 화제를 돌렸다.

"방금 피타 공이 말한 선견대라는 게 뭐요?"

"으음. 치요메의 보고를 통해 그곳이 살기에는 더할 나위 없는 땅이라는 얘기를 드래곤 로드님이 했다고 들었소. 하지만 그걸 우리 눈으로 확인할 필요도 있네. 이주지인 호수 옆의 땅──거길 조사한 다음 개척조를 아크 님의 힘으로 이동시키고, 앞으로 살아갈 최소한의 개척을 진행했을 때 비로소 이주조를 옮기게 될 게요."

한조는 턱수염을 쓰다듬으면서 이후의 이주 절차를 설명했다.

온천이 샘솟는 신사가 자리 잡은 산에서 바라보면, 커다란 호수가 있는 토지까지는 걸어서 가는 데에는 상당히 먼

거리다.

일단 선견대로 토지를 조사함과 동시에 아크가 풍경을 기억한 후에는 개척조를 직접 보낼 수 있다는 계산인가.

다만 그 토지는 이 마을처럼 마수를 막을 외벽이 없으므로, 개척조가 최소한의 방위 태세를 갖추기 위한 방벽과 숙박 시설을 설치해야 하리라.

"개척조가 첫 번째 이주조를 받아들이기 전까지의 기간을 얼마로 잡았소? 그리고 이주할 모든 인원은 몇 번으로 나누어 이동시킬 예정이오?"

이 의뢰는 아크가 하는 일은 별로 없지만, 제법 장기간에 걸친 작업이어서 이후의 계획을 고려하더라도 알아두어야 한다.

그러자 한조는 뭔가를 깨달았다는 듯이 한쪽 눈썹을 올리며 아크에게 시선을 옮겼다.

"첫 번째 이주조를 옮길 때까지의 기간은 적게 잡아도 한 달에서 두 달은 걸릴 게요. 또한 마을 인원의 절반쯤을 이주시킬 생각이오."

아무래도 이 마을을 버려두지 않고, 넘쳐난 인원을 보내려는 속셈인 듯하다.

"마을을 완전히 버린 게 아니다──그 말인가."

아크의 혼잣말에 한조는 고개를 끄덕였다.

"여기는 우리 산야의 민족이 피난하기 위한 마을이기도

하네. 이번 이주지는 주위가 산맥으로 둘러싸인 땅이요. 외적의 침입을 막기도 하지만, 인간족의 국가로부터 달아난 동포들 역시 도달하기 어려운 곳일세. 오래전 3대 한조 님도 시공인술을 다루지 못하는 후계들로서는 그 신사를 거점 삼아 동포를 구할 수 없다면서 그대로 버려두었다고 하지."

확실히 그곳은 편하게 오갈 만한 장소는 아니다. 정말 시공인술이나 전이마법 같은 이동수단이 없으면, 마수가 꿈틀거리는 깊은 숲과 동굴을 걸어서 돌파해야 한다.

바로 앞에 보이는 강인한 산야의 민족은 괜찮을 테지만, 마을에는 여자와 어린아이도 많다. 그들을 데리고 이주하면 그에 따른 희생을 각오할 수밖에 없으리라.

그런 토지를 또 이주지로 선택해도 좋은 걸까——.

"일찍이 내버렸다는 땅으로 되돌아가는 거요?"

아크의 질문에 한조는 무슨 말인지 이해한다는 눈빛을 띠었지만, 조용히 머리를 가로저었다.

"초대님의 시대에는 벌판에 산야의 민족이 만든 마을이 몇 군데 있었다고 전해지네. 인간족에게 붙잡힌 동포들을 구하고 그런 마을로 돌려보냈지. 하지만 인간족이 늘어나면서 마을들은 들판에서 숲으로, 다시 숲에서 산으로 쫓겨났네. 이제는 인간족의 눈길이 닿지 않는 토지에서만 살게 되어서, 산야의 민족도 상당히 줄었소. 남아 있는 숨겨진 마을도 지금은 서로 오가는 일이 드물다오."

한조의 이야기에 침묵을 지킨 이들은 눈을 내리깔았다. 응접실에는 화로에 걸친 냄비의 음식물이 끓는 소리와 장작이 터지는 소리만 들렸다.

좁은 마을 내에서만 교류하면, 언젠가 모든 마을 주민이 근친 관계를 이루는 문제점도 생긴다.

그 토지는 산맥으로 둘러싸인 분지였지만, 인간족의 손길이 미치지 않은 평야가 있었다. 주변의 숲도 개간하면 평야는 더욱 넓어지리라.

그렇게 토지를 개척하고 다른 마을의 이주자도 차츰 받아들이면, 지금처럼 살아가는 게 고작인 산야의 민족의 계속 줄어드는 인구도 늘어날지 모른다――그런 뜻일까.

아리안은 남대륙에 그들의 동포 종족이 세운 거대한 나라가 존재한다고 했다. 그러나 이 북대륙에서는 인간족이 번성하여 꼼짝 못하는 처지에 빠진 게 현 상황이라는 것이다.

"잘 알겠소. 그럼 내일, 서둘러 선견대를 그 땅으로 데려가면 되는 거요?"

"부디 잘 부탁드리겠소. 웃!?"

깊숙이 머리를 숙인 한조는 아크에게 시선을 옮겼다가 갑자기 표정을 굳혔다.

방금까지 순조롭게 진행된 이야기로 합의를 이루려는 찰나, 아크는 급변한 분위기에 고개를 갸웃거리며 주위를 둘러보았다.

그러나 얼굴에 긴장을 띤 이는 한조뿐이 아니었다. 고우로나 피타도 마찬가지였고, 치요메는 놀라서 아크를 쳐다보았다.

유일하게 표정이 변하지 않은 이는 고에몬이었지만, 다른 이들이 긴장한 원인은 아크 옆자리의 아리안이 내뱉은 말 때문에 금세 밝혀졌다.

"잠깐만요, 아크!? 얼굴이 원래대로 돌아왔는데요!?"

그 말에 자신의 얼굴을 손으로 만진 아크는 그제야 눈앞에 보이는 이들의 표정을 납득했다.

예상한 온천물의 효과 시간이 의외로 짧았던 모양이다.

아마 이 온천물은 오랜 시간 보관했다가 마시면 효과가 약해지는 것이리라.

신선도가 생명이라니, 생각할수록 융통성이 없는 온천이다.

"언데드!?"

화로를 둘러싸고 앉은 이들이 살짝 몸을 일으키더니, 혼란스러운 듯이 고함을 질렀다.

이전에 어딘가에서 봤던 광경이구나──아크는 자신의 몸이 지닌 특성을 처음부터 다시 설명해주어야 하는 처지에 한숨을 내쉬었다.

제4장 새로운 마을과 개척

다음 날, 아직 어렴풋이 하늘이 어슴푸레한 이른 아침.

산 정상 부근의 마을에서 내려다보는 산기슭은 하얀 아침 안개가 구름바다처럼 흔들거렸다. 그 때문에 칼카트 산간은 바다에 뜬 외딴 섬들을 떠올리게 하는 환상적인 풍경을 펼쳤다.

그 마을에 있는 인심일족의 족장 한조의 거처 앞 광장에는 이른 아침인데도 강인해 보이는 많은 산야의 민족이 삼엄한 장비를 갖추고 모였다. 마을 주민들이 주위를 둘러싸듯이 약간 떨어진 자리에서 일행을 지켜보았다.

그 일행의 가장 중심에 선 이는 전신 갑옷을 걸친 아크였고, 투구 위의 폰타는 아직 하품하면서 앞발로 얼굴을 씻었다.

옆에서는 아리안이 조금 차가운 아침 산바람에 하얗고 아름다운 긴 머리를 나부끼며 가죽 갑옷의 앞가슴 부위를 조정했다. 치요메는 평소의 닌자 복장으로 조용히 서 있었다.

광장으로 모여든 마을 주민 중에는 어제 만난 마을 촌장 고우로와 전사장 피타도 물론 보였다.

어젯밤 아크는 한조와 고우로에게 자신의 몸에 관한 설명을 오랫동안 늘어놓았다. 일행은 기다리다 지친 폰타가 따지듯이 짖어대서 겨우 저녁 식사를 했다.

냄비 요리는 칼카트 산간에서 캔 산나물, 마수의 고기, 밀가루 경단을 재료로 넣어 만든 수제비였는데 약간 독특하기는 해도 상당히 맛있었다.

다만 산나물과 고기에 소금만 뿌려서 몹시 단순하게 간을 맞추다 보니, 좀 더 변화를 준 맛을 느꼈으면 싶었다.

나중에 치요메에게 들은 이야기이지만, 마을에서는 밀가루가 귀중하므로 어제 나온 냄비 요리는 손님을 위해 상당히 신경을 썼던 모양이다.

겉으로 보기에 마을은 꽤 짜임새 있게 생활하는 듯했지만, 식량 사정이 한정되어서 아무래도 살아가는 게 혹독한 것 같았다.

앞으로 향할 땅이 그들에게 안주의 땅이 되면 좋을 텐데——.

그런 생각을 하면서 아크는 광장에 모인 마을 주민들에게 시선을 던졌다.

촌장 고우로 옆에는 어느새 그와 비슷한 우람한 체격의

여성이 거대한 전투 도끼를 어깨에 메고 위풍당당하게 서서 말을 나누었다.

신장은 고우로보다 약간 작지만, 250cm 정도는 된다. 밤 색 쇼트컷 머리에 동그스름한 귀가 달린 그 여성은 붉게 물들인 가죽 갑옷으로 햇볕에 탄 다갈색 피부를 덮었다.

체격과 귀의 형상을 보건대 고우로와 마찬가지인 웅인족이리라.

아크의 시선을 알아차린 촌장 고우로가 머리를 숙이고 다가오자, 여성도 뒤따라서 성큼성큼 걸어왔다.

여성의 눈동자는 아크를 흥미진진하게 엿보는 눈빛을 띠었다.

"아크 님, 오늘은 모쪼록 잘 부탁합니데이. 그라고 미리 소개하는데, 선견대서 피타의 보좌를 맡은 지 딸 로우즈입니더."

시선을 뒤쪽에 돌린 고우로는 조금 느긋한 말투로 자신을 따라온 우람한 여성을 소개했다.

로우즈라고 불린 우람한 여성은 아크에게 가볍게 머리를 숙이고 손을 내밀었다.

"지 이름은 로우즈. 이번에 아부지한테 피타 아저씨를 보좌하라는 말을 들었시예. 앞으로 당분간 다른 인원들하고 신세를 질게예, 아크 씨."

"로우즈 양인가. 으음, 나야말로 잘 부탁하오."

아크가 여성으로 여겨지지 않는 로우즈의 커다란 손을 잡고 악수를 하자, 그녀는 하얀 이를 드러내며 쾌활한 미소를 보였다.

아크와 신장 차이가 50cm 정도 나는 까닭에 올려다보는 자세가 되었다.

아크는 자신도 꽤 거구라고 생각했지만, 이 세계에서는 그를 웃도는 체격의 소유자가 흔하게 널린 듯했다.

웅인족은 그중 으뜸이어서 이만한 체격을 가진 종족을 인간족이 두려워하지 않을 리 없다.

이 세계의 종족 간의 장벽은 예상보다 클지도 모르지만, 로우즈를 본 아크는 새삼 그런 감상이 머릿속에 떠올랐다.

그때 갑자기 뒤에서 기척을 드러낸 한조가 말을 걸었다.

"아크 님. 이제부터 가는 길에 이들이 신세를 질 게요. 모쪼록 잘 부탁하겠소."

아크가 한조를 돌아보자 마음씨 좋은 할아버지 같은 미소를 띤 그의 뒤에는 광장에 모였던 마을 주민들이 조금 전부터 정렬해 있었다.

한조 옆에는 어젯밤 만난 토인족의 피타가 위압감을 주는 윤이 나는 검은 가죽 갑옷을 걸치고 두 자루의 곡도를 허리에 찬 채 아크를 향해 징그러운 미소를 지었다.

"……큐~웅."

그 기척을 민감하게 알아차렸는지, 투구 위에 잠들었던

폰타가 살짝 뒷걸음질 쳤다. 투구 너머로 그런 움직임을 느낀 아크가 폰타를 달래기 위해 턱 끝을 간질이듯이 어루만졌다.

아무래도 정말 피타를 거북해하는 눈치다.

그 모습에 피타는 무척 서글픈 표정으로 머리를 푹 숙이고 어깨를 늘어뜨렸다.

이번 선견대의 인원은 아크와 아리안, 그리고 치요메를 포함하여 모두 열 명이다——.

전사장이자 선견대의 대장을 맡은 피타, 그를 보좌하는 촌장의 딸 로우즈, 치요메처럼 여섯 닌자 중 한 명인 고에몬, 나머지는 마을 전사가 네 명이다.

미개척지로 향하는 선견대로서는 상당히 규모가 작지만, 목적지까지의 신속한 도착이 가장 중요하다. 따라서 전이를 포함한 이동도 고려하면 될수록 많은 인원은 피해야 한다.

그야말로 소수정예부대라고 할 수 있다.

"알겠소. 그럼 서둘러서 낡은 신사인 산기슭으로 가지. 다들 내 주위로 모이시오."

아크가 한조에게 고개를 끄덕이며 주위의 선견대 인원에게 말하자, 그들은 많은 짐을 안으면서 모여들었다.

아크와 동등하거나 그보다 큰 체격의 소유자들이 커다란 짐을 안고 둘러쌌다.

옆에서 보면 자신이 완전히 그 무리 속에 파묻혀 있으리라는 쓸데없는 생각을 하면서 아크는 인원이 다 모이기를 기다렸다.

아크는 모든 인원이 모인 후 배웅을 나온 마을 주민들이 조금 물러나는 모습을 확인하고 한조에게 시선을 보냈다.

"좋은 소식을 기다리리다."

한조의 말에 고개를 끄덕인 아크가 장거리용 전이마법을 발동시켰다.

"그럼 다녀오겠소. 【게이트】!"

선견대가 모인 광장의 발밑에 푸르스름하게 빛나는 커다란 마법진이 펼쳐지더니, 순식간에 눈앞의 경치가 어두워진 다음 전혀 다른 풍경으로 바뀌었다.

주위를 에워싼 선견대 인원들은 낯익은 마을 풍경이 눈 깜짝할 사이에 달라진 사실에 감탄과 경악이 뒤섞인 함성을 질렀다.

일행이 전이한 장소는 토리이가 세워진 기슭이었다. 우뚝 솟은 산기슭을 토리이 안쪽에서 올려다보면, 정상에 자리 잡은 로드 크라운의 나무갓이 이곳에서도 커다랗게 눈에 들어왔다.

"흐음, 칼카트 산의 숲하고는 냄새가 쪼매 다르네……."

선견대 대장을 맡은 피타가 한쪽의 긴 귀를 기울이면서 냄새를 맡듯이 코를 몇 번 벌름거렸다.

"얘기로는 들었어도 순식간에 장소가 달라지서 으수로

이상한 느낌이네."

거대한 전투 도끼를 멘 로우즈는 주변 경치에 시선을 돌리고 혼잣말을 하듯이 중얼거렸다.

로우즈의 옆에서는 한 명의 마을 전사가 뾰족한 삼각형 귀를 쫑긋 세우고 바쁘게 주위의 풍경을 둘러보았다. 로우즈는 그 남자의 뒷머리를 가볍게 쥐어박았다.

"아얏!? 뭐, 뭡니까 누님!?"

머리를 맞고 깜짝 놀라 뒤돌아본 당사자는 로우즈에게 시선을 보냈다.

"뭡니까가 뭐꼬, 긴 꼬마. 선견대로 뽑힌 전사 주제에 불안한 표정 짓지 마라. 저기 솜털 여우가 훨씬 듬직하지 않나."

"큥?"

로우즈는 긴 꼬마라고 부른 청년 전사를 빈정거리더니, 아크의 투구 위에서 뒷다리를 사용하여 능숙하게 귀 뒤를 긁던 폰타를 내려다보았다.

로우즈에게 긴 꼬마라고 불린 남자 전사의 신장은 190cm 정도였고, 결코 꼬마 취급이나 당할 연약한 체구는 아니었다. 그러나 머리 하나는 큰 체격의 로우즈가 청년을 놀리는 장면은 오누이 같은 분위기를 자아냈다.

긴의 꼬리와 귀의 형태를 보건대 개나 늑대 계열의 수인이리라.

로우즈 옆에서 꼬리와 귀를 늘어뜨린 모습은 왠지 주인에게 혼이 나서 풀이 죽은 개를 떠올리게 했다.

"여는 우리한테 낯선 땅이데이. 너무 긴장 늦추지 마라. 가져온 짐이나 다시 확인해라."

대화를 주고받는 로우즈와 긴을 바라보면서 피타는 나머지 인원에게도 주의를 주었다. 그리고 자신의 시선을 근처에 보이는 거목 위로 옮겼다.

그러자 그 동작을 신호로 삼은 것처럼, 어느새 나무 위에 올라갔던 치요메가 소리도 없이 모습을 드러내더니 단숨에 달려 내려오듯 나뭇가지를 밟고 지상에 착지했다.

"치요메 님, 방향은 어떻습니꼬?"

"확인했습니다. 동쪽으로 일직선이고, 거리는 약 사흘 정도입니다."

간단하게 묻는 피타의 말에 치요메는 숲을 가리키면서 대답했다.

아무래도 나무 위에서 목적지를 확인하던 모양이었다.

고개를 끄덕인 피타는 준비를 마친 선견대에게 시선을 돌렸다.

"이 일에 우리 마을 미래가 달려 있데이. 정신 단다이 차리고 가자!"

"옙!!"

피타의 호령 아래 로우즈와 긴을 비롯한 다른 전사들도 자기자신에게 기합을 넣듯이 용맹하게 소리를 지르고 무기를 치켜들었다.

곧이어 피타를 선두로 하는 선견대는 치요메가 가리킨 눈앞에 펼쳐진 숲속을 헤쳐 들어갔다.

아크와 아리안이 그들의 뒤를 쫓았고, 치요메와 고에몬 두 명은 후위를 맡듯이 따랐다.

이제부터 다시 숲속에서 진행하는 서바이벌 행군인 듯싶었다.

그러나 보통의 인간족과 달리 구성 인원 대부분이 숲과 산에서 살아온 종족이었다. 그 때문에 일반적으로 생각할 수 없는 엄청난 속도로 숲속을 나아갔다.

오히려 평범하게 걸어서 갔다면 가장 발목을 잡은 이는 틀림없이 아크였을 터다.

더욱이 트인 장소에서 아크의 전이마법도 병용하면, 하루 동안 나아가는 속도는 어마어마하리라.

더구나 그들은 마수의 기척과 냄새를 재빨리 알아차리므로, 여정은 비교적 안전했고 위협을 주는 마수와 마주치는 일도 별로 없이 그날 하루는 무사히 끝났다.

해 질 무렵이 되자, 저마다 숲속에서 야영 준비를 시작했다.

조금 트인 장소의 거목 옆에서 다들 메고 있던 짐을 내렸다. 각자 분담된 역할에 따라 식사 준비, 보초, 텐트 설치 등을 하기 위해 움직였다.

선견대는 아크와 아리안이 자신들과 동행한다는 이유로 손님 대접을 해주었다.

뭔가 도와주려 해도 피타가 말려서 아크는 할 수 없이 『칼라드볼그』로 주변의 잡초라도 베어 쾌적한 캠프지를 가꾸고자 등에 멘 검을 뽑았다.

그리고 잠시 묵묵히 작업에 몰두하는 와중에 갑자기 뒤에서 누군가가 말을 걸었다.

"저기, 아크. 저녁 준비 다 됐어요. 뭐하는 거예요……?"

아크가 돌아보자 아리안이 왠지 어이없다는 얼굴로 허리에 손을 얹고 서 있었다.

"으음, 야영지를 반듯하게 만들려고 했는데……. 하다 보니 꽤 몰두하게 되는군."

아크는 깨끗하게 베어서 광장처럼 변한 경치를 둘러보고, 알 수 없는 만족감에 고개를 끄덕였다.

"여기는 하룻밤만 묵을 텐데 이렇게 땅을 반듯하게 만들 필요는 없잖아요?"

아크도 그 사실은 잘 알지만, 이런 작업은 빠져들면 좀처럼 멈추기 힘든 법이다.

"딱히 할 일도 없어서 말이오……. 조금은 쾌적해지니까 좋지 않소?"

"그래도 기본적으로 검을 쓰는 용도가 틀렸다고요, 아크."

아크는 아리안의 잔소리를 들으면서, 저녁 식사 자리에 앉은 다른 이들과 합류했다.

저녁 식사는 보존식을 간단히 취사한 음식이어서, 보초를 서는 인원 외에는 다들 위 속으로 급히 집어넣었다.

아크도 투구를 벗고 식사 자리에 앉자, 일행의 시선이 일제히 모여들었다.

선견대 인원으로부터 일단 사전에 전해 들었다지만, 눈으로 직접 보는 것과는 사정이 다르리라.

다들 해골 얼굴을 드러낸 아크를 신기하게 쳐다보았다.

너무 물끄러미 얼굴을 들여다보는 탓에 아크는 무표정한 해골이어도 쑥스러워질 것 같았다.

"손이 와 멈추노. 멍청한 놈들아, 얼른 묵고 자리로 돌아가라."

그 점을 배려한 피타가 주위의 전사들을 질책하자, 그들은 허둥지둥 손을 움직이며 다시 식사했다.

엘프족도 그렇지만 수인족도 사람보다 뛰어난 시각 이외의 감각기관을 가진다. 그 때문에 이런 기묘한 해골 모습을 보고도 어느 정도 이성을 지닌 채 상대해준다고 여기자, 아크는 왠지 깊은 감동을 느꼈다.

아크는 피타에게 감사하다는 말을 하고, 자신의 몫이 담긴 식사에 입을 대었다.

치요메의 의뢰로 받은 마을 이주계획——아크는 그 의뢰

를 끝낸 뒤 어떻게 할지 고민에 잠기면서 부드럽게 푹 삶은 마른 고기를 물어뜯었다.

해골 모습은 일시적으로 풀 수 있지만, 되찾은 육체는 다크엘프족에 속한다──단순히 생각하면 인간족의 도시에서 살기보다는 엘프족의 마을에 사는 게 여러모로 편하리라.

알맹이는 인간족이고 겉모습은 다크엘프족이다. 새도 아니고 짐승도 아닌 박쥐 같은 처지다. 그러나 이 경우 알맹이──형태 없는 정신을 누가 인간으로 정의할 수 있을까?

알맹이는 어디까지나 일개 정신일 뿐이고, 인간이나 엘프라는 개념은 끝까지 파고들면 그저 겉모습에 지나지 않는다.

육체 자체가 뒤바뀐 현 상황, 인간족이었다는 사실은 기억 속에서만 인식할 수 있고 종족 여하는 자신을 정의할 때의 한 요소에 불과하다…….

──흐음, 꽤 철학적이지 않은가?

아크가 식사하던 손을 멈추고 자신의 처지에 대한 사색에 잠기자, 옆에서 그 모습을 보던 아리안이 이상하다는 얼굴로 그녀의 황금색 눈동자를 고정하고 갑자기 팔꿈치로 쿡 찔렀다.

"저기, 뭔가 엉뚱한 생각이라도 하는 거죠?"

"응? 아니, 딱히 대단한 건 아니오. 이후의 생활 계획을 가다듬었을 뿐이오."

아크는 미심쩍어하는 아리안에게 대답하면서, 조금 식은 작은 그릇의 내용물을 입에 넣었다.

종족의 개념 정의는 둘째치고 현 상황에서 어중간하게 너무 인간족에게 미련을 두면, 정말 이솝 우화의 박쥐 비슷한 존재가 될지도 모른다.

라라토이아의 장로인 딜런과 아리안의 모친인 그레니스의 얼굴을 떠올린 아크는 일단 그들에게 상담해볼 수밖에 없겠다는 결론을 내리고 국을 마셨다.

"……박쥐처럼 동굴에 몸을 숨긴 채 밤에만 움직이는 상황은 꼭 피하고 싶군."

아크의 혼잣말에 옆에서 폰타의 가지런한 털을 쓰다듬으며 느긋하게 쉬던 아리안이 뾰족한 귀를 살짝 움직였다. 아크에게 얼굴을 돌린 아리안은 시선으로 뭔가를 묻듯이 고개를 갸웃거렸다.

아무것도 아니라는 듯이 고개를 조용히 가로저은 아크는 숲의 나무 그림자에 가려진 하늘에 가득한 별을 올려다보았다.

탁한 공기가 없는 이 세계의 밤하늘에는 그야말로 흘러 떨어질 듯한 수많은 별의 바다가 펼쳐졌다.

아크는 별자리를 딱히 자세히 알지는 못하지만, 자신이 기억하는 별자리가 하나도 눈에 띄지 않는 밤하늘을 바라보자 묘한 감동을 느꼈다.

그러나 원래 성격 탓에 사고방식은 긍정적이고 의외로 단순하다. 더구나 해골 몸을 가진 덕분인지, 깊게 고민하는 일도 없어서 다행이었다. 아크는 어딘지 모르는 세계에서도 따뜻한 식사를 하고 대화를 나누는 동료가 있다는 사실만으로도 뜻밖에 만족하는 자기 자신을 깨달았다.

별의 바다를 한 줄기 빛이 포물선을 그리면서 눈 깜짝할 사이에 사라지는 모습이 보였다.

바라건대――내일도 좋은 날이기를. 아크는 흐르는 별을 바라보며 마음속으로 빌었다.

숲속을 나아가고 사흘째 이른 아침.

아침 안개의 이슬이 잡초의 잎사귀를 적시는 희미하게 밝은 하늘 아래. 힘찬 발걸음으로 나아가는 선견대 일행의 주변 숲은 나무들 간격이 점점 벌어지면서 앞의 시야가 서서히 트였다.

"큐~웅."

투구 위에 앉은 폰타가 하품이 섞인 울음을 내면서 뒷다리로 능숙하게 목덜미를 긁었다.

이윽고 주변 일대를 멀리 바라볼 수 있는 초원지대가 펼쳐졌다. 지금 서 있는 언덕에서 조금 내려다보이는 전방의 경치에 드넓은 호면이 모습을 드러냈다.

아니, 사전에 호수라는 사실을 알기 때문에 호면이라고 할 수 있었다. 북쪽을 향해 멀리 뻗은 호수는 남쪽 수평선 너머로 우뚝 솟은 풍룡산맥에서 내려오는 옅은 안개 때문에 시야를 가로막혀, 앞을 내다볼 수 없을 정도로 거대해 바다에 나온 착각마저 들었다.

선견대 일행도 압도적으로 펼쳐진 호수와 평야의 경치에 누구나 발을 멈추고 넋을 잃은 채 보았다.

"좋은 곳이군요……."

지금까지 뒤를 따라오던 치요메가 아크 옆에 나란히 서서, 머리에 달린 검은색 고양이 귀를 떨며 눈 앞에 펼쳐진 경치에 눈을 가늘게 떴다.

그 옆에 우뚝 선 체격이 우람한 고에몬이 동의하듯이 고개를 끄덕였다.

"요 앞에 보이는 호수로 약간 튀어나온 장소가 첫 거점에 어울리겠구만."

조금 앞에서 주위 경치를 바라보던 피타가 일행이 나아갈 목적지를 가리켰다.

피타가 가리킨 방향에는 거대한 호수로 튀어나온 땅이 잇닿은 커다란 섬이 보였다.

상당히 넓은 섬은 타원형을 띠었는데, 그곳으로 이어지는 땅은 가늘고 긴 탓에 길이 한정되었다.

저 섬에 거주지를 만들고 육지와 닿는 부분에 방벽을 쌓으면, 외적의 침입을 막기에는 편한 지형이라 할 수 있다.

"정말 방어하기 쉽고 공격하기 어려운——그런 지형이군."

아크가 자신의 의견을 말하자, 피타는 흉악한 얼굴에 미소를 띠며 고개를 끄덕였다.

"으음, 저 땅이라면 인원이 적어도 첫 거점을 맨드는 데에 딱이겠네."

피타의 말에 다른 일행도 동의하여, 일단 호수에 떠 있는 섬을 향하게 되었다.

시야가 트인 초원 전방에서 호수까지 이르는 길에는 크고 작은 여러 가지 형태의 암석군이 늘어서서 눈앞을 가로질렀다. 그러나 선견대 대장 피타를 비롯하여 모든 인원은 거기에 신경 쓰지 않고 호수를 향하여 빠른 걸음으로 나아갔다.

그런데 마침내 암석군 일대에 발을 들여놓으려는 찰나, 주변에 땅울림이 일어나더니 바로 앞의 바위 일부가 솟아났다.

바위는 격렬하게 스치는 소리를 냈고, 일행의 발걸음이 멈춘 순간——지면에서 붉고 미끈거리는 광택을 두른 끈적끈적한 촉수가 확 튀어나왔다.

그 촉수는 의사를 가진 것처럼 선견대의 선두에 있던 우람한 몸집의 로우즈를 노리고 눈에도 보이지 않을 속도로 덮쳤다.

그러나 250cm나 될 법한 거구인데도 로우즈는 등에 멘 전투 도끼를 재빠른 동작으로 손에 쥐었다. 그러고는 거대한 전투 도끼의 가운데를 방패 삼아 자신을 공격하는 촉수를 튕겨냈다.

"윽!"

무거운 차량끼리 정면충돌하는 둔탁한 굉음이 주변에 퍼져나갔고, 그 충격으로 떨린 공기가 아크의 뱃속에 울렸다.

로우즈의 목구멍에서 새어 나온 신음은 조금 전의 격돌이 얼마나 엄청났는지 여실히 보여주었다.

촉수의 공격을 받아 땅에 내리눌린 로우즈의 거구는 두 발로 도랑을 만들 듯이 크게 밀려났다.

그리고 촉수가 도로 땅속에 돌아가려고 하자, 이번에는 로우즈가 지닌 거대한 전투 도끼와 함께 그녀의 거구도 함께 질질 끌려가기 시작했다.

조금 전의 공격을 막은 거대한 전투 도끼 중간에는 접착제라도 발라놓은 듯이 촉수가 달라붙어서 줄다리기하는 것처럼 로우즈를 땅속으로 끌어당기는 중이었다.

"로우즈 양!!"

아크는 정체 모를 끈끈이 같은 촉수를 노려보면서, 갑자기 로우즈에게 신호를 보내듯이 목소리를 높였다.

그 말에 반응한 로우즈는 전투 도끼를 완력으로 꼼짝 못하게 하고, 끌려가는 몸을 양다리로 버티며 아크에게 살짝 시선을 던졌다.

다음 순간, 로우즈의 앞에 전이마법으로 이동한 아크는 『칼라드볼그』를 뽑아 들어 죽 뻗은 촉수를 힘껏 내리쳤다.

점성이 높고 광택을 지닌 촉수는 신화급 무기의 날카로운 칼날에 어이없이 토막 났다. 잘린 면에서 선혈을 뿌리는 촉수는 솟아오른 바위 아래의 땅속으로 돌아갔다.

"규로로로로로로로로로로오오오오옹!!!"

일대에 메아리치는 기괴한 울음소리.

그와 동시에 암석군 일부가 폭음과 함께 하늘 높이 날아올랐다.

그 충격으로 생겨난 흙먼지가 주변에 자욱하게 끼었고, 하늘로 날아오른 암석군이 눈 아래에 짙은 그림자를 만들면서 떨어졌다. 곧이어 지면에 부딪힌 암석군이 폭풍을 일으키며 흙먼지를 날리고 땅울림을 냈다.

"역시, 그랜드 드래곤!!"

작은 산처럼 생긴 암석군을 올려다본 아리안이 급히 아크의 옆으로 달려와서 무심코 입 밖에 내뱉었다.

아리안의 말에 아크는 새삼 정면을 가로막아 선 존재를 검을 쥐고 바라보았다.

몸길이는 15m 정도였는데, 등에는 몇 개의 바위가 자라났다. 또 딱딱한 암반 같은 등딱지로 덮인 거대한 몸의 높이는 약 5m나 되었다.

침봉 같은 가시를 지닌 약간 짤막한 꼬리와 머리에 튀어나온 커다란 두 눈.

거구를 띄울 만한 강인하고 두꺼운 뒷다리는 정성스레 접힌 상태였고, 그에 반해 조금 가는 앞다리는 불안해 보였다.

"이게 그랜드 드래곤⋯⋯."

산야의 민족의 전사 중 누군가의 입에서 흘러나온 말이 아크의 귓전을 때렸다.

아리안이 장비한 가죽 갑옷은 그랜드 드래곤의 가죽으로 만들었다고 들었기 때문에, 그녀가 마수의 모습을 착각할 가능성은 없었다.

그러나 아크가 게임 내에서 상대한 그랜드 드래곤과 눈앞에서 커다란 두 눈을 바쁘게 굴리는 그랜드 드래곤은 너무나 동떨어진 존재였다.

아크의 당황스러운 심정을 아랑곳하지 않은 그랜드 드래곤은 목을 크게 부풀리더니, 방금처럼 주변에 메아리치는 기괴한 울음소리를 냈다.

"규로로로로로로오오오오오오오오오오옹!!"

그처럼 요란한 소리에 놀랐는지 투구 위에서 당황한 폰타는 굴러떨어질 듯이 어깨로 내려오더니, 가지런한 털을 곤두세운 채 아크의 목덜미에 휘감겼다.

공기를 떨리게 할 정도로 울음소리를 내는 그랜드 드래곤은 어떤 동물을 떠올리게 했다.

"⋯⋯거대한 바위 개구리 같군."

아크의 감상은 그랜드 드래곤의 생김새를 그대로 나타냈다. 그러나 쩍 벌린 입에서 엿보이는 날카롭게 늘어선 엄니는 그랜드 드래곤이 단순히 커다란 개구리가 아니라는 사실을 분명하게 이야기해주었다.

흉악한 입가에 비해 약간 애교스러운 커다란 눈이 아크를 확인하더니 동공이 가늘어졌다.

그 순간, 지면에 충격을 남긴 그랜드 드래곤의 거구가 홀연히 사라졌다.

아니, 사라진 것이 아니다——강인한 뒷다리에 의한 도약이 몸길이 15m의 거구를 아득한 상공으로 들어 올렸고, 압도적인 질량으로 아크에게 닥쳐왔다.

단순명쾌한 물리공격.

그러나 그 때문에 그랜드 드래곤의 공격은 뚜렷한 위협을 품은 채 아크의 머릿속에 경종을 울렸다.

아무리 뛰어난 신체능력과 방어구를 지녔더라도 저 공격을 정면에서 막아낼 마음은 들지 않았다.

아니, 그런 생각이 들게 하지 않는다고 해야 하나.

"아리안 양, 우리도 움직이겠소! 【디멘션 무브】!"

아크는 옆에서 아리안의 팔을 강제로 붙잡고 곧바로 전이 마법을 발동시켰다.

아크와 아리안은 그랜드 드래곤이 뛰어오른 지점으로 순식간에 이동하여 돌아보았다. 그러자 방금까지 자신들이 서 있던 장소를 그랜드 드래곤의 거구가 시끄럽게 뭉개버리면서 주변에 땅울림을 냈다.

움푹 팬 대지가 흩어졌고, 그 자리에 큼직한 원형 모양의 함몰을 만들었다.

충격파에 의해 피어오른 흙먼지가 착지점을 중심으로 원처럼 퍼지며 시야를 덮었다.

시야를 빼앗기면 단거리 전이마법인 【디멘션 무브】를 쓸 수 없다.

마침 지금은 전이한 덕분에 아크와 아리안은 그랜드 드래곤의 뒤에 있었다. 반면에 그랜드 드래곤은 반응이 없다는 것을 알아차렸는지, 짜증난다는 울음소리를 내고 발밑에 주의를 기울였다.

먼저 마법으로 흙먼지를 없애고 시야를 확보할지, 아니면 이대로 거리를 좁혀서 기습할지——한순간의 망설임이 머리를 스치는 와중에 아크는 다른 이들의 동향을 파악하고자 시선을 이리저리 돌렸다.

그러자 자욱이 낀 흙먼지 속에서 세 명의 인영이 뛰쳐나오더니, 그랜드 드래곤의 측면 등딱지에 메이스 형태의 둔기를 때려 박았다.

최초의 일격을 넣은 자들은 숨겨진 마을의 전사들이다.

그중에는 로우즈에게 긴 꼬마라고 불리던 청년도 있었다.

그러나 그랜드 드래곤의 등딱지는 역시 엄청나다고 해야 할까. 위엄을 풍기는 이름에 부끄럽지 않은 다부진 강도를 자랑했고, 혼신의 일격을 퍼부었는데도 표면의 암석 같은 등딱지를 조금 부수는 정도에 그쳤다.

발밑에 정신이 팔렸던 그랜드 드래곤은 그 일격에 불쾌하다는 듯이 목청을 울렸다. 그러고는 숨겨진 마을의 전사들을 때려눕히기 위해 표적을 겨누고 몸을 비틀더니 강인한 뒷다리에 다시 힘을 주었다.

그때 사각이 된 반대편 측면에서 뛰쳐나온 로우즈가 손에 든 거대한 전투 도끼를 그랜드 드래곤의 뒷다리 부근에 꽂아 넣었다.

"이그라도 무으라!!"

로우즈의 용맹한 기합 소리와 함께 전투 도끼의 날이 그랜드 드래곤의 육체에 파고들었고, 요란하게 솟구친 피 분수가 그녀의 몸을 붉게 더럽혔다.

아무래도 로우즈는 딱딱한 등딱지를 피해 비교적 얇은 관절부를 노린 듯하다.

"규로로로로로로로로오오오오옹!!!"

고통으로 신음하는 그랜드 드래곤의 포효가 주변에 메아리쳤다. 로우즈는 거구를 무너뜨리며 비스듬하게 기우는 그랜드 드래곤을 보고 그 자리에서 서둘러 물러났다.

그랜드 드래곤의 거구가 지면에 주저앉는 충격이 주변에 자욱하게 낀 흙먼지를 날렸다. 그러자 그랜드 드래곤을 향해 무기를 거머쥔 피타가 눈에도 보이지 않을 속도로 질주하는 모습이 드러났다.

피타는 몸에 깃든 짐승처럼 그랜드 드래곤의 등에 솟아난 바위산을 가볍게 밟고 넘었다. 그리고 양손에 쥔 두 자루의 곡도를 번쩍이면서 햇빛을 등지듯이 높게 뛰어올랐다.

피타는 토끼를 닮은 듯한 닮지 않은 듯한 얼굴에 흉악한 미소를 지었다. 표적의 얼굴을 노린 곡도가 빨려 들어가듯이 그랜드 드래곤의 한쪽 눈에 깊숙이 박혔다.

"규로로로로오오오오오오오오오오옷!!!"

절규와도 비슷한 포효가 귀청을 찢었다. 피타는 15m의 거구가 옆으로 쓰러지자, 잽싸게 곡도를 뽑아 그 자리에서 홱 물러섰다.

그랜드 드래곤은 눈에 입은 상처가 몹시 고통스러운지, 발광하듯이 사지를 버둥거리며 날뛰기 시작했다.

몸길이 15m는 됨직한 거구의 파괴 행동은 무시무시했다. 일종의 태풍으로 변해서 그 자리에 파괴의 폭풍우를 불러일으켰지만, 새로운 두 명의 인영이 그랜드 드래곤에게 다가갔다.

한 명은 우람한 거구의 체격을 전혀 느껴지지 않게 하는 재빠른 발놀림을 보이는 인심일족의 여섯 닌자 중 한 명인 고에몬이었고, 그보다 비스듬히 후방에서 멀리 돌아오듯이 마수 그랜드 드래곤에게 접근하는 이는 선견대에 속한 또 한 명의 여섯 닌자인 치요메였다.

손에 어떤 무기도 들지 않은 고에몬은 양손에 낀 금속제 토시를 서로 부딪쳐 울리더니, 온몸에 엷은 빛을 둘렀다.

『토둔(土遁), 폭쇄철권(爆碎鐵拳)!!』

고에몬이 낮고 쩌렁쩌렁한 목소리를 내뱉자, 그의 어깨부터 양팔까지 금속 같은 담흑색 광택을 띠었다. 그리고 마구 설치는 그랜드 드래곤의 움직임에 따라 살짝 드러난 복부를 용서없이 두드려 팼다.

아크는 자신의 배를 얻어맞은 듯한 둔탁한 충격음을 받았고, 그랜드 드래곤의 거구는 조금 굽혀지나 싶더니 움직임을 멈췄다. 그 틈을 놓치지 않은 치요메가 토인족 피타보다 나으면 나았지 못하지 않은 도약력으로 그랜드 드래곤의 머리에 뛰어올랐다.

『수둔(水遁), 수창첨(水槍尖)!!』

치요메의 오른손에서 희미한 빛이 감돌았고, 뱀처럼 꾸불거리면서 생겨난 물줄기는 당장 한 자루의 긴 창으로 모양이 달라졌다.

치요메는 물의 창을 지닌 채 공중에서 능숙하게 자세를 바꾼 후, 피타가 꿰뚫은 반대편 눈을 노리고 힘껏 던졌다.

창을 닮은 물줄기는 치요메의 손을 떠나 거대한 크로스보우의 화살처럼 그랜드 드래곤의 나머지 한쪽 눈으로 빨려들어갔다.

살을 뚫는 둔중한 소리와 함께 선혈이 튀었고, 그랜드 드래곤의 팔다리가 한순간 떨렸다가 멈췄다.

실이 끊어진 인형처럼 팔다리를 축 늘어뜨린 그랜드 드래

곤은 말 그대로 바위산 같은 거구를 대지에 조용히 눕혔다.

치요메가 쏜 물의 창은 눈을 꿰뚫고 머릿속까지 이르렀으리라.

두 눈에서 검붉은 피를 쏟아낸 그랜드 드래곤은 대지를 붉게 물들였고, 생명의 고동은 급속히 작아졌다.

"정예로 선택받을 만하군……. 내가 나설 자리가 조금도 없었소."

아크가 검을 검집에 넣으면서 한숨을 내뱉자, 옆에서 똑같이 검을 쥔 아리안도 동의하듯이 고개를 끄덕였다.

"게다가 그랜드 드래곤의 혀에 붙들렸는데도 견딜 수 있는 신체능력은 대단하네요……."

아리안의 칭찬은 전투 도끼를 가볍게 어깨에 멘 로우즈를 향했는데, 그녀는 지면에 쓰러진 그랜드 드래곤을 올려다보고 있었다.

그 말을 들었는지 아크와 아리안을 돌아본 로우즈가 우람한 두 개의 팔에 알통을 만들며 미소를 지었다.

아리안도 종족 특성상 완력은 일반 여성보다 훨씬 세지만, 웅인족인 로우즈는 정말 차원이 다르다.

팔씨름이라면 아크와 좋은 승부가 될지도 모른다고 여겨질 정도다.

"그나저나 사냥감을 잡기 위해 의태해서 매복하다니 방심해서는 안 되는 마수로군. 설마 이 앞의 바위 밭이 전부

이 녀석은 아니겠지만, 이대로 무사히 지나갈 수 있을까?"

아크가 전방에 펼쳐진 바위 밭을 바라보며 말했다. 그러자 옆에 있던 아리안이 뾰족한 귀를 살짝 움직이며 주위를 살피고 아크의 혼잣말에 대답해 주었다.

"그랜드 드래곤의 영역은 나름대로 넓어서, 주위에 보이는 바위 밭에 다른 개체가 숨었을 가능성은 작아요. 이따금 한 쌍이 나타날 경우도 있지만, 조금 전의 소동을 듣고도 모습을 드러내지 않았으니까 그럴 확률도 높지 않을 거예요."

아리안의 설명에 납득한 아크가 고개를 끄덕이면서 입을 열려고 했지만, 먼저 그 대화를 이어나간 이는 어느새 다가온 피타였다.

"이만한 거물급의 영역이라믄 당분간은 안전하겠구만. 모처럼 보는 사냥감이지만, 지금은 먼저 호수에 거점을 맨드는 걸 우선하도록 하지. 아크 님은 이번 일의 일등공신이오. 이 소재로 필요할 물건은 뭐라도 있능교?"

피타는 뒤에 쓰러진 그랜드 드래곤에게 시선을 던졌다.

아크는 피타를 따라 눈길을 옮겼다. 그리고 옆에 선 아리안의 앞가슴을 보호하는 그랜드 드래곤의 가죽으로 만들었다는 갑옷을 바라보았다.

아크에게는 『벨레누스의 성스러운 갑옷』이라는 신화급 방어구가 있으므로, 새삼스레 그랜드 드래곤의 가죽 갑옷은 필요 없다.

그랜드 드래곤을 받는다고 하더라도 팔아서 돈으로 바꾸는 것 외에는 달리 용도가 떠오르지 않았다.

아크의 시선을 알아차린 아리안은 무엇 때문인지 앞가슴을 양손으로 가리며 살짝 노려보았다.

심한 오해다. 아니, 전혀 그렇지 않다고 부정할 수는 없지만 말이다.

"으음, 나는 딱히 바라는 게 없소. 그런데 이 녀석의 고기는 먹을 수 있는 거요?"

아크가 피타에게 시선을 돌리고 대답하자, 그는 눈을 휘둥그레 뜨더니 흉악한 얼굴에 섬뜩한 미소를 띠었다.

아마 평범하게 웃었을 테지만, 뭔가 꾸미는 듯이 보이는 이유는 그의 표정 탓일까.

"아크 님은 굳이 임마로 무구를 갖추지 않아도 될 기라. 그라고 고기는 뭐어 못 먹을 것도 아인데…… 딱히 맛있지는 않소. 등에 달린 바위 혹도 필요 없능교?"

아크는 피타의 질문에 고개를 갸웃거렸다.

그랜드 드래곤의 등에 자라나듯이 붙은 암석은 보이는 그대로 정말 암석이다.

암석은 어딘가에 쓰이는 모양이지만, 짚이는 바는 정원석 정도다.

──아니, 노천탕 옆에 일본 정원이라도 만들까?

"아리안 양, 저걸 어디에 쓰는 거요?"

일단 정상적인 용도를 듣고 판단하기로 한 아크는 옆에 있는 아리안에게 물었다.

아리안은 눈앞에 쓰러진 그랜드 드래곤을 올려다보면서, 가볍게 머리를 가로젓고 어깨를 으쓱였다.

"엘프족은 건축재료로 쓸 걸요……."

아크는 뜻밖의 대답과 모범적인 용도에 맥이 빠졌다. 뭔가 좀 더 판타지적인 용도를 기대했는데, 더더욱 정원석 이외에는 쓰임새를 찾을 수 없었다.

그러나 아크의 보금자리는 정원을 손대기보다 신사를 수리하는 게 급선무다.

아크가 암석의 필요성을 별로 느끼지 않았을 때 어느새 이야기를 듣던 치요메가 가까이 다가와서 다른 사실을 알려주었다.

"저건 인간족의 도시에서 상당히 비싼 값에 팔립니다. 확실히는 몰라도 귀족이 저택을 꾸미는 조각에 쓰는 최고급 소재 중 하나인 듯합니다. 팔아서 돈이 생기면 뭔가를 구할 자금이 될 겁니다."

"헤~ 몰랐네요."

치요메의 이야기에 아리안은 감탄과 놀람이 섞인 목소리를 내면서도 살짝 고개를 갸웃거렸다.

엘프족 사이에서는 그저 건축재료로 쓰이는 물건이 인간족 사회에서는 고급스러운 재료로 다루어진다는 사실에 위화감을 느꼈으리라.

아마 그랜드 드래곤의 등에 달린 바위는 인간족에게 상아 같은 물건일 것이다.

"흐음, 그럼 그 자금으로 신사를 수리할 자재를 도시에서 구할 수 있을지도 모르겠군……. 그렇다면 호의를 받아들여 내 몫도 조금 받기로 할까."

아크가 그렇게 말하고 맞장구를 치자, 피타가 만면에 미소를 띠며 오른손을 내밀었다.

"결정됐구만. 우선 이 덩치를 여기 두고, 호수 거점을 먼저 맨듭시다. 아크 님이 동료를 불러오지 않으믄, 임마를 옮기지도 못한다 아입니까."

"으음. 당장 짐을 정리해서 앞길을 서두르도록 하지."

아크도 피타의 오른손을 마주 잡고 고개를 끄덕였다.

그로부터 얼마 지나지 않아, 호수에 접한 곳의 입구에는 많은 산야의 민족이 바쁘게 돌아다니는 광경이 여기저기 펼쳐졌다.

늘어난 인원을 헤아리자면 50명은 넘었으리라.

그들은 숨겨진 마을에서 데려온 이주조다.

아크는 곳에 도달한 선견대를 현지에 남긴 채 숨겨진 마을로 【게이트】를 써서 돌아갔다. 그리고 숨겨진 마을에서 거점 구축을 위해 대기하던 이주조의 제1진과 준비된 물자를 호수로 옮기는 작업 과정을 여러 번 되풀이한 것이다.

첫 거점을 확보하기 위한 교두보 건설이므로, 주위에 있는 대부분 무리는 완전히 산야의 민족의 남자들로만 이루어졌다. 덕분에 모처럼의 짐승 귀 파라다이스도 야수의 향기가 넘쳐흐르는 몹시 구질구질한 장면을 연출했다.

지금 눈앞에서는 체격이 우람한 자들이 상반신을 드러낸 채 커다란 도끼를 휘둘러 주변 나무들을 벌채하는 한편 빈 터를 만들어 넓히는 중이었다. 다른 자들은 그루터기를 없애거나 오늘밤 잠자리가 될 간이천막을 마련하는 등 군대의 주둔지 같은 양상을 띠었다.

"나무들을 베는 거라면 나도 좀 거들어주지."

산야의 민족 속에 섞인 아크도 자신이 지닌 『칼라드볼그』를 뽑아 주변의 나무들을 베었다.

날카로운 신화급 무기 앞에서는 거목조차 작은 가지를 자르는 듯한 반응밖에 보이지 않았다. 신이 난 아크는 검을 휘두르며 차례차례 주변 일대의 나무들을 베어 넘겼다.

"후하하하, 봐라! 나무들이 꼭 쓰레기 같다!"

울창하게 우거진 숲은 잔디를 깎듯이 탁 트였다. 아크는 자신의 손으로 인간의 영역을 개척하는 감각에 일종의 쾌감을 느끼기 시작했다. 그때 갑자기 뒤에서 주먹만한 돌멩이가 날아와 투구 뒷부분을 멋지게 때렸고, 아크는 그제야 비로소 제정신을 차렸다.

아크가 뒤돌아보자 조금 떨어진 장소에서 앞가슴에 폰타를 안은 아리안이 손을 치켜들고 우뚝 서 있었다.

발밑에 부서져서 굴러다니는 돌멩이를 보건대, 아무래도 아리안의 정령마법을 맞은 듯싶었다.

아크가 새삼 숲이었던 장소에 시선을 돌리자, 평범한 운동장 크기의 횅댕그렁한 토지에는 대량의 벌채된 나무들이 어지러이 흩어진 자연파괴의 참상이 비쳤다.

"잠깐만요, 아크! 숲을 얼마나 넓힐 셈이에요!? 장소랑 목재는 이미 넉넉히 얻었다고 했어요! 그보다 치요메 양이 불러요!"

아크는 아리안의 말에 오른손을 들고 응했다.

검을 검집에 넣은 아크는 거친 정지 작업의 여운을 가라앉히면서 아리안에게 다가갔다. 그곳에는 치요메와 피타도 있었다.

"땅을 번듯허니 고르는 작업이 이리 금방 끝날 거라고는 생각지도 몬했습니다."

흉악한 얼굴에 야유하는 듯한 미소를 띤 피타에게 맞장구를 친 아크는 치요메를 바라보며 본론을 물었다.

"그런데 내게 볼일이 있는 듯한데, 대체 무슨 일이오?"

시선을 잠시 피타에게 돌린 치요메는 천천히 입을 열고 아크를 부른 이유를 말했다.

"첫 거점을 확보하기 위한 작업은 아크 님 덕분에 일찍

끝났습니다. 하지만 앞으로 어느 정도 촌락을 이루려면 적어도 한 달은 걸립니다."

일단 말을 끊은 치요메는 아크의 표정을 살피듯이 올려다보았다.

아마 필요 최저한의 형태로 마을을 만들 테지만, 전부 인력으로 진행하는 이 세계의 공사 사정을 고려하면 한 달이라도 매우 빠르다.

아크는 다음 이야기를 재촉하듯 고개를 끄덕이며 치요메를 응시했다.

"숨겨진 마을에서도 식량을 가져왔습니다만, 거기도 딱히 여유롭지는 않다 보니 필연적으로 이 땅에서 현지조달해야 합니다. 그런데 모자란 식량을 현지조달에만 기대면, 쓸데없는 인원이 늘어나고 촌락을 마련하는 기간도 길어질 겁니다."

아크는 치요메의 설명을 들으면서 알았다는 듯이 고개를 끄덕였다.

외벽이 없고 마수가 날뛰는 땅에서 촌락을 짓기 위해 육체노동에 종사하면 긴장과 맞물려 신체의 피로는 꽤 심해지리라.

그런 육체의 피로를 회복하려면 역시 충실한 식사는 필수 항목이지만, 여기에 머무는 많은 인원의 식량을 조달하는 작업은 나름대로 커다란 규모다.

식량을 구하는 데에 일손이 나뉘면 당연히 공사 기간도 미루어진다.

아크는 촌락을 완성한 후 숨겨진 마을에 남은 이주조를 【게이트】를 이용하여 옮기는 의뢰도 맡은 상태였다. 따라서 촌락을 완성하기 전까지는 이곳에서 그들을 기꺼이 거들어 주겠다는 생각도 하고 있었다.

딱히 서두를 일정이 없다는 것도 이유의 하나이지만, 촌락의 공사 기간이 약간 늘어난들 신경 쓸 일도 아니다.

"그럼 어떡하겠소? 뭣하면 내가 식량을 구하러 움직여도 좋소만?"

아크의 대답에 치요메는 고개를 가로저었고, 옆에서 이야기를 듣던 피타가 끼어들었다.

"이럴 때 오늘 아침에 쓰러뜨린 그랜드 드래곤이 나서야 하는기라. 아크 님이 저 소재를 치요메 님하고 인간족 도시서 팔아주지 않겠십니까?"

그랜드 드래곤의 소재는 인간족의 도시에서 고가에 거래된다고 했다――아크는 피타가 하려는 말이 왠지 짚이는 바가 있어서, 한쪽 귀가 찢어진 토인족 남자를 바라보았다.

"흐음. 저 소재를 판 돈으로 인간족의 도시에서 식량을 사오면 되는 거요?"

그 대답을 들은 피타는 몹시 만족했다는 미소를 입가에 띠고 고개를 크게 끄덕였다.

"방금 얼라들한테 옮길 수 있을 만한 그랜드 드래곤의 소재를 가오라 했십니더. 아크 님요, 도시서 매각을 부탁해도 되겠십니까?"

"알았소. 그럼 매각용 소재가 오는 대로 출발하지."

아크는 피타의 요청을 받아들이고 악수를 하였다.

그랜드 드래곤의 소재가 인간족의 도시에서 귀중하다면, 매각처가 많은 커다란 도시를 찾아가는 게 좋으리라.

현재 아크의 기억 속에서 제일 먼저 떠오른 가장 큰 도시는 로덴 왕국의 왕도였다. 그러나 바로 얼마 전에 치요메와 고에몬이 동행하여 산야의 민족을 구출하는 난동을 부려서, 사람들의 관심이 식을 때까지는 접근하지 않는 편이 낫다.

그런 기준이라면 교회나 영주의 저택 등 다수의 건물이 날아간 제국의 라이브니차도 제외하는 셈인가.

이제 아크가 아는 나머지 도시 중에서는 필연적으로 로덴 왕국의 항구 도시인 랜드발트가 선택지로 남는다.

랜드발트는 이웃 나라인 노잔 왕국과 노예상회 사건으로 가벼운 마찰을 일으켰지만, 일련의 소동을 거치면서 일행은 영주 페트로스와 연줄이 생겼다.

최악의 경우 적당한 매각처를 찾지 못하면, 영주 페트로스로부터 소개를 받는 방법도 조금은 기대해도 괜찮으리라.

이럴 땐 솔직히 권력자를 통한 인맥은 고마웠다.

"그럼 매각처는 로덴 왕국의 랜드발트로 할까. 그곳이 내가 지금 갈 수 있는 장소 중 그나마 매각처를 구할 법한 도시라서 말이오."

"저도 따라가겠습니다."

곁에서 대기하던 치요메는 그랜드 드래곤의 소재를 처리할 도시의 이름을 꺼내는 아크에게 곧바로 동행할 뜻을 밝히며 긴 꼬리를 흔들었다.

구하는 물품이 산야의 민족의 물자라면 치요메가 있는 게 뭔가 편하리라.

아크가 그 말에 동의하듯이 고개를 끄덕이자, 치요메의 옆에서 잠자코 이야기를 듣던 아리안도 동행하겠다는 의사를 나타냈다.

"거기는 나도 같이 갈게요. 아크를 멋대로 놔두면 또 엉뚱한 소동을 벌일지도 모르니까, 단단히 감시할 역할이 필요하잖아요?"

아리안은 커다란 가슴을 뒤로 젖히면서 아크에게 시선을 보냈다.

그동안 함께 여행을 계속해서 비교적 신용을 받는다고 여겼지만, 아무래도 아크의 환상이었던 모양이다.

"게다가 아크하고는 일단 라라토이아로 돌아가서 상담할 일도 있으니까요."

그렇게 말을 이은 아리안은 의미심장한 시선을 아크의 투구 속으로 던졌다.

뭐어, 아리안의 양친인 장로 부부에게는 원래 목적인 샘을 발견한 사실도 보고해야 하므로 그 의견에 딱히 이론은 없다.

"그렇군, 그레니스 부인에게도 샘을 찾았다고 알려줘야 하니 말이오."

아리안의 의견에 동의한 아크가 머릿속으로 이후의 계획을 세우자, 남자들 몇 명이 간단하게 만들었으리라 보이는 썰매를 사용하여 그랜드 드래곤의 소재를 옮겨왔다.

썰매에는 크고 작은 여러 가지 돌기둥과 바위, 그리고 광택이 나는 커다란 손톱인지 엄니 같은 것도 함께 비좁게 쌓아 올렸다.

"이거는 좀 지나치게 실은 거 아이가? 우리 중에서 의심받지 않게 생긴 얼라들을 적당히 골라서 데리가라. 안 그라믄 도시까지 옮기는 게 꽤 힘들다."

피타가 썰매에 실린 그랜드 드래곤의 소재를 손으로 탁탁 때렸다. 그러면서 썰매 주위를 돌던 피타는 그랜드 드래곤의 소재를 옮겨온 남자들에게 쓴소리를 내뱉었다.

"잠시 빌리겠소."

그 모습을 본 아크는 남자들의 손에서 썰매를 끄는 밧줄을 건네받았다. 곧이어 어깨를 푼 아크가 썰매의 중량을 확인하듯이 살짝 끌면서 걸어보았다.

밧줄이 썰매 무게 때문에 어깨를 파고드는 감촉은 있었지만, 갑옷 위에서는 아무렇지도 않았다.

무거운 짐을 잔뜩 실은 썰매는 삐걱대는 소리를 내기는 해도 끌고 돌아다니는 데에는 충분하리라.

"문제없소. 랜드발트에는 나와 치요메 양, 아리안 양만 가더라도 괜찮겠지."

아크의 대답에 썰매를 끌고 온 남자들이 탄성을 질렀다.

인간족에게 '수인'으로 업신여겨지고 노예사냥의 대상이 되는 그들을 인간족의 도시에 너무 많이 데려가는 것은 왠지 위험을 동반해서 가능한 한 피하고 싶었다.

"아크 님이 상관없다카믄 우리야 고맙지만서도……."

"나는 아무래도 좋소. 여러 인원이 도시를 돌아다녀도 눈에 띌 테니 말이오."

그 말에 피타도 납득했는지 묵묵히 고개를 끄덕이며 물러났다.

"그럼 다녀오지."

아크가 짤막하게 인사를 남기고 【게이트】의 마법을 발동시키자, 발밑에서 나타난 빛의 마법진이 가까이 있던 아리안과 치요메를 향해 퍼져 나갔다.

피타와 다른 산야의 민족도 여기까지 이동한 과정을 겪은 까닭에 익숙해진 듯이 마법진의 빛 바깥으로 비켜섰다.

마법진이 조금 강한 빛을 뿜어내나 싶더니, 주변 경치가 어두워지면서 순식간에 풍경이 뒤바뀌었다.

그곳은 언덕 능선이었는데 약간 앞쪽에는 시야를 가득 채우는 드넓고 푸른 바다가 펼쳐졌다. 그리고 발밑의 완만한 언덕 기슭에서는 온통 불그스름한 지붕으로 뒤덮인 거리를 한눈에 바라볼 수 있었다.

방금까지 머무른 호숫가와는 달리 언덕에 불어오는 바람에는 희미한 바닷물 냄새가 섞였다. 또한 항구 도시의 앞바다 일대에는 크고 작은 배들이 항구를 드나들었다.

랜드발트에 처음 도착했을 때 본 경치다.

"왠지 벌써 그리운 풍경처럼 느껴지는군."

아크가 혼잣말하는 가운데 뒤에 끌던 썰매는 언덕의 경사면 탓인지, 그를 도시로 재촉하듯이 중량을 따라 주르륵 내려갔다.

썰매를 허둥지둥 잡아당긴 아크는 비탈에서 그대로 미끄러지지 않도록 힘껏 발을 밟았다.

이전과 마찬가지로 랜드발트의 북쪽 도시문으로 발걸음을 옮기자, 도시가 가까워질수록 주위 사람의 시선이 일행에게 모이기 시작했다.

"뭔가 평소보다 눈에 띄네요……."

"큥……."

아리안도 자신들을 향해 모여드는 시선에 얼굴을 감추듯이 잿빛 외투의 후드를 다시 깊숙이 덮어쓰고 주변을 둘러보았다.

아리안에게 안긴 폰타는 사람들의 시선에서 벗어나려는 것처럼 그녀의 외투 속에 숨어들어 틈새로 얼굴만 살짝 내밀었다.

"아무래도 아크 님이 혼자 무거운 썰매를 끄는 게 사람들의 눈길을 끄나 보군요."

옆에 선 치요메도 커다란 짐승 귀를 감추기 위해 모자를 푹 눌러쓰고 주위를 조심스럽게 살폈다.

생각해 보면 무거운 짐썰매를 전신 갑주 차림의 남자가 짐말처럼 끌고 오면 주목을 받는 게 몹시 당연한지도 모른다.

오히려 피타의 제안을 따라 여러 명의 남자가 끌었더라면 눈에 띄는 일은 없지 않았을까. 아크가 도시문 옆에 늘어선 많은 말과 사람에게 딸린 짐마차를 보면서 머리를 가로저었다.

그러나 여기까지 온 이상 새삼스레 되돌릴 수도 없는 노릇이다.

출입을 기다리는 사람들의 관심 속에서 아크는 짐썰매를 끌며 행렬을 지나쳤다. 그리고 검열을 하던 위병들에게 이전에 영주로부터 얻은 랜드발트의 문장을 새긴 동 통행증을 보였다.

잠시 놀란 표정을 지은 위병들은 통행증과 아크가 뒤에 끄는 짐썰매를 비교해 보더니, 허겁지겁 도시문 옆의 큼직한 문을 열어주며 들어가라고 가리켰다.

아크는 이래저래 문장을 넣은 통행증을 이미 두 개나 지녔지만, 길게 늘어선 줄을 보자 통행증이 있어서 다행이었다는 생각이 절실히 들었다.

랜드발트는 전에 왔을 때보다 조금 활력에 넘친 분위기를 풍겼다. 아크는 변함없이 자신들에게 눈길을 주는 사람들의 물결을 좌우로 헤치면서 짐썰매를 끌고 나아갔다.

뒤에 끄는 짐은 인간족에게 비싼 값에 팔리는 마수 소재다.

그 때문에 대로나 시장에서 노점을 여는 가게는 사들이지 못하리라.

그럼 지난번에 루비에르테에서 오크와 블루보어의 고기를 매입한 상인조합소 같은 곳을 찾는 수밖에 없다.

그러나 랜드발트의 거리는 신구시가지를 합치면 꽤 넓은데다, 짐을 질질 끌고 정처없이 어슬렁거리며 헤매어서는 아무리 시간이 지나도 빌견하지 못하리리.

이럴 때는 평소처럼 누군가 다른 사람에게 묻는 게 가장 좋다. 그렇게 판단한 아크는 주위를 오가는 행인들에게 시선을 옮겼지만, 어째서인지 모두 자신들을 피해서 지나쳤다.

뒤돌아본 아크는 짐썰매 옆에서 날카로운 시선으로 짐을 지키는 치요메와 잿빛 외투를 머리부터 덮어쓴 아리안이 허리에 찬 검의 손잡이를 잡고 따라오는 모습을 확인했다.

이래서야 너무 눈에 띄고 더할 나위 없이 수상쩍다.

그러는 아크도 검은 외투를 두른 전신 갑주 차림으로 짐썰매를 끌어서, 일반인이 보기에는 엮이고 싶지 않은 부류에 속하리라.

아크가 사람들이 기피하는 집단으로 변한 자신들을 상대해줄 만한 선량한 상대를 찾자, 정면에서 청년 한 명이 놀란 얼굴로 다가왔다.

"기사님!? 이런 곳에서 만나리라고는 생각지도 못했습니다."

말을 건 이는 20대쯤으로 보였는데, 깔끔한 옷을 걸친 갈색 곱슬머리의 청년이었다.

왠지 낯익은 청년의 조금 친숙한 말투에 아크는 기억을 더듬듯이 고개를 갸웃거렸다. 청년은 뭔가를 알아차렸다는 것처럼 쓴웃음을 지었다.

"이런, 제 소개가 늦어서 죄송합니다. 저는 행상인 라키라고 합니다. 기사님과는 이전에 디엔트의 거리에서 무기를 사들일 때 신세를 졌습니다만 진심으로 감사했습니다."

아크는 정중한 인사를 하는 청년의 얼굴을 한 번 더 물끄러미 바라보고 납득했다.

"오오, 저번의 행상인 양반이 아닌가!?"

앞에는 아크가 처음 들른 디엔트에서 엘프족을 납치한 무리로부터 빼앗은 무기를 매입해준 행상인이 서 있었다.

그 무렵과 마찬가지로 청년은 어딘가 상인다움이 느껴지지 않는 사람 좋을 법한 인상을 간직한 채였다.

"내가 신세를 졌으니, 고마워할 필요는 없소. 게다가 그

때도 말했을 테지만, 난 떠돌이 용병이오. 너무 딱딱하게 인사하지 않아도 괜찮네."

아크의 말에 여전히 망설이던 라키는 죄송하다는 얼굴로 다시 머리를 숙였다.

상대방 청년은 상인이므로, 고객이었던 아크에게 정중한 태도를 쉽게 바꿀 수 없는 것이리라.

"참, 나도 소개를 하지 않았군. 내 이름은 아크, 몇 번이나 말하지만 떠돌이 용병일세. 뒤에 있는 동료들은 아리안과 치요메라고 하네."

아크도 라키에게 이름을 밝히고 악수를 나누었다.

그러자 라키는 아리안과 치요메를 향해 가볍게 인사를 한 후, 짐썰매에 실린 짐을 쳐다보더니 아크에게 시선을 옮겼다.

"아크 님은 이 도시에서 행상을 하는 거요?"

"아뇨, 이곳 랜드발트령은 제 출신지입니다. 지금은 여기에 가게를 차리기 위해 인맥에 기대려고 애쓰는 중이라서……."

아크의 질문에 라키는 뒷머리를 긁적이며 힘없이 웃었다.

"호오, 젊은 나이에 가게를 차릴 만큼 이르다니 꽤 대단하지 않은가."

아크의 칭찬에 라키는 힘없이 고개를 가로저었다.

"아닙니다, 영업허가증이 없으면 가게를 내지 못합니다. 그런데 그걸 얻을 전망이 보이지 않아서…… 아직도 갈 길이 멀다고 뼈저리게 깨달은 참이었습니다."

라키의 이야기를 들은 아크는 영업허가증이 뭔지를 묻고 나서 그 제도에 탄성을 질렀다.

일단 가게를 내려면 영주가 발행한, 토지에 조건을 단 영업허가증이 필요하다. 따라서 영업허가증을 사지 않으면 가게를 가질 수 없는 모양이다.

요컨대 영업허가증이란 토지권리서에 딸린 사업자등록증이다.

마수가 날뛰는 이 세계에서 사람들이 살아가는 토지는 방벽 내에 위치하는 게 상식이다. 그러므로 방벽 안쪽의 토지가 유한하다는 사실은 아주 분명하다.

그럼 가게를 내는 수효는 당연히 한정되는 데다, 상업구획 등 그 수와 장소도 까다롭게 정해져 있다고 한다.

아무래도 얼마 전에 위법으로 인신매매하던 노예상회가 무너진 후, 그들과 관련된 상회도 영주의 단죄를 받아서 주인을 잃은 영업허가증이 조만간 도시에 풀리는 듯싶다. 라키는 바로 그 영업허가증을 어떻게든 손에 넣을 연줄을 찾아다닌다는 것이었다.

그러자 뭔가 번뜩이는 생각에 아크는 방금 들은 말을 곰곰이 되새겼다.

짐썰매로 끌고 온 그랜드 드래곤의 소재는 인간족에게 상당히 고가품이다. 그럼 상인조합소에서 블루보어의 고기를 처리할 때처럼 간단히 팔 수 있을지 의심스럽다.

아니, 물품의 출처를 확실히 물어볼 테다. 수요가 있고 희소한 까닭에 고가품이다. 따라서 공급처를 확보하기 위해서라도 일행의 신원을 알고 싶어 하리라.

그렇게 되면 다크엘프족의 아리안은 둘째 치고, 해골인 아크와 인간족에게 수인으로 불리는 치요메는 별로 달갑지 않은 상황에 빠진다.

차라리 물품을 처분할 창구를 만들어서 대리로 거래하는 게 가장 현명한 방법이 아닐까?

물론 대리를 내세우려면 나름대로 믿을 만한 인물이 조건일 테지만, 언뜻 상인에 걸맞지 않은 이 마음씨 착해 보이는 청년은 꽤 적격이었다.

좀 더 힘을 써서 아크가 성의를 보여주면, 그는 앞으로 물건을 팔 때 좋은 대리인이 될 터다. 게다가 이후에도 인간족에게 물건을 사고파는 고정 창구를 갖는 게 여러모로 편하다.

"그거 마침 잘됐군. 라키 님에게 긴히 상담할 일이 있소만……."

이야기의 흐름을 파악하지 못한 라키가 이상하다는 표정으로 아크를 쳐다보았다.

아크는 그런 라키에게 뒤에 끌고 온 짐썰매를 천천히 가리키면서 웃었다.

이틀 후, 일단 호수의 거점을 짓는 현장으로 돌아간 일행은 다시 랜드발트를 찾아왔다.

그러나 이번에는 랜드발트로 들어가지 않고 남쪽 도시문에서 조금 떨어진 가도 옆에 서 있었다.

아크는 눈앞의 가도를 거쳐 랜드발트로 가거나 그곳에서 나오는 이들을 바라보았다. 그러면서 약속한 인물이 오기를 기다리며, 랜드발트가 있는 방향의 가도로 시선을 던졌다.

곧이어 낯익은 인물이 말 네 마리가 끄는 대형 짐마차를 몰고 왔다. 그 모습을 확인한 아크는 가볍게 손을 흔들어 신호를 보냈다.

대형 짐마차의 마부석에 앉은 이는 며칠 전에 대화를 나눈 행상인 라키다.

옆자리에는 세미롱의 밤색 머리를 가진 여성도 있었다. 남자옷 같은 복장과 가죽으로 만든 가슴보호대 등의 장비를 보건대, 여성이면서 용병인지도 모른다.

마차 옆에도 짧은 금발 머리의 남자가 허리에 찬 투박한 검의 손잡이를 잡은 채 주위를 경계하면서 따라왔다.

아마 짐을 호위하기 위해서이리라. 랜드발트에서 멀지 않은 까닭에 딱히 경계할 필요도 없었지만, 그런 대응에는 확실히 성의를 느낄 수 있었다.

"오래 기다리셨습니다, 아크 님."

아크를 알아본 라키는 대형 짐마차를 가도에 바싹 대고 내리더니, 고객을 접대하는 상인처럼 정중한 예를 갖추어

인사했다.

"주문하신 대로 처리했습니다. 그저께 맡기신 그랜드 드래곤의 소재를 판 금액으로 대형 짐마차를 구했고, 오래 보존할 수 있는 식량을 최대한 실어 왔습니다. 확인해 주십시오."

아크가 라키의 안내를 따라 대형 짐마차의 짐칸으로 다가갔다.

짐에는 비를 맞아도 멀쩡하도록 광택이 나는 두꺼운 천을 덮어 놓았다. 아크는 두꺼운 천을 살짝 들어올리고 짐칸에 실린 짐을 살폈다.

짐칸에는 마대에 담긴 밀과 말린 콩, 훈제고기 등이 잔뜩 쌓여 있었다. 맛있는 냄새를 맡았는지 투구 위의 폰타가 바쁘게 꼬리를 흔들었다.

아리안과 치요메도 짐칸의 짐을 열고 내용물을 들여다보았다.

"부탁한 짐은 확실히 받았소. 그럼 서둘러 보수를 치르려 하는데……."

아크가 이번 거래의 보수와 관련된 화제를 꺼내고 라키에게 시선을 옮기자, 그는 엄청난 기세로 고개를 가로저으며 그 말을 가로막았다.

"아뇨아뇨, 처음에 주신 착수금만으로도 충분합니다! 더구나 제게 맡기신 그랜드 드래곤의 소재를 매각할 때 큰 거래처의 상회와도 안면을 틀 수 있게 되어서, 그보다 더한 보수를 받은 셈입니다. 감사합니다."

만면에 웃음을 띤 라키는 다시 아크에게 예를 표하고 머리를 숙였다.

"흐음, 앞으로도 물건을 중개할 일이 생기면 라키 님을 지명하겠소. 덧붙여서 라키 님과의 중개를 위한 계약금을 먼저 지불해야 하지 않겠나."

아크는 깨끗한 끈에 돌돌 말린 양피지 한 장을 품에서 꺼내어 라키에게 내밀었다.

허를 찔린 듯이 당황한 라키가 양피지를 건네받았다. 사태를 파악하고자 애쓴 라키는 아크와 자신의 손에 쥐어진 양피지를 번갈아 쳐다보았다. 그러나 아크에게 어서 양피지를 펼쳐보라는 재촉을 당했다.

끈을 푼 라키는 양피지를 펼쳐서 내용을 확인하더니 얼빠진 소리를 지르며 그가 데려온 용병들을 놀라게 했다.

"에에에에에에엣!? 랜드발트의 영업허가증이 아닙니까!? 이게 어떻게 된 겁니까!? 아직 시장에는 나오지 않았을 텐데요!?"

놀란 나머지 눈을 휘둥그레 뜬 라키가 양피지와 아크에게 다급히 눈길을 던지면서 누가 봐도 동요한 표정을 지었다.

"이후에 라키 님과 거래할 때 정해진 가게가 있으면 여러모로 편하지 않겠소? 나도 개인적으로 건축재료를 부탁하고 싶으니 말이오. 그래서 이곳 영주님께 조금 무리한 부탁

을 해서 영업허가증을 얻었네."

그 대답에 라키는 점점 두 눈을 크게 뜨면서 경악했다.

"영주님!? 랜드발트 후작님과 아는 사──친교가 있으십
니까!?"

당황한 라키는 말투를 고치려 했는지 괴상하게 물었다.
그 모습에 웃음을 지은 아크는 옆에서 일이 진행되는 과정
을 지켜보던 아리안에게 눈짓을 보냈다.

그러자 아리안은 푹 눌러쓴 잿빛 외투의 후드를 천천히
벗었다. 곧이어 하얗고 긴 머리를 바람에 나부끼면서, 인간
족과는 다른 특징적인 피부와 귀를 드러냈다.

"라키 님은 현 영주의 부인이 엘프족이라는 사실을 들었
을 거요. 우리는 그 인연으로 영주님께 얼굴이 좀 알려졌소.
다음 거래도 잘 부탁하도록 하지."

폰타를 치우고 투구를 벗은 아크 역시 자신의 얼굴을 라
키에게 보였다.

라키는 말 그대로 벌린 입이 다물어지지 않는다는 듯이
다크엘프족의 아리안과 갈색 피부를 띤 붉은 눈의 아크를
번갈아 쳐다보았다.

라키의 뒤에 있던 용병 남녀 둘도 놀란 표정으로 아크와
아리안을 바라보았다.

"……두 분 다 엘프족이었습니까……?"

겨우 쥐어 짜낸 목소리로 묻는 라키의 말에 아크는 고개

를 끄덕이면서 다시 투구를 쓰고 대답했다.

"뭐어, 인간족 앞에서 대놓고 모습을 보이기는 꺼려져서 말이오. 신원은 비밀로 해주면 고맙겠군. 이후의 거래를 부드럽게 이어나가기 위해서라도."

곧바로 고개를 끄덕인 라키는 지금 본 일을 입 밖에 꺼내지 않겠다고 약속한 다음, 다른 두 사람에게도 알아듣게 설명했다.

라키와 그 두 사람의 대화를 듣건대, 용병이지만 아무래도 라키의 가족 같은 존재인 듯하다. 그럼 다른 용병보다는 조금 안심이 되리라.

설령 이곳에서 엘프족이라는 사실이 그들의 입을 통해 퍼져나가도 자신들도 거기에 대처할 만한 실력을 갖추었기에 문제는 없지만 말이다.

아크는 마지막까지 어안이 벙벙한 표정의 라키에게 작별 인사를 했고, 마부석에 앉은 치요메가 대형 짐마차를 몰았다.

거래를 마무리 짓는 단계에 이르러서도 아크는 대형 짐마차를 다룰 수 있는지 없는지 여부를 전혀 고려하지 않았다. 그 때문에 거래 물품을 넘겨받을 때 약간 당황했다. 그러나 다행히 치요메가 그 역할을 자진해서 떠맡아 그럭저럭 무사히 넘어간 것이다.

대량의 물자운반과 이후의 거점 구축을 계획에 넣은 아크는 라키에게 대형 짐마차째 물자를 조달하고 싶다는 이야기를 꺼냈다. 아크 스스로도 좋은 방법이라며 자화자찬했지만, 막판에 그런 실수를 저지르리라고는 생각지도 못했다.

결국 뒤에서 아리안의 찌르는 듯한 시선을 느낀 아크는 있을 턱이 없는 등으로 식은땀을 흘리는 심정이었다.

전신이 갑옷에 덮인 무표정한 해골 몸이고 태도에도 드러나지 않도록 애썼을 텐데, 아리안은 어째서 그런 부분에서 감이 날카로운 걸까.

아크가 아리안의 잠재능력에 경외감을 품는 사이에도 고삐를 쥔 치요메에 의해 대형 짐마차는 가도를 나아갔다. 이윽고 랜드발트에서 멀어진 대형 짐마차는 가도를 벗어나 남의 눈길이 닿지 않는 장소로 바퀴 자국을 남겼다.

대형 짐마차라 해도 마부석의 폭은 별로 넓지 않아서, 세 명이 앉자 콩나물시루처럼 비좁은 상태다.

답답함을 느끼지 않는 이는 폰타가 유일하리라.

"하아, 인간족의 영주한테 영업허가증을 받으러 가게 될 줄은 몰랐네요."

조금 투덜대듯이 중얼거린 아리안은 반쯤 뜬 눈으로 아크를 쳐다보며 한숨을 내뱉었다.

사실 영업허가증은 다크엘프족인 아리안이 엘프족 부인인 트레아서를 통해 영주로부터 얻은 것이다.

그 자리는 아크가 아리안의 호위로 동행한 까닭에 그녀의 입장에서 부탁하는 게 가장 원만하게 일을 진행할 수 있었다.

아리안은 인간족에게 빚지는 꼴이었으므로 딱히 내키지 않았으리라.

정작 요구를 들어준 페트로스는 지난번에 충분한 사례를 하지 못했다고 여기는 눈치였다. 오히려 영업허가증의 양도로 마음이 편해졌다며 웃어서 괜찮을 거라고 생각하지만 말이다.

"미안하오, 아리안 양. 엘프족과 관련된 인물로 라키 님에게 소개한 치요메 양은 이후에도 랜드발트에서 신원을 공공연히 드러내지 않고 거래할 수 있을 거요."

그 말에 아리안은 떨떠름한 표정으로 고개를 끄덕였다.

"그런데 아크는 아까부터 왜 자꾸 머리를 흔들어요?"

"으음? 얼굴을 보여주고 투구를 다시 썼을 때 긴 귀가 제대로 안 들어가서 말이오. 딱 맞는 자리를 찾는 중인데……."

아크의 대답을 들은 아리안은 요란한 한숨을 내뱉더니, 어이없다는 얼굴로 턱을 괴며 시선을 돌렸다.

해골 머리는 투구에 쏙 들어가지만, 온천물을 마신 다크엘프족의 모습으로 돌아오는 순간 투구 속이 갑갑하게 느껴지는 것이다.

개인적으로 꽤 중요한 문제다.

"여기라면 어떨까요?"

짐마차의 고삐를 쥔 치요메가 주위를 살피더니, 엉뚱한 생각을 하는 아크를 올려다보았다.

치요메의 말에 아크는 흔들던 머리를 멈추고 이리저리 시선을 돌렸다.

가도에서 제법 벗어난 덕분인지, 주변에 다른 사람들의 눈길은 보이지 않았다.

"이곳은 문제없겠소. 짐마차의 식량을 전달하면, 촌장님과 한조 공에게 알리러 가도록 하지. 그다음에 아리안 양을 데리고 라라토이아로 돌아가서, 그레니스 부인에게도 이번 일을 보고해야겠군."

아크는 이후의 예정을 말하면서【게이트】의 마법을 발동시켰다.

평소보다 힘을 집중하여 대형 짐마차를 에워쌀 정도의 커다란 마법진을 전개하자, 순식간에 호숫가의 거점 개척지로 풍경이 바뀌었다.

열심히 거점을 짓던 산야의 민족은 일행을 확인하더니, 짐칸의 식량을 보고 환성을 질렀다. 그리고 잇달아 일손을 멈추며 짐마차로 다가왔다.

그 광경을 본 피타가 모두를 꾸짖고 쫓아내는 데 많은 시간은 걸리지 않았다.

그 후 아크는 치요메도 숨겨진 마을로 데려갔다. 그리고 인심일족의 한조와 촌장인 고우로에게 진행과정을 전한 후, 보수로 받는 낡은 신사를 재건하는 안건에 대한 의논을 나누었다.

다시 치요메를 숨겨진 마을에 남긴 아크는 아리안과 폰타를 데리고 캐나다 대삼림의 라라토이아로 돌아왔다.

그레니스는 테이블을 낀 맞은편 자리에 앉아서 아크를 물끄러미 들여다보는 자세로 이야기를 들었다.

"──뭐어, 딜런 님이 알려준 샘을 잘 찾아서 내 육체도 돌아왔지만, 아무래도 시간제한이 있는 모양이오. 나 자신을 인간족이라고 믿어 의심치 않았는데, 막상 뚜껑을 열어보니 엘프족인 것 같더군."

아크는 그쯤에서 말을 끊었다. 그러자 흥미진진하다는 듯이 뾰족한 귀를 흔든 그레니스가 갈색 피부와 엘프 귀를 지닌 아크에게 미소를 지었다.

그레니스의 황금색 눈동자가 왠지 의미심장하게 반짝인 기분이 들었다.

"아크 군이 괜찮다면 우리 마을의 이름을 써볼 생각은 없어요? 어때요?"

20대로밖에 보이지 않는 아리안의 모친이 귀엽게 고개를 갸웃거렸다.

아크도 그레니스의 의도를 알아차리지 못해서 고개를 살짝 갸우뚱했다. 그 말에 재빨리 끼어든 이는 아리안이었다.

"혹시 아크를 마을 일원으로 받아들이는 거예요!?"

아크는 아리안의 반응을 보고 나서 그레니스가 말한 「마을의 이름을 쓴다」라는 의미를 깨달았다.

엘프족은 저마다 이름 끝에 자신이 속한 마을의 이름을 붙인다.

요컨대 마을의 이름을 쓴다는 것은 마을 일원으로 인정받아 그곳에 소속한다는 뜻이다.

"어머? 넌 아크 군이 마을 일원이 되는 데 반대하니? 드래곤 로드님의 말씀대로라면 우리 초대 족장님처럼 '이방인'이잖니?"

그레니스의 물음에 아리안은 할 말을 잃고 아크를 바라보았다.

"아크가 엘프족이라면 반대할 이유는 없어요. 하지만 이런 걸어 다니는 위험물을 마을 일원으로 삼기보다는 중심도시 메이플에서 전사로 두는 게 여러모로 안심이잖아요!?"

아크는 뭔가 자신의 의사는 무시된 채 심한 비난을 들은 기분이었다. 그러나 여태껏 벌인 짓을 돌이켜보면 반드시 틀렸다고도 할 수 없어서 부정하기 어려웠다.

이처럼 우울한 기분에는 폰타의 배털에 얼굴을 파묻고 마음의 치유를 꾀하는 게 좋다.

"큥☆ 큥☆"

테이블 위에서 졸린 듯이 하품을 하던 폰타에게 아크가

얼굴을 꾹꾹 눌러대자, 녀석은 간지러운지 귀엽게 짖으면서 뒹굴었다.

곰곰이 따져보면 아크가 되찾은 육체는 엘프족을 닮았고, 아리안이 전에 말한 대로 정령을 보는 능력도 있으니 소속을 엘프 마을에 두어도 딱히 거짓은 아니었다.

계속 정처 없이 떠도는 해골 신세보다는 몸을 둘 곳을 정하는 게 안정되는 것도 사실이리라.

"어머? 나도 참, 네가 아크 군의 종족을 불안하게 여겨서 그러는 줄 알았구나. 너는 아크 군을 메이플 소속으로 만들어서 손안에 두고 싶은 거니?"

"아, 아니거든요!? 제대로 소속을 정하기 위해서라도 중앙의 허가를 받는 게 좋다는 얘기라고요. 애당초 엄마는 아버지 대리잖아요? 엄마가 지닌 권한으로 아크를 라라토이아의 정식 일원으로 받아들이지는 못해요."

아리안은 그레니스의 말에 벌떡 일어나서 반론했다.

"오오, 두 미녀가 나를 두고 서로 다투는――."

그레니스와 아리안은 아크의 소속을 놓고 의견이 엇갈렸다. 일단 아크도 그 둘의 대화에 끼어들 셈이었지만, 아리안의 한쪽 손에 머리를 꽉 눌려서 폰타의 배에 다시 얼굴을 파묻는 처지가 되었다.

어째서냐.

당사자인 아크를 배제하고 그레니스는 그녀가 현재 가진

권한을 아리안에게 들려주었다.

"그러네. 어쨌든 아버지가 돌아올 때까지 라라토이아의 권한은 내게 있단다. 아크 군을 마을의 임시 일원으로 맞아들이는 정도는 괜찮을 거야. 게다가 여전히 해골 모습과 엘프 모습을 왔다 갔다 해서 정체가 불안정한 아크 군을 중앙에 데려갈 수는 없잖니?"

──아크 라라토이아(임시), 나쁘지 않을지도 모른다.

캐나다 대삼림의 중앙도시 메이플에서는 그리 간단히 외부자를 불러들이지 못하는 모양이다.

아크도 자신의 몸 때문에, 온천이 위치한 신사의 땅에서 멀어질 생각은 별로 하지 않았다.

전이마법이 있어서 어느 마을에 소속해도 거리의 제약은 없지만, 중앙에 적을 두는 일은 심정적으로 사양하고 싶다.

도쿄에 거주하는 상태보다는 편리하게 도쿄로 갈 수 있는 카나가와, 치바, 사이타마에서 지내는 게 성격에 맞다는 감각을 닮았는지도 모른다.

좀 더 비슷한 예를 들자면 오사카시 중앙에 사는 것보다는 스이타시나 모리구치시, 사카이시에 거처를 잡는 게 왠지 안정된다고 바꿔 말해야 개인적으로는 이해하기 쉽다.

그러나 라라토이아는 인간족이 사는 평야와 비교적 가까운 장소에 있는 마을이다.

중심도시 메이플로부터 얼마나 멀지 알 수 없지만, 메이플을 오사카로 비유하자면 라라토이아는 노세초나 미사키초에 해당할까.

아크가 그처럼 쓸데없는 생각을 하는 사이에 이야기는 매듭이 지어졌다.

"중앙에는 할아버지를 통해 말을 전해둘 테니까, 일단은 임시 소속을 정할 뿐이야. 그리고 이 문제는 아크 군의 의사로 결정해야겠지."

그레니스의 말이 아리안의 손에 눌린 머리 위에서 들려왔다.

비로소 아리안은 아크의 머리에서 손을 뗐고, 아크는 고개를 들어 모녀의 얼굴을 보았다.

"뭐어, 당장 결정하지 않아도 괜찮으니 곰곰이 생각해요. 그동안 마을에서 지내는 건 자유니까. 어떻게 할지 정하고 나서 나한테 말해주면 돼요."

아크의 고민에 잠긴 얼굴을 눈치챘는지, 그레니스는 대답할 기한을 분명하게 알리지 않았다.

바로 얼마 전에 아크는 현재의 입장을 걱정했지만, 이런 일은 가볍게 대답을 낼 수도 없으리라.

아크가 그레니스에게 한 번 숙고하겠다는 뜻을 전하자, 아리안은 요란하게 한숨을 내뱉고 도로 자리에 앉았다.

"자, 이 얘기는 여기서 끝내죠. 이미 늦었으니까 저녁 식사를 할까요. 오늘은 랜드프리아의 싱싱한 토마토도 들어와서, 아크 군이 좋아하는 수프를 만들었어요."

그레니스의 말에 아크는 무심코 벌떡 일어나며 의자를 쓰러뜨렸다.

아크의 갑작스러운 반응에 아리안과 폰타가 놀란 얼굴로 쳐다보았고, 눈앞의 그레니스도 무슨 일인가 싶어서 두 눈을 휘둥그레 떴다.

"그레니스 부인, 방금 말한 토마토는 붉은 열매요!?"

아크의 기세등등한 질문에 그레니스는 눈을 희번덕거리면서 고개를 끄덕였다.

"그, 그 토마토라는 게 지금 여기 실제로 있소!?"

흥분한 아크의 말을 듣고 그레니스가 주방에서 뭔가를 가져왔다. 아크는 냄비에 가득한 붉은색 수프를 보고 눈을 크게 떴다.

그레니스의 양해를 얻은 아크가 수프를 한술 떠올려 입에 머금었다. 깊이 있는 맛에 확신이 들었다.

약간 신맛이 강했지만, 아크가 아는 토마토와 거의 다르지 않았다.

"그나저나 자기 일은 떠올리지 못하면서, 토마토니 뭐니 이상한 건 잘 기억하네요."

아리안은 왠지 어이없다는 듯이 한숨을 내뱉었다.

그러나 눈앞에 나타난 식료의 가능성에 정신이 팔린 아크에게는 아리안의 말도 별로 귀에 들어오지 않았다.

이 토마토라는 식료는 만능이다.

일식으로 대표되는 다시마나 가다랑어에 들어가고, 맛에 깊이를 더하는 역할의 조미료 성분은 서양요리의 식료 중에도 많다. 그 대표격이라고 할 만한 게 이 토마토다.

토마토를 손에 넣으면 음식의 변화는 단숨에 넓어지리라.

"그레니스 부인. 방금 토마토가 랜드프리아에서 들어왔다고 했는데, 거기 가면 나도 구할 수 있는 거요?"

"토마토를? 토마토는 남대륙이 원산지인 파브나하에서 교역을 통해 가져오는 거예요. 남쪽 마을에서도 재배하는 모양이지만, 교역품인 말린 토마토가 훨씬 많겠죠."

이전에 분명 남대륙에는 치요메 같은 산야의 민족이 세운 커다란 나라가 있다는 말을 들었다.

이 토마토는 그곳에서 들여온 수입품인 듯싶다.

【게이트】의 전이거리가 얼마나 되는지는 모른다. 그러나 남대륙에서 온천이 위치한 신사까지 이동 가능하다면, 언제든 마음이 내킬 때 현지로 날아가 식료를 사올 수 있다.

숨겨진 마을에 속한 직공들에게 이번 일의 보수로 신사 수리를 부탁했다. 그러나 직공들이 거점으로 삼을 호수의 촌락을 짓지 않으면 그들을 보내기 어렵다는 말을 들었다.

따라서 신사를 수리하는 데에는 나름대로 시간이 걸린다.

그럼 그동안 아크 자신이 정착하기 위한 갖가지 준비를 하는 것도 나쁘지 않다.

"그레니스 부인. 나도 남대륙을 건너고 싶은데, 랜드프리아에서 떠난다는 배를 탈 수 없소?"

의식주 가운데 옷은 이미 몸에 걸친 『벨레누스의 성스러운 갑옷』 덕분에 당장은 곤란하지 않다.

집은 해골 몸을 육체로 되돌려주는 온천이 샘솟는 신사를 확보했다.

나머지는 충실한 음식을 꾀하는 것이다.

아크의 질문에 그레니스는 황금색 눈동자를 슬쩍 돌리며 말을 얼버무렸다.

"저기, 엘프족의 교역선이라서 마을에 소속하지 않은 아크 군을 태우는 건……."

아크는 자신을 바라보는 그레니스의 시선에 후다닥 일어나서 외쳤다.

"지금부터 아크 라라토이아의 이름을 쓰겠다고 맹세하지!"

그레니스는 어처구니없어하는 아리안을 놔두고 손뼉을 치며 웃었다.

"다행이에요. 엘프 마을에 또 든든한 동포를 맞이하게 되었네요."

망설임은 없다!

목표는 토마토가 나는 땅, 남쪽 대륙이다.

종장

북대륙, 북서부에 펼쳐진 레브란 대제국.

그 서부에 위치하는 땅의 남동부에는 대륙을 가르며 남앙해로 흘러드는 가늘고 긴 내해(內海)인 비크해가 있었다.

그리고 그 내해를 레브란 대제국과의 국경으로 삼고 맞은편 기슭에 위치하는 나라가 북대륙의 모든 인간족 국가에게 영향을 미치는 종교국가, 힐크 교국이다.

비크해의 가장 깊숙한 부분에 자리 잡은 만(灣) 앞, 힐크 교국 북부에는 역시 제국과의 경계선을 그리는 험준한 산들이 늘어선 루티오스 산맥이 있었다.

산맥 남쪽에는 힐크 교국을 둘러싸듯이 세 개의 왕국이 존재하지만, 교회가 갖는 신앙이라는 이름의 민중에 대한 영향력은 크다. 그 점은 교국 수립 때부터 아직까지 다른 나라의 침략을 받지 않고 국경을 유지하는 사실만 보아도 명백하다.

루티오스 산맥 중 미스릴 광상(鑛床)이 자리한 알사스산의 평탄한 산기슭에는 힐크교의 중심지인 성도(聖都) 페루

비오 알사스가 펼쳐져 있다.

오랜 전쟁이나 마수에 의한 피해도 겪지 않은 이 도시는 그야말로 힐크교의 가르침을 펼치는 성지이자 이상향이기도 하다.

이 성도를 다스리는 일은 성왕의 역할이었지만, 일찍이 교국이 수립되기 전에 존재한 국가의 자취였다. 현재는 왕이란 이름뿐인 일개 영주 정도에 불과하다.

그리고 이 힐크 교국의 모든 실권을 쥔 자는 성도에서 알사스산으로 향하는 통칭 '신앙의 대계단'이라 불리는 길고 큰 돌계단을 올라가면 보이는 전방의 산 중턱에 지어진 알사스 중앙대성당에 거처를 둔 교황이었다.

산 중턱에 사람의 손으로 만든 광대한 광장——그 주위를 거대한 복도 같은 건물이 둘러쌌는데, 정면에는 햇빛을 받아 눈부실 정도로 거대하고 장엄한 하얀 성당이 우뚝 솟아 있었다.

오랜 세월에 걸쳐 꾸민 장식과 세공으로 예술의 영역에까지 높아진 위용을 자랑하는 대성당은 타국에 교황의 힘을 알리기에는 충분하고도 남을 정도였다.

그처럼 거대한 대성당이지만, 그곳의 바닥을 밟을 수 있는 이는 극히 일부뿐이다.

대성당의 하얗게 빛나는 잘 닦인 돌바닥, 그 위를 힐 구두로 높은 소리를 울리고 자신을 과시하듯이 걷는 한 명의 키가 큰 여성이 있었다.

여성은 길고 밝은 금발에 청초한 용모였지만, 그런 분위기와는 정반대로 커다란 앞가슴을 흔들고 타인에게 일부러 드러내듯이 벌어진 하얀 옷을 몸에 걸쳤다.

옆이 크게 트인 스커트의 옷자락으로 하얗고 긴 다리를 내보이며 가볍게 걷는 모습은 언뜻 창녀나 무희처럼 보이기도 했다.

그러나 몸에 착용한 팔찌 같은 장식품과 옷의 천은 창녀나 무희가 일생에 한 번이라도 걸치기 힘든 물건이었다.

그리고 그 여성이 걸어가는 앞쪽에서는 또 한 명의 인영이 다가왔다.

검은 머리를 머릿기름으로 깔끔하게 가다듬고, 성직자가 몸에 걸치는 법의보다 더욱 화려한 법의를 입은 남자는 부드러운 미소를 띠었다.

그 남자는 맞은편에서 다가오는 여성을 보더니, 입가를 살짝 일그러뜨리고 불쾌해했다.

두 남녀는 넓은 대성당의 한 곳에서 마주치며 서로 걸음을 멈추었다.

잠시 시선이 뒤얽힌 가운데 먼저 입을 연 이는 부드러운 미소를 띤 남자였다.

"이런, 카스티타스 추기경. 별일이군요, 당신이 이런 곳

에 있다니. 난 당연히 남자를 사냥하러 서 레브란 제국에 눌어붙은 줄 알았습니다만……."

엷은 미소를 띠면서 악담을 하는 남자에게 카스티타스 추기경이라고 불린 여성은 분위기를 홱 바꾸었다. 입술에 고혹적인 미소를 짓고 타인의 시선을 끄는 커다란 가슴을 보란 듯이 강조하는 몸짓으로 팔짱을 꼈다.

힐크 교국에서 권력의 정점인 교황에 버금가는 추기경의 지위를 가진 한 사람이자 일곱 추기경 중 한 명, 카스티타스의 칭호로 불리는 그녀의 이름은 엘린 룩스리아였다.

엘린은 요염한 입술을 붉은 혀로 핥으며 맞은편 남자——자신과 같은 지위의 일곱 추기경 중 한 명에게 시선을 던졌다.

"어머, 저는 교황님이 말씀하신 일을 처리할 뿐인데요? 서 레브란 제국에 움직임이 보여서 이렇게 전이석을 사용해 알리러 왔으니까요."

엘린은 말 속에 야유를 띠면서 상대 남자를 바라보았다.

"더구나——여기에 발을 옮기는 게 별일이라는 점에서는 당신도 마찬가지잖아요, 리베랄리타스 추기경? 보통은 밖에서 남을 괴롭히는 게 삶의 보람인 당신이 일부러 교황님께 알현을 청하러 오다니——뭔가 나쁜 짓이라도 해서 불려온 걸까요?"

엘린의 말에 리베랄리타스 추기경이라고 불린 남자——팔루모 아바리티아는 방금까지의 부드러운 미소를 지운 후 뚜렷하게 얼굴에 불쾌한 감정을 비치며 내뱉듯이 입을 열었다.

"흥! 나를 남대륙으로 쫓겨난 차로스 녀석과 똑같이 취급하지 않았으면 좋겠군요. 이번에는 마결석 회수 임무를 맡은 내 사령기사(死靈騎士) 둘이 사라져서 교황님께 보충을 탄원하러 왔을 뿐입니다."

팔루모의 말에 살짝 놀란 표정을 지은 엘린이 의미심장한 미소를 띠고 그에게 한 걸음 다가갔다.

"흐~응, 사령기사가 둘이나 느닷없이 사라지다니 대체 어디로 파견되었을까요? 아니면 자신의 부대만 강화하기 위해 사령기사 둘이 사라졌다는 거로 해두고 싶은 건가요?"

팔루모는 엘린의 도발하는 말을 듣자, 이마에 핏대를 세우고 분노하며 눈썹을 치켜세웠다.

"네놈……! 내가 교황님께 허위 보고라도 하러 왔다는 거냐!?"

두 사람 사이에 험악한 분위기가 드리웠을 때 갑자기 낮고 차분한 목소리가 들려왔다.

"거기까지 하라, 두 사람 다."

여태껏 서로 노려보던 팔루모와 엘린은 목소리가 들린 방향으로 펄쩍 뛰어오를 듯이 돌아섰다. 둘은 허둥지둥 한쪽 무릎을 꿇고 머리를 숙였다.

두 명의 추기경이 공손히 머리를 숙이고 맞이하게끔 만드는 자—— 다름 아닌 힐크 교국의 모든 실권을 쥔 교황이다.

"평안하셨습니까, 타나토스 님."

지금까지 전혀 기척을 느낄 수 없었던 그자는 걸으면 높게 울리는 하얀 돌바닥 위에 소리도 없이 서서, 무릎을 꿇고 고개를 숙인 두 사람을 고개를 끄덕이며 내려다보았다.

손에는 교황의 위엄을 나타내는 아름답게 꾸민 성장(聖杖)을 쥐었고, 추기경이 입는 법의보다 더욱 화려한 법의를 걸쳤다.

머리에는 교황에게만 허락된 성인(聖印)을 새긴 커다란 모자를 썼지만, 그 아래에 있는 교황의 얼굴은 안면 전체를 덮은 면포에 가려서 보이지 않았다.

그가 바로 힐크 교국을 다스리는 자, 타나토스 실비웨스 힐크 교황이다.

독특한 복장의 교황은 하얀 면포 안에서 부드러운 음성으로 말했다.

"팔루모의 말을 나는 의심하지 않는다. 보충할 기사는 지하에서 데려가라. 엘린도 너무 팔루모를 야유하지 말도록."

타나토스 교황의 말에 두 추기경은 깊숙이 머리를 숙이고 대답했다.

가볍게 고개를 끄덕이며 맞장구를 친 교황은 다시 말을 이었다.

"엘린의 정보에 따르면 서 레브란 제국이 동 레브란 제국과 분규를 일으키기 위해 군을 크게 움직일 듯하다. 방비가 엉성해지는 서부가 이후에는 노리기 쉬워질 거다. 두 사람 모두 앞으로도 성심껏 일해주어야 할 터다."

"잘 알겠습니다."

두 사람의 대답에 타나토스 교황은 만족스럽게 고개를 끄덕이고 돌아섰다.

교황은 길고 차가운 하얀 돌바닥에 높은 발소리를 울리면서 면포 속으로 콧노래를 부르며 몹시 즐겁다는 듯이 복도를 걸었다.

마침 대성당 창문을 통해 알사스산에서 불어온 바람이 교황의 얼굴을 가린 면포를 걷어 올렸다.

그러나 면포 아래로 드러난 교황의 본얼굴을 본 자는 대성당에 누구 하나 없었다.

번외편 라키의 행상기4

로덴 왕국 서부 최대의 항구 도시 랜드발트.

그 랜드발트 근교의 도시로 이어지는 가도 옆에서, 대형 짐마차가 떠나는 모습을 조용히 지켜보는 세 명의 인영이 있었다.

한 명은 갈색 곱슬머리에 깔끔한 옷차림을 한 20대 청년이었는데, 얼굴에 떠올린 미소를 보아도 사람 좋은 인상을 풍겼다.

짐마차를 향해 기쁘게 손을 흔드는 청년은 한쪽 손에 한 장의 양피지 문서를 소중하게 품었다.

청년의 옆에서는 또 한 명의 남자가 흥분한 듯이 들뜬 목소리로 말했다.

"어이어이, 영업허가증이라니 진짜냐, 라키!? 이런 행운이 정말 있는 거냐!?"

기뻐서 옆의 청년에게 말을 거는 이는 가죽 갑옷을 걸쳤는데, 방패를 등에 메고 허리에는 투박한 검을 늘어뜨린 용병의 복장을 한 남자다.

금발을 짧게 자른 남자는 옆의 사람 좋을 법한 청년을 라키라고 부르며, 그의 손에 들린 한 장의 양피지 문서에 시선을 쏟았다.

"아, 아직 믿기지 않는다고……. 그보다 벨은 왜 나보다 기뻐하는데?"

영업허가증을 의미하는 양피지를 떨리는 손으로 든 라키는 옆에서 자기 일처럼 떠들어대는 용병 차림의 벨이라는 남자에게 쓴웃음을 지으면서 물었다.

"아니아니, 이런 일을 기뻐하지 않으면 뭘 기뻐하란 거야!? 우리 마을 출신 중에 가게를 가질 만큼 상인으로 성공한 녀석은 없잖아!?"

벨의 주장에 세미롱의 밤색 머리를 뒤로 묶은 한 명의 여성이 친성히는 뜻을 나타냈다.

"맞아! 이건 마을에 있는 아저씨, 아주머니한테도 얼른 전해야 돼!"

움직이기 쉬운 남자 옷과 가죽 갑옷을 입은 용병 모습의 그 여성도 벨과 마찬가지로 라키의 갑작스러운 출세에 기뻐하면서 미소 띤 얼굴을 보였다.

"고마워, 레아. 그러게, 아버지하고 어머니한테도 알려야겠네."

라키는 그런 그녀——레아의 지적에 자신이 지금의 길, 즉 상인의 길로 나아갈 것을 허락해준 고향의 부모님 얼굴을 떠올리면서 크게 끄덕였다.

"그건 그렇고, 설마 이번 거래 상대가 엘프족이었다니."

누구에게랄 것도 없이 중얼거린 벨은 가도 앞—— 랜드발트에서 멀어져 가는 조금 전의 짐마차 방향으로 시선을 돌렸다.

라키도 그에 끌리듯이 손에 든 영업허가증에서 시선을 들어, 그것을 가져다준 자들이 타고 간 짐마차의 행방을 눈으로 좇았다.

"둘 다 내가 들어본 엘프족의 모습과 상당히 달랐지만……."

레아도 짐마차를 모는 자들을 떠올리고, 문득 자신의 가슴속에 떠오른 의문을 내뱉었다.

그 말에 라키와 벨도 인생에서 처음 대면한 두 명의 엘프족을 떠올렸다.

한 명은 온몸을 백은의 호화로운 갑옷으로 감싼 엘프족이었다. 투구를 벗은 모습은 검은 머리에 갈색 피부, 길고 뾰족한 귀와 붉은색 눈동자를 가진 거구의 남성이었다. 또 한 명은 눈처럼 하얀 머리와 옅은 자주색 피부, 약간 짧은 뾰족한 귀에 황금색 눈동자를 가진 풍만한 미녀였다.

엘프족의 특징인 뾰족한 귀를 둘 다 갖고 있었다. 그러나 이야기로 듣는 경우가 많은 엘프족의 특징은 가녀리고 녹색이 섞인 금발에 초록색 눈동자였기 때문에 그 특징은 크게 달랐다.

그런 의문이 들자 여러 가지로 아는 게 많은 라키에게 설명을 구하는 시선이 모였다.

라키는 두 사람의 눈길에 조금 쓴웃음을 짓고 자신의 기억을 더듬었다.

"짐작이긴 한데 여성인 아리안 님은 다크엘프족이라는 종족일 거야. 나도 소문밖에 못 들었지만, 엘프족 중에서도 수가 많지 않은 종족이라던가. 그리고 기사 같은 아크 님은 나도 처음 보는 특징이었어. 어쩌면 그동안 겉으로 드러난 적이 없는 소수 종족인지도 몰라……."

"다크엘프족이라…… 그쪽 누님은 멋진 몸이었는데."

라키의 고찰에 벨은 다크엘프족인 아리안을 머릿속에 떠올리더니, 표정을 풀고 이상한 미소를 흘렸다.

레아는 그 모습을 경멸하는 시선으로 노려보았다.

"잠깐만 그만 해! 상대는 영주님의 부인과 친교가 있는 분이라고. 어설픈 짓을 했다간 네 목이 몸통에서 떨어져 버릴걸!?"

레아의 무서운 기세에 벨은 양팔로 자기 몸을 끌어안고 부르르 떨며 어깨를 으쓱였다.

"그런 건 알고 있어. 남자는 자연스레 미녀한테 시선을 빼앗기니 어쩔 수 없잖아!?"

벨의 주장에 레아의 눈이 가늘어지더니, 옆에서 두 사람의 대화를 듣던 라키를 쳐다보았다.

"헤에~ 자연히 시선이 가는구나…….."

라키는 뭔가 의미심장한 목소리와 시선에 고개를 갸웃거렸다.

벨은 레아의 비난하는 시선에 놓여 있던 라키를 아랑곳하지 않고 다시 의문을 던졌다.

"그러고 보니 또 한 명, 미소녀가 있었지. 검은 머리에 푸른 눈동자를 가진, 치요메 양이라고 했던가? 엘프족과 함께였는데 어떤 관계일까?"

그 말에 라키는 기사 모습의 아크로부터 소개를 받은 한 명의 소녀를 머릿속에 떠올렸다.

"앞으로는 그 소녀를 통해서도 마수의 소재 매각부터 자재 구매까지 종종 얼굴을 내미는 일이 많아진다고 했는데, 그 아이는 아무래도 엘프족은 아닌 느낌이었지."

생각에 잠긴 듯이 턱에 손을 대고 신음하는 라키를 레아가 옆에서 팔꿈치로 쿡 찌르며 주의를 주듯이 말했다.

"상대는 영주님과 연줄을 가진 이들이라고. 너무 함부로 파고들어서 장사를 못하게 되면 어떡할 거야? 상인이라면 이 연줄을 어떻게 살릴지 고민해야 하잖아?"

레아의 지적에 라키는 뒷머리를 긁적이며 힘없이 웃었다.

"하하하, 정말 레아 말대로네……."

라키는 다시 자신의 손에 들린 랜드발트 영주가 발행한 영업허가증에 시선을 떨어뜨렸다.

저 커다란 항구 도시에서 행상인이며 노점상을 운영하는 사람들이 애타게 갖고 싶어할 만한 물건──거리에 가게를 차리는 게 얼마나 어려운지는 상인의 길에 나선 자라면 누구나 뼈에 사무치게 느낀다.

그러나 라키에게는 극히 일부 사람만이 손에 넣을 수 있는 천재일우의 기회가 잡혔다.

여태껏 실감할 수 없었던 그 사실이 자기 자신의 내면에서 부글부글 소화되어 틀림없는 현실이라는 인식이 비로소 싹트기 시작했다.

"그러네, 우선 가게의 소재를 확인하러 가야겠지."

영업허가증의 양피지를 소중하게 말아서 품에 감춘 라키는 곧바로 뒤쪽에 보이는 항구 도시 랜드발트를 돌아보았다.

라키를 호위하는 형태로 벨과 레아가 향한 목적지는 랜드발트 구시가지의 영주성에서 그리 멀지 않은 곳에 있는 중앙청사였다.

영도(領都) 랜드발트에 지어진 그 청사는 도시 규모에 어울리는 멋진 건물이었다. 의장을 새긴 석조 양식의 3층 건물이었고, 주위 건물에 보이는 불그스름한 지붕과는 달리 검은 지붕이 특징이었다.

청사에 들어간 라키는 곧장 공무원이 대기하는 창구로 발걸음을 옮겼다. 그리고 그곳에서 담당 공무원에게 영업허가증을 제시한 후 명의등록 등 필요한 사무 절차를 끝내고 청사를 떠났다.

라키는 담당 공무원으로부터 영업허가가 떨어진 건물 열쇠를 받았다. 길을 가면서도 손에 쥔 열쇠를 만지작거리며 그 무게를 실감하고 실룩이는 입가를 자각했다.

그런 라키의 모습에 벨이 의미심장한 미소를 띠고 팔꿈치로 찔렀다.

"역시 너도 자기 가게를 갖게 되니까 겨우 실감이 나는 거냐?"

"뭐 그렇지. 앞으로 어떡할지, 지금은 생각이 정리가 안 돼."

라키는 움켜쥔 열쇠를 품에 넣고 벨에게 시선을 돌렸다.

"저기, 그보다 그 가게 위치가 구시가지야? 신시가지야?"

서로 미소를 띤 라키와 벨 사이에 끼어들 듯이 말을 꺼낸 이는 레아다.

레아는 라키의 얼굴을 들여다보듯이 가게 위치를 물었다.

레아의 말에 라키는 영업허가증에 적힌 번지수를 떠올리고 쓴웃음을 지었다.

"신시가지야. 남쪽 시장에 가까운 장소지. 아무리 그래도 구시가지의 영업허가증이었다면 거절했거나 신시가지의 허가증과 바꿨을 거야."

라키의 말에 레아는 고개를 갸웃거리며 입을 열었다.

"뭐? 하지만 상인이라면 구시가지에 가게를 차리는 게 좋지 않아?"

레아의 그 의문은 지극히 당연한 것이었다.

랜드발트의 거리는 구시가지와 신시가지 두 개의 거리로 이루어졌고, 그 이름이 나타내듯이 신시가지가 나중에 만들어진 새로운 거리다.

그 때문에 역사가 오래된 구시가지에는 전통과 역사에 무게를 두는 귀족들의 어용 상회들이 줄지어 늘어섰고, 권력의 아래에 있는 상회의 영향력은 영내에서 높아졌다.

그럼 자연히 구시가지에 대상회가 모였고, 신참자는 쉽사리 파고들 수 없게 되었다.

"구시가지에 가게를 차리는 건 대상회이거나 신시가지에서 힘을 기른 상회 정도야. 신참자가 갑자기 들어와서 장사할 만한 장소는 아니야. 거기는 횡적 연줄도 중요해. 그래서 정말로 구시가지에 들어가려면 시간을 들여 사전 교섭이라도 하지 않으면 무리야."

라키는 가볍게 한숨을 내뱉고 어깨를 으쓱였다.

도시의 그런 사정을 몰랐는지, 벨과 레아는 저마다 눈썹을 찌푸렸다.

"전혀 몰랐어. 부자가 되면 가게를 그냥 구할 수 있을 줄 알았는데, 엄청 귀찮을 것 같아……."

레아의 말에 동의하던 벨은 뭔가를 깨달은 듯이 고개를

갸웃거렸다.

"그렇구나. ……그래도 횡적 연줄이 있다면 왜 이번 소동에서 인신매매 상회만 철거된 거야? 뿌리처럼 옆으로 이어졌다면 다른 상회가 좀 더 뽑혀 나갔어도 이상하지 않잖아?"

벨이 내뱉은 의문에 라키는 무심코 눈을 휘둥그레 뜨고 놀란 표정을 지었다.

그런 라키의 태도에 벨이 의심스러운 목소리를 높였다.

"어이, 뭐야 그 얼굴은?"

"벨이 평소와 다르게 날카로운 점을 지적해서 놀랐어."

"야! 내가 늘 둔한 것 같다는 말투잖아!"

벨은 부루퉁한 얼굴로 라키의 등을 때리며 반론했다.

벨에게 농담이라면서 사과한 라키는 그에게 맞은 등을 문지르며 다시 진지한 표정을 지었다.

"이번 구시가지 상회 철거가 이유를 불문하는 갑작스러운 사건이었나 봐. 더구나 그 철거 이유도 상당히 불투명했던 모양이야. 그래서 구시가지 상회는 영주님과 귀족에게 불신감을 품은 것 같아."

라키의 이야기에 레아가 살짝 눈썹을 찌푸리며 주위를 둘러보았다.

"그건 꽤 심상치 않다는 거야?"

그러나 레아의 우려에 라키는 고개를 가로젓고 부정했다.

"그렇지도 않아. 반대로 신시가지 상회 사이에서는 애당초

평판이 나빴던 상회였나 봐. 뭔가 매우 위험한 것에 손을 댔으리라는 소문도 돌았어. 더구나 과감하게 그 상회를 처분해서, 부정부패를 대하는 영주님의 태도가 마음에 든다고 판단한 눈치야. 오히려 신시가지 상회는 이 일을 기회로 오랫동안 기득권을 누린 상회를 쫓아낼 수 있다고 기세등등하거든."

"그렇구나. 구시가지 상회는 털면 나오는 먼지 때문에 괜히 전부 의심스러워진 건가……."

라키가 최근 며칠 동안 얻어들은 상회의 주변 사정을 이야기하자, 벨이 옆에서 껄껄 웃으며 납득했다는 듯이 맞장구를 쳤다.

그런 벨의 모습에 정말 놀랐다는 표정을 지은 레아가 그의 이마에 손을 대고 열을 쟀다.

"진짜 오늘은 어떻게 된 거야, 벨? 뭔가 나쁜 거라도 먹은 거 아니야!?"

레아의 그 주장에 벨이 미간을 찌푸리며 욕설을 내뱉었다.

"너, 정말 나를 뭐라고 생각하는 거야? 보통은 용병이라면 그런 냄새는 잘 맡잖아."

두 사람이 길 한복판에서 평소처럼 말싸움하자, 라키는 손뼉을 치고 중재에 들어갔다.

"자자, 싸움은 거기까지. 오늘 중으로 가게 위치랑 실내 배치를 확인해야 하니까."

라키의 말에 벨과 레아가 서로 혀를 내밀고 고개를 휙 돌렸다.

"정말, 너희 둘은 항상 사이가 좋구나……."

"안 좋다고!" "안 좋아!"

어렸을 적부터 매번 겪는 일이라지만, 질리지도 않고 싸울 수 있다니 사이가 좋구나——라키가 그런 감상을 말하자, 두 사람은 동시에 돌아보고 부정했다.

라키는 그런 둘에게 힘없이 고개를 가로젓고 어깨를 으쓱였다.

세 사람이 목적 장소에 도착한 때는 점심이 꽤 지나서였다.

중앙청사가 자리한 구시가지와 비교해 신시가지는 그다지 길의 폭이 넓지 않은 탓인지, 활기 있는 사람들의 왕래와 더불어 오가는 사람들의 밀도는 꽤 높았다.

주변령에서 들여오는 상품과 항구에서 내려진 상품이 짐마차나 사람의 손에 의해 오갔고, 그 물건들을 사러 오는 손님과 상인이 바쁘게 돌아다녔다.

그런 혼잡한 시장의 그리 멀지 않은 곳의 길을 들어간 장소에는 몇 개의 상회가 늘어선 대로가 있었는데, 라키 일행은 거기로 발걸음을 옮겼다.

양옆의 조금 넓은 정면 공간을 차지한 상회에는 많은 사람이 드나들었다. 그러는 가운데 그 양옆 상회의 절반 정도의 정면 공간이 빈틈을 메우듯이 존재했다. 정면 공간의 폭은 마차 두 대보다 조금 넓었다.

상점용 입구는 현재 굳게 닫혀 있었고, 그 옆의 2층으로 올라가는 주거용 문도 쇠사슬에 매인 자물쇠를 채워서 그곳만 사람의 출입이 없는 공백 지대를 만들어냈다.

건물 자체는 석조 양식의 점포인 1층과 목조 양식의 주거 부분이 2층과 3층으로 나뉜, 신시가지에서는 가장 일반적인 구조였다.

그 건물을 올려다보던 벨은 양옆의 활기찬 상회를 곁눈질하고 복잡한 표정을 지었다.

"뭔가 정면 공간이 상당히 비좁지 않아?"

벨의 말에 레아도 양옆과 비교한 후 고개를 끄덕였다.

"아냐아냐, 이걸로 충분해. 정면 공간이 비좁다고 해도 점포용 건물은 안이 꽤 넓으니까. 게다가 양옆 가게처럼 정면 공간이 크다고 꼭 좋지는 않아. 정면 공간이 큰 점포는 그만큼 세금이 높아지니까. 오히려 이보다 정면 공간이 넓은 점포는 유지하는 게 힘들어."

라키의 말에 벨이 이상하다는 얼굴로 고개를 갸웃거렸다.

"그뿐만이 아니야. 2층과 3층 구조가 석조 양식인지 목조 양식인지에 따라서도 세금이 달라지거든. 옆 상회를 보면 알겠지만, 2층까지는 석조 양식이고 3층이 목조 양식인 건물은 여기보다 세금이 높아져. 옆의 독토르 상회는 이 주변에서는 꽤 큰 상점이라고."

라키가 가리킨 옆 상회는 그의 말대로 3층만 목조 양식으로 만들어졌다.

"건물 구조로도 세금이 달라지냐……. 장사도 하기 전에 가난해지겠군……."

벨은 그 이야기에 어쩔 도리가 없다는 듯이 하늘을 올려다보고 고개를 가로저었다.

그 모습에 쓴웃음을 지은 라키는 품에 넣은 열쇠를 꺼내어 두 사람을 재촉했다. 그러면서 굳게 닫혔던 점포문의 열쇠구멍에 열쇠를 꽂았다.

무거운 금속이 스치는 소리로 자물쇠가 열린 사실을 확인하자, 라키와 벨은 점포문을 안으로 밀고 들어가듯이 열었다.

크게 삐걱거리는 소리가 났고, 어슴푸레한 건물 내부에 빛이 들이비쳤다.

건물은 라키의 말대로 정면 공간보다 안쪽이 넓었고, 마차가 어렵지 않게 들어갈 수 있는 구조였다. 그 안쪽에는 통층 구조의 안뜰과 마구간 그리고 우물을 갖추었다.

또 그보다 더 안쪽에는 굴뚝이 달린 건물이 보였고, 취사장으로 여겨지는 장소까지 있었다.

건물 내부를 혀를 내두르듯이 둘러보던 레아와 벨이 둘이서 감탄한 목소리를 높였다.

"엄청나다, 생각했던 것보다 내부가 넓네! 저기저기, 안쪽 방을 보고 와도 괜찮아?"

"어이어이, 잠깐 모험을 하고 와도 되겠냐!?"

레아와 벨의 들뜬 모습에 라키가 미소를 띠고 동의하자, 두 사람은 발소리를 크게 내며 저마다 관심을 보이는 장소로 빠르게 걸어갔다.

그런 둘의 뒷모습을 지켜본 라키는 점포의 현 상황을 점검하려고 주변을 둘러보기 시작했다. 그러나 그때 갑자기 뒤에서 누군가 말을 걸어서 그쪽으로 시선을 돌렸다.

"오오, 앞으로 이곳은 자네 가게가 되는 건가? 꽤 젊구만!"

열린 문 앞의 점포 바깥에서 내부를 살피며 말을 건 이는 깔끔한 복장에 하얀 머리와 하얀 수염을 기른 50대쯤의 중년 남자였다. 키는 별로 크지 않았지만 단단한 몸매를 지녔고, 그 모습에서 나이에 비해 별로 쇠약하지 않았다는 인상을 풍겼다.

라키는 그 중년 남자에 돌아서더니, 자세를 바르게 하고 깊숙이 머리를 숙였다.

"앞으로 여기서 신세를 지겠습니다. 라키라고 합니다. 잘 부탁드립니다."

"오오, 젊은데도 착실하군. 난 옆의 독토르라는 자일세. 앞으로 이웃끼리 서로 사이좋게 지내도록 하세."

라키는 중년 남자의 호쾌한 인사에 두 눈을 휘둥그레 뜨며 놀랐다.

그 이름은 옆의 독토르 상회와 똑같았는데, 그 사실이 의미하는 바는 하나였다.

"독토르 상회의 상회장이십니까? 오늘은 점포 상황을 조사하러 왔을 뿐이라, 나중에 인사를 드릴 셈이었습니다만……."

라키는 눈앞의 독토르에게 시선을 향했다.

독토르와 직접적인 일면식은 없었지만, 그의 상회에서 다루는 밀가루를 바로 얼마 전에 거래했다. 무엇을 숨기랴, 아크 일행에게 조달한 밀가루를 이 상회를 통해 사들였던 것이다.

라키의 말에 독토르는 미소를 띠고 손을 휘휘 내저었다.

"뭘, 이렇게 알게 되지 않았나. 언제든지 차를 마시러 와도 상관없네만? 나도 영주님과 연줄을 가진 자네랑 사이좋게 지내고 싶으니 말일세."

독토르가 호쾌하게 웃으며 자신의 턱수염을 훑고, 의미심장한 시선을 라키에게 던졌다.

"에!? 영주님과의 연줄이라니, 어떻게 그걸!?"

라키가 놀라서 무심코 내뱉은 말을 놓치지 않은 독토르는 입가를 올렸다.

"이곳은 지난번 사건으로 없어진 구시가지 상회와 관련된 상회가 들어왔던 가게네. 영업허가증의 경매를 진행하지 않은 현 상황에서, 이 건물을 열 수 있는 사람은 공무원이거나 연줄을 통해 허가증을 얻은 인물뿐이지. 넘겨짚었네만 설마 정말로 영주님과 연줄이 있을 줄이야."

독토르 상회장은 의미심장한 미소를 짓고 턱수염을 어루

만졌다.

"아뇨, 그건 제가 아니라 고객이었던 분의 연줄입니다. 저 자신은 일개 행상인 출신의 상인 견습생이죠."

신시가지에서도 이름이 알려진 상인인 독토르를 앞에 둔 라키는 현 상황을 밝히고 힘없이 웃었다.

그런 라키의 태도에 독토르는 뭔가 인정할 수 없다는 얼굴로 입을 비쭉했다.

"얼마 전에 가져온 그랜드 드래곤의 돌기둥과 소재를 매각한 이익으로 대량의 식량을 조달하고 요란하게 움직인 탓에 자네는 이 부근에서 꽤 유명인이 되었네만?"

"네?"

"생각해 보게. 그 귀중한 소재를 넘긴 매각처로 말하자면 신시가지의 대상점인 데다, 사들인 조달처도 신시가지의 상회네――그때는 우리도 덩달아 이익을 봤지만 말일세. 이 일에 구시가지 녀석들은 전혀 끼어들지 못했지. 자네를 어지간히 노리고 있을걸?"

"네에에엣!? 하지만 그건 구시가지의 상회를 소개해줄 만한 지인이 없어서 그랬던 거고……. 이쪽 상회에도 얼굴을 익힌다고 고생했는데요!?"

얼빠진 소리를 지르는 라키의 반응에 독토르는 비쭉 내밀었던 입을 열고 크게 웃었다.

"가하하하, 철거 사건으로 구시가지 놈들은 언제 자기 발

등에 불이 떨어질지 몰라서 전전긍긍했으니 말일세. 그런데 구미가 당기는 거래를 가져온 데다, 영주라는 배경까지 가진 애송이한테도 무시를 당하면 참을 수 없는 법이지."

생기를 잃은 얼굴이 된 라키의 어깨를 독토르는 거리낌 없이 탁탁 두드리며 위로했다.

"걱정하지 말게. 썩은 부위는 언젠가 가지에서 떨어지네. 그리고 자네가 말하는 영주님의 연줄을 가졌다는 고객은 꼭 선의만으로 허가증을 갖다 주지는 않았을 테지? 그럼 똥구멍을 꽉 조이고 힘을 내게. 그렇지 않으면 모처럼 받은 은혜를 원수로 갚게 될 걸세."

독토르는 또 한 번 라키의 양어깨를 두드리더니, 볼일은 끝났다는 듯이 발걸음을 돌렸다.

"또 구미가 당기는 얘기가 생기면 끼워주게. 품삯으로 상담 정도는 들어줄 테니, 언제든지 내게 물어보러 오게."

독토르는 휘파람을 불면서 자신의 상회로 돌아갔다.

그 뒷모습을 지켜본 라키는 손바닥을 쥐고 크게 한숨을 내뱉었다.

"그래, 우선은 여기서부터다……."

뒤돌아본 라키의 눈에는 여전히 휑뎅그렁하고 살풍경한 점포 내부가 비쳤다.

그러나 라키의 눈동자 속에는 그 앞에 있을 미래의 점포가 확실하게 보였다.

후기

이번에 「해골기사님은 지금 이세계 모험 중IV」를 구매해 주셔서 진심으로 감사드립니다. 하카리 엔키라고 합니다.

또 무사히——아니, 마침내 3권의 벽을 넘고 이 이야기의 4권을 발매하게 된 것은 오로지 독자 여러분 덕분입니다.

이 자리를 빌려 다시 인사 말씀을 올립니다. 감사합니다.

출판 불황을 외치는 요즘 세상에 3권을 뛰어넘어 이야기를 이어갈 수 있다는 사실은 작가로서 더할 나위 없는 행복입니다.

이번에도 담당 편집자님과 일러스트를 담당하는 KeG님, 교정자님 등 많은 분께 민폐를 끼치는 한편 많은 도움을 받아 이렇게 무사히 4권을 발매할 수 있었습니다.

정말 감사합니다.

그럼 최근의 근황을 하나 알려드리겠습니다.

집을 옮겼는데 새로 이사를 하자 새 가구들이 갖고 싶어져서, 저도 모르게 가구 카탈로그나 인테리어 코디네이트 잡지를 읽는 중입니다.

요즘은 목제가구에 흥미를 느낍니다만, 제대로 만든 멋진 물품은 엄청나게 비싸서 간단히 손을 댈 수 없습니다.

특히 천정부지의 가격인 소파는 서민인 제가 도저히 발을 들여놓지 못하는 이세계라는 것이 솔직한 감상입니다.

역시 자기 주제에 맞는 물건이 가장 좋겠죠.

어쨌든 화제를 바꾸겠습니다만, 이번에 아크가 일시적이라고는 해도 육체를 되찾는 데에 성공하여 마침내 구상했던 이야기의 반환점까지 왔습니다.

여기까지 온 만큼, 남은 이야기도 구상한 대로 마지막까지 쓰면 좋겠습니다.

앞으로도 「해골기사님은 지금 이세계 모험 중」을 응원해 주시기를 잘 부탁드립니다.

그럼 다음 권에서도 독자 여러분과 다시 만나기를 바라며 이만 줄이겠습니다.

2016년 6월 하카리 엔키

우리는 신들의 계시를 받아, 나아가야 할 길을 보았습니다!

유리아나 메롤 메리사 로덴 올라브 （인간족）

로덴 왕국 제2왕녀. 아직 얼굴에 앳된 티가 남은 소녀이지만, 왕녀로서 국가의
앞날을 걱정하며 국민의 인기도 높다.
동서 레브란 제국 및 힐크 교국을 위험하게 여긴다. 그래서 노잔 왕국, 린부르
트 대공국, 엘프족과 우호 관계를 쌓는다.

해골기사님은 지금 이세계 모험 중 IV

2017년 6월 21일 제1판 인쇄
2017년 9월 28일 2쇄 발행

지음 하카리 엔키 │ **일러스트** KeG │ **옮김** 이상호

펴낸이 임광순 │ **제작 디자인팀장** 오태철
편집1팀 황건수 · 정해권 · 김동규 · 신채윤 · 이병건 · 이경근 · 이홍재
편집2팀 유승애 · 배민영 · 권소현 · 이민재 · 손강은
디자인팀 박진아 · 정연지 · 박창조
국제팀 노석진 · 엄태진 │ **마케팅팀** 김원진

펴낸곳 영상출판미디어(주)
등록번호 제 2002-000003호
주소 21311 인천광역시 부평구 평천로 132 (청천동)
전화 032-505-2973(代) │ **FAX** 032-505-2982

ISBN 979-11-319-6061-5
ISBN 979-11-319-5122-4 (세트)

骸骨騎士様、只今異世界へお出掛け中 IV
©2016 by Ennki Hakari
First published in Japan in 2016 by OVERLAP, Inc.
Korean translation rights reserved by YOUNGSANG PUBLISHING MEDIA, INC.
Under the license from OVERLAP, Inc., Tokyo JAPAN